➤ 一九九四年十月摄于和平门寓所，五十八岁。大病之后，刘绍棠常以老、弱、病、残"四类分子"自嘲，实则却以超人的毅力，笔耕不辍，硕果累累，比健康人还出彩。

刘 绍 棠

中国乡土文学作家。一九三六年二月二十九日生于北京通州大运河畔的儒林村。一九四八年参加革命。一九四九年开始发表作品。一九五三年加入中国共产党。一九五四年考入北京大学中文系学习。一九五六年加入中国作家协会，从事专业创作。至一九五七年被划右派时，已出版了《青枝绿叶》《山楂村的歌声》《运河的桨声》《夏天》《中秋节》《瓜棚记》《私访记》等七本书。

一九七九年右派冤案得以改正，重获创作权利。带病顽强拼搏了十八年，为后人留下了五百多万字的乡土作品。即十二部长篇小说：《春草》《狼烟》《地火》《豆棚瓜架雨如丝》《这个年月》《敬柳亭说书》《十步香草》《京门脸子》《野婚》《水边人的哀乐故事》《孤村》《村妇》。二十多部中篇小说：《蒲柳人家》《渔火》《瓜棚柳巷》《花街》《草莽》《荇水荷风》《蒲剑》《鱼菱风景》《小荷才露尖尖角》《绿杨堤》《烟村四五家》《柳伞》《年年柳色》《青藤巷插曲》《黄花闺女池塘》《碧桃》《二度梅》等。两部短篇小说集：《青枝绿叶》《蛾眉》。十一部散文短论集：《乡土与创作》《我与乡土文学》《一个农家子弟的创作道路》《我的创作生涯》《论文讲书》《乡土文学四十年》《蝈笼絮语》《如是我人》《红帽子随笔》《我是刘绍棠》《四类手记》。

《京门脸子》获得北京市优秀长篇小说奖。《敬柳亭说书》获得首届中国大众文学优秀长篇小说奖。《蒲柳人家》获得全国优秀中篇小说奖。《蛾眉》获得全国优秀短篇小说奖。中短篇小说多种被译成英、法、德、俄、日、西班牙、泰国、孟加拉、阿尔巴尼亚等国文字。

上世纪八十年代以来，不遗余力地倡导乡土文学，创作上坚持"中国气派，民族风格，地方特色，乡土题材"。他的全部作品，都是写大运河的乡土乡亲，形成了独具特色的大运河乡土文学体系。

刘绍棠文集

四类手记

刘绍棠／著

北京出版集团公司
北京十月文艺出版社

图书在版编目（CIP）数据

四类手记 / 刘绍棠著. — 北京 ：北京十月文艺出
版社，2018.5
　（刘绍棠文集）
　ISBN 978-7-5302-1787-0

　Ⅰ.①四… Ⅱ.①刘… Ⅲ.①散文集—中国—当代
Ⅳ.① I267

　　　中国版本图书馆 CIP 数据核字 (2017) 第 322584 号

四类手记
SILEI SHOUJI
刘绍棠　著

出　　版　北京出版集团公司
　　　　　北京十月文艺出版社
地　　址　北京北三环中路 6 号
邮　　编　100120
网　　址　www.bph.com.cn
发　　行　新经典发行有限公司
　　　　　电话（010）68423599
经　　销　新华书店
印　　刷　固安县铭成印刷有限公司
版　　次　2018 年 5 月第 1 版
　　　　　2018 年 5 月第 1 次印刷
开　　本　880 毫米 ×1230 毫米 1/32
印　　张　11.25
字　　数　250 千字
书　　号　ISBN 978-7-5302-1787-0
定　　价　35.00 元
质量监督电话　010-58572393
如有印装质量问题，由本社负责调换。

目录

乡土文学

说古·戏言

如是我说

忆念怀旧

乡土文学

我是一个土著

命运为我安排了一条反常的道路。

在五十年代成长起来的作家中，我是纯学生出身。从小学门进中学门，又从中学门进大学门，而一出大学门就专业创作。我是新中国的第一代大学生，也是共和国成立后培养起来的第一批青年作者。

然而，一九五七年把我赶出了文艺界，也远远地抛出了知识分子的生活天地。赤子而来，赤子而去，叶落归根，回到我呱呱坠地的农村当农民。

所以，我有生四十四年，倒有三十年以上是在农村度过的，我对农村比对城市熟悉，对农民比对知识分子熟悉。三十一年来我发表和出版的三部长篇、八部中篇和上百个短篇，不但主要写的是农村题材，而且多半是在农村写的。

因此，我是一个土著，一个土著作家，写出的是土气的作品。

土气，在我看来，就是要具有鲜明的民族风格和浓郁的地方特色，也就是从内容到形式，都表现出强烈的中国气派。我还没有真正做到，但是我想努力做到。

作家必须深深植根于本国和本民族的社会土壤中。脱离本国的国情和本民族的传统，脱离本国和本民族的社会生活而写出的作品，只不过是空中楼阁，虽然耀眼夺目，但是转瞬即逝。我们引进和借鉴外国文学作品，并不是为了仿造，而是要吸收和融合其某些可用的艺术技巧，以丰富我们的表现手法。然而，任何形式必须取决于内容的需要，而不能削足适履，强使内容屈从于形式。

许多优秀的外国文学作品之所以吸引我们，是因为它们表现出它们本国和本民族的风格、特色与气派。我们眼中的"洋气"，正是这些外国文学作品自身的"土气"；而我们的文学作品越具有中国的"土气"，在外国人眼里也最"洋气"。我们可以设想，如果外国作家以中国民族的风格写他们的生活，将是滑稽可笑的；而我们中国的作家以外国的风格写中国生活，也必然不伦不类。

创作必须从生活出发，作家必须熟悉生活。

对于一个作家，怎样才算是熟悉生活呢？我认为，必须深入细致地了解他所反映和描写的生活的过去与现在，也看得见未来；必须具体而形象化地熟识他所描写和刻画的人物的身世、历史、相貌、性格、心理和语言；必须通晓他所描写和表现的生活天地的风土习俗、人情世态与环境景色。

我个人有个偏见，检验一个作家是否熟悉生活，首先看语言。

一篇作品中各种人物的语言大同小异，甚至相同而无小异，也就证明作者并不了解他所描写的人物的"这一个"。不了解就是不熟悉；不熟悉生活中的人物，也就并没有真正熟悉生活。

身在其中，朝夕相处，而只见共性，不见个性，只见一般，不见特征，描写和对话抓不住鲜明的特点和差异，归根结蒂也还是对于身在其中的生活和朝夕相处的人物并不真正熟悉。而只见共性、一般和相同，不见个性、特征和差异，便不会有所感动，也不会产生具体形象，只能从概念到图解，作品中的人物不过是作家手中的傀儡玩偶。

《蒲柳人家》是我进入八十年代创作的第一部作品，激发我创作欲望的不是哪一个概念，或什么样的主题，是何满子和望日莲这两个人物，激动我写《蒲柳人家》。

何满子的性格和"业绩"，大半取自童年时代的我。

去年，我改正了五七年问题以后，又回到北京城里来住，但是，强烈的思乡情绪，时时在我心中骚动。我常常回想我在农村生活了三十多年的往事，而童年时代的生活最令人悠思难忘，打鸟、摸鱼、掏螃蟹、偷瓜、过家家、认字方、花兜肚、滚喜床……都涌上心头，历历在目；我仿佛看见童年的我，在村前村后、田野河边、渡头路口，欢蹦乱跳地嬉戏。我并不是孤立存在的，回忆往事必然怀念故人，于是其他人物便一一浮现出来。头一个，便是翩若惊鸿的望日莲出现在我的眼前。那是两个童养媳和一个被姨母卖掉的姑娘（这个姨母是开小店的，跟我家相隔一户）。在我六七岁时，这三个姑娘都是十七八岁，她们打青柴、拾庄稼、编筐织篓、推碾子推磨，受婆婆和姨母的气，我都亲眼所见，当时就对她们充满同情。我满河滩野跑，常跟她们搭伴，在我当时的心目中，她们是那么美丽，那么好心眼儿。现在，她们都是五十开外的人了，对于她们少女时代的身姿和面影，连她们自己也想不起来了，然而却活生生地保存在我的记忆里。

因此，我是怀着要写这些我所熟悉的人的激情，创作这部中篇小说的。

在艺术上，我想使它具有民族风格和地方特色，这不是单纯追求形式，而是我在作品内容中所反映和表现的人与事，非这样写不可。

我在《蒲柳人家》中，对于人物、语言、风俗习惯、人情世态、生活气氛和环境景色，都想写出运河农村的乡土风味；放大一点，想写出京东农村的乡土风味。

文艺作品一不靠捧场，二不看一时，只有经过人民的评判和时间的考验，才能见分晓。《蒲柳人家》刚刚发表几个月，它究竟能有多长的寿命，还很难断定；至于经过人民的评判，也只是刚刚开始，好赖都不必忙下结论。

一九八〇年七月

原载一九八〇年第六期《十月》

创作漫谈剪辑

一

我这个人局限性很大，只能写"牧歌小曲，微言大义"之作。

过去、目前以及未来的一个相当长的时期，我们的文学创作还是以重大题材和尖端题材取贵；牧歌小曲不会被封为佳花美卉，仍将处于不平等地位。

是的，牧歌小曲本来就是野花，这也很好。

然而，牧歌小曲写起来并不比重大题材和尖端题材容易。

它需要有情，有景；它必须从生活出发，必须具有民族和地方特色；它讲究语言、文字、情趣、意境、格调的美，给人以美感；它揭示和描写人民的心灵与本质是美好的，给人以美育；它揭示和描写生活的主流与前景是光明的，给人以积极向上的信心和力量。

美来自真。虚假的东西，丑恶的东西，不管如何浓妆艳抹，金玉其表，但时间无情，终究是要被揭露真相，暴露出败絮其中的。

除了"四人帮"的"三突出"创作方法那种不顾生活情理的捏造而外，文学创作都写的是生活中的偶然，即情理之中的意料之外——必然中的偶然。

艺术上的虚构，必须来源于生活的真实，才能合情而又合理；还原到生活中去，也如确有其事，实有其人。无巧不成书不等于无假不成书；编造离奇的情节，以追求哗众取宠的廉价效果，必定走入歧途，毁了艺术，也害了作者。

我要一生一世歌颂生我养我的人民。

我能够在农村平安生活十几年，十年浩劫幸免于难，而且写出了作品，是人民保护了我；而在衣、食、住、行各方面，更得到人民的许多救助。因而，我的感触很多，感受很深，不能忘恩负义的。

但是，人民的保护和救助，总是通过具体的人，具体的事，表现为对受难者的正义感、同情心、爱情和友谊；因此，也只能通过描写体现这些方面的具体的人和事，来表现人民的恩德。虽具体而微，却可以见微知著，求全反而空，拔高必然假。

我不大喜欢目前流行的艺术性论说式的描写，我很不赞成作家对读者进行思想灌输，把作品的主题言传读者，应该留有余味，意在不言。"露"和"浅"，恰恰是写得"直"和"尽"。

我不主张在刻画人物上写"实"，应该给读者留有联想、丰富和再创造的余地。神似贵于形似；形而有神，神而有形。

任何大作家的大手笔下的不朽形象，都不是在读者心目中塑造出一个标准相。林黛玉、薛宝钗、王熙凤、晴雯、阿Q……除了几条基本的性格特点得到公认之外，他们在读者心目中的血肉之身的具体形象，是千模百样，不大相同的。不同出身、经历、年龄、性格、气质的读者，根据他们各自的认识、想象和爱憎，创造出他们自己的林、薛、王、晴、阿Q……我心目中的林黛玉，就不是王文娟所扮演的那个样子。

所以，写"实"了，也就写"没"了；因为读者无法可"想"了。

一九七九年十一月

二

相形之下，目前反映农村生活题材的作品，比起反映其他生活领域题材的作品，显得后进。

这种情况，是多种因素造成的。但是，最主要的原因，还是思想不够解放。

多年来，极"左"的文艺观点，也如极"左"的政治观点一样，真是"融化在血液中"；肃清流毒和荡除污染，并非轻而易举。而我们这些写农村生活题材的人，出生、成长和经历的客观环境，深受小农思想的影响和传统习惯势力的束缚，本来就比较因循守旧，故步自封。于是，在思想解放上，一开始就落后一步，甚至是落后了一大步。一步赶不上，步步赶不上，差距也越来越大。现在，我们既然不甘落后，那就要从八十年代第一春赶上去，步步缩短距离，早日与前行者并驾齐驱。

在文学创作上，什么叫思想解放？真正的思想解放归根结蒂表现于按照艺术规律进行写作。要从思想上认识文艺的特殊性，进行创作时掌握文艺的特殊性，写成作品后要表现出文艺的特殊性。文艺学、哲学、史学、政治学、法律学、新闻学、社会学……各有各的任务、功能和作用，不能等同，不能混淆，不能替代。文学创作不是政治宣传，不是新闻报道，不是理论说教，而是以真善美的思想感情对人们进行潜移默化的影响。它是通过具体的艺术形象感化读者，而不是通过抽象的讲道理或简单的摆事实说服读者。它需要的是细腻入微，深沉含蓄，生动活泼，宛转多情。

这就必须真实地反映生活，而不能从概念出发将生活"削足适履"；这就必须描写有血有肉有个性的生活中的人，而不能从概念出发将人"改头换面"；这就必须使用生活中有特点有情趣有色彩的语言，而不能从概念出发将语言"标准化""规格化""系列化"。真实地反映生活，便不会千篇一律；描写有血有肉有个性的人，便不会千人一面；使用有特点有情趣有色彩的语言，便不会千部一腔。

我们既然都承认文学是人学这个真理，那么我们就要懂得人不是鸟，不是兽，不是木头，不是石块……人有人性，人有人情，因而就必须在作品中写出人性和人情。没有人性和人情的作品，没人爱看，不如不写。

农民占我国人口的绝大多数，农村生活极其丰富多彩，农民的语言非常生动优美。只要我们这些写农村生活题材的人思想不僵化，感觉不迟钝，视听不蒙蔽，是会写出很多的作品，很好的作品，很多的好作品的。

一九八〇年一月

三

长篇小说太长，是当前长篇小说的一大积弊。

我们翻阅一本四五十万字或百万字多卷体的长篇小说，往往感到，如果手法讲究一点儿，剪裁精心一点儿，结构紧凑一点儿，多卷体一卷足矣，四五十万字则二三十万字足矣。冗长沉闷的叙述，拖泥带水的过渡，重复出现的情节，舍不得割爱的平庸场面，复杂纷纭而又并无必要的头绪，浪费了大量的文字，浪费了大量的纸张。

我觉得，长篇小说的作者，需要研究一下文字技巧和改进一下表现手法。

长篇小说的作者应该学习一下短篇小说的写作方法，这就是简洁、精练和紧凑；不要由着性儿洋洋洒洒，像三年困难时期对作物搞"增量法"那样虚张声势，进行无谓的膨胀。

一些出版社和编辑部，只着重长篇小说的重大题材和生动故事，对于长篇小说的文字水平却不重视；使得一些长篇小说作者在写作时，不但不是斟字酌句和锤字炼句，反而对语言问题采取马马虎虎的态度。因而，有的长篇小说虽然刻画人物不错，故事也很有趣，颇受一般读者欢迎，但是由于在语言艺术上的粗糙，却不能给人以艺术品的美的享受。

考虑到表现内容的实际需要，考虑到国家纸张的宝贵和缺乏，考虑到读者的一般购买力，我有个想法，长篇小说最好自我限制在三十万字左右。

由于大型丛刊的出现，更由于广大读者的要求，中篇小说应运而生。一年多来，发表了不少令人爱读的中篇小说。但是，中篇小说创作目前也暴露出一个问题，那就是相当多的中篇小说只是长篇小说的缩写。一部几万字的中篇小说却要表现几十万字的长篇小说的内容，人物、情节、故事都贪大贪多，头绪纷繁，主线和条理很不清晰。读者读完一部中篇小说，往往只留下一个长篇小说的轮廓印象，得不到充分和完整的艺术享受。

我觉得，中篇小说在题材上、情节上、头绪上，都不要贪大，更不要贪多，最好是小、少、精；要靠把人和事写得丰满，而不是靠追求内容的"丰富"吸引读者。不要想在中篇小说中，肩负和完成应该是长篇小说肩负和完成的任务。

中篇小说在血缘上跟短篇小说要比跟长篇小说近，因而，在写作时，更要以短篇小说的简洁、精练和紧凑，严格要求中篇小说的语言、剪裁和结构。对于中篇小说的文体美，要十分考究。

短篇小说不短，或像压缩的中篇小说，或像长篇小说的梗概，已经是大家都感到头疼的事。短篇小说本应表现生活的横断面，现在却差不多都写的是纵剖面，而且麻雀虽小，五脏俱全，喜、怒、哀、乐，苦、辣、酸、甜，应有尽有，无所不包。于是情节铺张，文字泛滥，短篇小说就走了样子，变了形。打个比方，短篇小说好比是平衡木运动，它本应该局限在窄而陡的平衡木上，做出高超优美的动作，如果从平衡木上掉下来，便是失败。现在却大不然，从平衡木上掉在了几十平方米的地毯上，任意翻筋斗打把式，变成了自由体操，仍然能够得彩和获奖。

形式当然是为内容所决定，然而形式反转来也会对内容的完整和完美起到促进作用。由于我们从来都不重视艺术性，所以对于文体问题更是不加考虑。这个被人忽略的积弊，已经成为长、中、短篇小说创作的一大致命伤，不能再置若罔闻，熟视无睹了。

一九八〇年十一月

原载一九八一年第一期《春风》

乡土与创作

——《蛾眉》题外

二十年来，在运河滩上，跟乡亲父老兄弟姐妹们一起土里刨食，我从思想性情到生活习惯，开口说话，为人料事和艺术情趣，都得以返璞归真。

我本来是个头顶着高粱花儿，脚踩着黄泥巴，在农村长大的孩子。但是，后来少年得意，一帆风顺，进了北京，上了大学，当了作家，摇身一变而为城里人。为了创作，也常下乡体验生活，却不过是水上的浮萍、菜汤里的油，鱼鹰扎猛子不见底。虽然根子还扎在家乡的泥土中，但是藤藤蔓蔓却千缠百绕在城市知识分子的圈子里。尽管一时绿叶成荫，花开茂盛，然而藤蔓越长，距离根子越远，水分供应不足；长此下去，早晚也得枯萎凋谢。

一九五七年一个巴掌把我打下去，赤子而来，赤子而归，好比又一次转世投胎，重新在我的乡土上呱呱坠地。

我在五十年代的创作，主要是靠童年时代打下的农村生活底子。对于一个专写农村和农民题材的作家，这点生活积累，太少而又太浅了，不能取之不尽；而以蜻蜓点水的体验生活方式来进行补充，也只是挣一个花一个，逛一点卖一点儿，不能用之不竭。

罐子里孵出的是豆芽儿，泥土中才能长出大树。一个作家有前劲没后劲，开出了绚丽的花却没有结出丰硕的果，十之八九是脱离生活或严重脱离生活所致。

这是我二十来年土里刨食，刨出来的一个大彻大悟。

虽然我不愿遭受如此漫长岁月的坎坷，也不愿今后再有人由于发表和出版作品而遭受如此漫长岁月的坎坷；但是具体到我个人的得失相较，却是得大于失的。

这二十来年，我吃的是毛粮，挣的是工分，真正是锄禾日当午，汗滴禾下土，"才"知盘中餐，粒粒皆辛苦，不能不脚踏实地。脚踏实地了二十年，也就懂得了一点儿一切必须从实际出发。上不着天，下不着地，半空中打不出粮食；不顾国情，无视民心，玩花活儿写不出好作品。

中国好比一座金字塔，八亿农民是塔基。不了解农民的心情，不考虑农民的需要，金鸡独立在塔尖上异想天开，舞文弄墨，还口口声声自称是代表人民利益，为人民而写作，岂非自欺欺人，咄咄怪事！

二十来年我作为一个农民，跟乡亲父老兄弟姐妹们共同着利害，地里多打粮食能多吃，集体收入增加多分红；满口甜言蜜语，笔下天花乱坠，农民可要揭开皮来看瓤儿。"曲高和寡"之谈没人听，怪不得农民缺乏"远大理想"；孤芳自赏之作没人看，也怪不得农民"欣赏水平低"。文学作品走不进农村，在农民中找不到知音人，反躬自问，恐怕只能怪作家自己。

从五四运动就喊文学到民间去，时至今日，这个问题并没有真正解决。农民的文化水平还比较低，农村的购买力还不算高，发行工作更是忽视广大农村的八亿农民，都是重要原因；但是，最主要的原因还是应该从作家和作品身上找一找。作家是不是脱离群众，作品是不是脱离实际？我看值得深思。

文艺要为人民服务，为社会主义服务。但是，如果写作时对人民中最广大的阶层——农民，对社会主义的最广阔天地——农村，想也不想，甚至不屑一顾，这种服务态度有必要加以疏导和改进。

不是每个作家都要写农村，写农民；但是每个作家在写作时，应该想到农村，想到农民。自己的作品能够深入民间，有更多的人看，那该多么好。

在农民身上，尽管存在着小生产者的种种缺点，但是更具有劳动人民的淳朴美德，保持着我们伟大民族的许多优良传统。在我遭遇坎坷的漫长岁月中，家乡的农民不但对我不加白眼，而且尽心尽力地给以爱护和救助；人人在劫难逃的十年，我独逍遥网外，并且写出了作品。乡亲们待我恩重情深，我要一生一世讴歌劳动人民。我在彻底改正五七年问题以后发表的所有作品，都是像满怀着感恩和孝敬之心的儿女，为自己那粗手大脚的爹娘画像一样，写农村，写农民。

在几千年的中国历史上，在民主革命时期，在建国以后的三十多年中，没有哪一个阶级，没有哪一个阶层，能比农民的生活和命运更丰富多彩；我们不是写农民写得太多了，而是写得远远不够，极其不足。

我曾多次呼吁重视文学创作中的"农产品"，我现在还要呼吁重视培养文学创作队伍中的农村业余作者。

农民的语言，最富于比兴，生动形象，含蓄优美，诗情画意，有声有色。这二十来年，我跟乡亲们朝夕相处，劳动在一起，生活在一起，每日言来语去，耳濡目染，说话用词儿，发生了变化；反映在我的小说创作中，写人物对话，运用了大量新鲜活泼而又具有个性的口语。语言是文学的第一要素；刻画人物，首先应该依靠人物的性格语言，这是我国小说的优良传统，也是我国小说在民族风格上最鲜明的特色。近两年来，我国小说创作的整体水平，超过了五十年代；但是，在语言上，却有越来越脱离人民口语的趋势，应该引起高度的注意。某些写农村的作品，农民开口讲话，满嘴的知识分子书本气，甚至像翻译小说一样洋腔洋调，不仅严重脱离了生活真实，而且完全扭曲了农民本色。因此，提倡向人民学习语言，不但绝非陈词滥调，而且有必要大声疾呼。

二十来年我的艺术享受，也是跟家乡的农民一起吃大锅饭。农民喜爱什么，对什么皱眉摇头，格格不入，我都亲历目睹，深有感触。这就向我提出了一个严肃问题，必须进行思考和抉择：我的创作，究竟是为了取悦少数人的偏爱，还是应该讨最广大的人民喜欢？我不能不选择后者。所以，我近年来大力主张继承和发扬民族风格，保持和发扬强烈的中国气派和浓郁的地方特色，建立乡土文学。这绝不是一时冲动，跟什么人赌气，或独树一帜，自我标榜，以求哗众取宠。

说来说去，还是一个文学创作必须密切联系群众的问题，也就是创作要深入生活和从生活出发的问题。现在，搞创作的人面上跑得多，点上深入少；对于农村，面上也不大跑。胡编乱造之风盛行，脱离群众，脱离生活，脱离实际是根本性的原因。

农村是我的生身立命之地，农民是养育我的父母和救命恩人；写农村，写农民，正是我的感恩图报。我的以往作品，来自乡土；我今后的作品，更要深入乡土。

我想，正是因为我熟悉农村，热爱农村，熟悉农民，热爱农民，熟悉和热爱农村的风土人情，熟悉和热爱农民的语言情趣，才写出了《蛾眉》和其他一些小说吧！

　　因此，这篇短文虽然离开了如何写作《蛾眉》的正题，然而却也跟何以写出《蛾眉》，并非毫不相关。

一九八一年三月

原载一九八一年第七期《人民文学》

生活原型与创作

一位很下功夫研究我的小说的同志，最近想从发生学的角度，进一步深入探讨我的创作，提出了关于生活原型的若干问题，要我回答。下面，便是我的答问。

问：现实主义创作方法认为社会生活是文学创作的唯一源泉，您是否认为重视对生活原型的积累，是您进行文学创作的源泉之一？

答：是的。文学创作的唯一源泉是社会生活，而组成和创造社会生活的是人；因此，通过艺术形象反映社会生活的小说，应以写人为天职。作家对于生活的熟悉和了解，不仅是熟悉和了解它发生发展的一般过程，更重要的是熟悉和了解生活中纷纭众多的"这一个"的人与人之间的关系；因此，积累的生活原型越多，创作的源泉也就取之不尽，用之不竭。

问：现实主义的创作方法强调文学作品的真实性，生活原型和作品的真实性有何关系？

答：真实性是创作的命根子。不管是高、大、全，还是假、大、空，无论如何笔下生花，还是怎样标新立异，失去了真实性便不会有艺术生命力；即便一时吃得开，早晚也会行不通。生活中不存在的人，没有发生的事，技巧多么高超，也是写不好的。硬要写出来，也不过是概念、理念、观念、意念的图解，只不过是机器人，傀儡戏。因此，生活原型又是真实性的命根子。

问：现实主义的创作方法重视艺术形象的典型性，您是怎样把生活原型加工成艺术典型的？

答：每一个生活原型，虽然并不一定具有典型性，但是典型性的产生却是来自生活原型的概括、提炼和加工。任何生活原型都不是孤立存在的，作家要善于发现和表现它们相互之间不可分割的联系，亦即是放在整体、总体和群体中进行描写，艺术典型便会塑造出来。

问：您的"建立乡土文学"的主张与您重视对生活原型的积累、加工、提炼的做法有哪些相通之处？

答：乡土文学的特殊性是浓郁的地方色彩，局限性是它表现的社会生活面比较狭窄。然而，狭窄虽为其所短，却又对其所表现的社会生活面熟悉得透彻，了解得深刻，也就是透彻地熟悉和深刻地了解这片天地中的生活原型。因此，生活原型是乡土文学创作的主要依靠。

问：您在创作过程中是怎样对生活原型进行加工、改造和提炼的？一般是从原型出发去塑造小说中的人物呢，还是从人物塑造出发去寻找合适的原型呢？您是否有时不得不受到生活原型的限制而不能给自己留出更多的想象和发挥的余地？

答：我是从生活原型出发，塑造小说中的人物（经过提炼、加工、改造）；因为我的每一篇小说的产生，都来自生活原型对我的激动。

我在小说中塑造每一个人物形象，虽然基于一个生活原型，却并不受这一个生活原型的限制；因为，这个生活原型尽管是主体，也还需要其他原型予以补充和丰富。作家的想象力并非来自主观唯心论的随意性，而是丰富多彩的客观存在，在作家头脑中的反映。

问：在生活原型转化为艺术典型的过程中，您是习惯于多个合成呢，还是习惯于单个发挥呢？是否能举出利用同一原型创造不同的人物形象的例子？

答：我习惯于单个为主，多个为辅。没有主从的多个合成，便会丧失人物的个性。

我在《蒲柳人家》中所写的望日莲，故事取自两个童养媳和一个被姨母卖入娼门的农村少女，但是这个人物的个性则主要取自其中一位童养媳。我和她接触最多，感情最深，在我遭遇坎坷，蛰居乡里的漫长岁月中，她从各方面给予我很多的救助。每一个人都是一口泉，不会汲上一两桶水便要干涸。因此，可以利用同一原型，创造出一个以上的不尽相同的艺术形象。例如，我的《瓜棚柳巷》中的花三春和《荇水荷风》中的五月鲜儿，《瓜棚柳巷》中的柳叶眉和《草莽》中的陶红杏……

问：您是怎样看待自己这个"生活原型"的？在您的大多数作品中是否都有您自己的"影子"？

答：我自己这个"生活原型"，常常是作为我的小说中的引线或纬线。

我的很多小说中都有自己的影子，如《蒲柳人家》中的何满子，《花街》中的伏天儿，《二度梅》中的洛文……有的是以我的原型为主体，有的是以我的原型做补充。

问：您的作品中的某些人物与其所依据的生活原型是否有过"面对面"的交流？他们（指原型）对此发表过什么意见？是否有人意识到您

就是在写他（她）自己？

答：我的小说中的人物，已经对生活原型进行艺术加工，没有人对号入座。即便有人从小说中的人物身上看到自己，也不会对我不满，因为我主要是写美好的人和人的美好，毫无丑化他人之处。我非常反对借小说之便，揭人隐私，或指桑骂槐；那是人格卑污和道德堕落的表现。

问：在您的作品中，您认为哪些根据生活原型塑造的人物是比较成功的？有没有一些规律性的东西？

答：我觉得，我塑造的农村妇女形象比较成功，因为我最为中国农村妇女的吃苦耐劳和忠贞的节操所感动。在男性形象中，热情豪爽和多情重义的人物，我也塑造得比较生动，因为这些人物和我"性相近"。

问：您是怎样根据生活原型塑造反面人物的？它与正面人物的塑造有没有不同之处？

答：我的小说中的反面人物的形象，远比正面人物的形象肤浅和逊色得多，这是因为我对反面人物不如对正面人物熟悉和了解。

问：生活原型与您的创作风格有着什么联系？

答：可以说，生活原型对我的创作风格起到决定性的作用。因为我一直是努力开拓和表现人和人的生活中的美，所以我的创作风格才有清新优美的特色。

一九八二年三月

原载一九八二年第三期《写作》

无主角戏·小说语言

在小说创作的探索中，我一直在考虑一个问题：无主角戏。

生活中有主导，有主线，有主体，但是没有主角。一篇小说的人物，只能置身于一个主体之中，被一个总的命运所主导，沿着一条主线活动。硬要其中一个人物扮演主角，其他人物都围绕这个主角团团转，便要削生活本色之"足"，适突出个人之"履"；造作，拼凑，破坏生态平衡，伤害自然情趣。

《红楼梦》的主角是谁？好像是贾宝玉。但是，贾宝玉并不能左右其他人物，其他人物也并不总是围绕贾宝玉转。王熙凤的许多章节，例如害死尤二姐，就跟贾宝玉没有直接关系。《红楼梦》是以荣国府的生活为主体，被贾家的败亡的命运所主导，沿着贾宝玉和林黛玉的爱情悲剧这条主线，写出来的。

我看到不少以一个人为主角的作品，尤其是以领袖或英雄模范人物为主角的作品，主角虽然有声有色，但是配角由于只是充当陪衬、烘托和佐料儿，失去了自我，只能表演规定动作，本来是有血有肉的人，却变成了被主角牵线活动的木偶，只比信筒子会说话，只比电线杆子会出气。

因此，近年来我的小说，想方设法从主角戏的桎梏中挣脱出来，只对生活进行自然的剪辑，使每个人物都有他自己的戏；互相之间既有不可分割的制约，也有个人表现的自由。这两三年我写出的作品较多，就因为我努力摆脱造作和拼凑；只要不脱离主体，不失去主导，不偏离主线，便能信笔写来，顺乎自然，随心所欲而不逾矩。当然，我远远没有达到这种超脱的境界；但是，多少有所觉悟，便多少得到一点从容、自然和本色。

《蒲柳人家》中谁是主角？六岁的顽童何满子从头至尾都出场，但是这个光着屁股野跑的小家伙显然不是主角。他只不过是穿针引线，把其他人物串联起来。周檎和望日莲是主角吗？也不是。他们不但不能左右其他人物，其他人物反而在左右他们。何大学问、一丈青、柳罐斗和吉老秤，都各有其重要作用，相辅相成而并无主从。《蛾眉》只有三个人物：蛾眉、唐春早和唐二古怪（马国丈一闪而过）。这三个人物以谁为主？我看是三位一体。这两三年我发表了十八部中篇小说，大部分是无主角戏，小部分是主角戏。自我评定，无主角戏都比主角戏写得好一些。

我的这个无主角戏的主张，只是一己之见，并不想强加于人。不过，我看到主角戏正在有形或无形地、自觉或不自觉地复活"三突出"，也就越要固执己见了。

我从开始习作，就在语言上下功夫，这两三年，更花了些气力。

十四岁那年，听一位学者和诗人讲《红楼梦》的人物语言，使我懂得写人物对话时，必须少而精，达意而传神。语言是文学的第一要素，在第一要素上不及格，怎么能算得上作家呢？我五十年代的作品，人物对话的句子很短，字数很少，在达意上力求言传与意会相结合，但在传神上还不得其法。这是因为，我在五十年代的创作，主要是靠童年时代打下的生活底子；生活积累不足，语言积累也很不丰富。

二十二年之后，一九七九年我重返文坛的作品，尤其是在我立志致力乡土文学，以《蒲柳人家》为标志的作品，我在语言的传神上，有了长进。

十分辛苦，一分功夫。二十二年的坎坷磨难，我的生活积累深厚了，掌握了丰富多彩，优美生动的农民口语，也从民间文艺中汲取了语言艺术的营养，又从古典文学中得到神韵和文采的熏陶，才有所悟。

我曾在一篇文章中写到，我本来是个头顶着高粱花儿，脚踩着黄泥巴，在农村长大的孩子。但是，后来少年得意，一帆风顺，进了北京，上了大学，当了作家，摇身一变而为城里人。虽然根子还扎到家乡的泥土中，但是藤藤蔓蔓却千缠百绕在城市知识分子的圈子里。尽管一时绿叶如荫，花开茂盛，然而藤蔓越长，距离根子越远，水分供应不足，长此下去，早晚也得枯萎凋谢。一九五七年一个巴掌把我打下去，二十来年，在运河滩上，跟乡亲父老兄弟姐妹们一起土里刨食，我从思想性情到生活习惯，开口说话，为人料事和艺术情趣，都发生返朴归真的变化。农民的语言，最富于比兴，生动形象，含蓄优美，诗情画意，有声有色。这二十来年，我跟乡亲们朝夕相处，劳动在一起，生活在一起。每日言来语去，耳濡目染，说话用词儿，发生了变化；反映在我的小说创作中，写人物对话，运用了大量新鲜活泼而又具有个性的口语。

这一段话，概括了我掌握和使用农民口语的过程。

一、我是农村孩子，已有农民口语基础；

二、二十来年与农民共同劳动，共同生活，口语农民化了；

三、把新鲜活泼和具有个性的农民口语，大量运用到小说创作上。

农民口语，有两大特点，一个是具体，一个是生动；即使是对于抽象事物的描述，也必定有具体生动的形象比喻，加以衬托和说明。如：守着青山没柴烧，怀抱金盆讨饭吃；头枕着烙饼挨饿，睡不着觉埋怨枕头……湖南人民出版社的《美育》杂志向我约稿，我给他们写了一篇《使用优美的农民口语》，就不在这篇文章中重复了。

有人说，刘绍棠只不过会摆弄过去年代的农民口语；现在农民的文化水平高了，也是满口新名词儿，农民的口语失去了特色，刘绍棠也就无计可施了。其实，这是很不熟悉农村生活，很不了解农民习性的人的外行话。

是的，当前的农民口语确实发生了不小的变化，融合了不少现代化的用语，但是，同时却又丰富和充实了农民口语的具体生动的形象性。我在《小荷才露尖尖角》《绿杨堤》《柳伞》《鱼菱风景》等反映农村现实生活的中篇小说里，描写和刻画了好几位农村新人，如走读大学生俞文芊，公社服装厂女工花碧莲，农民出身的工厂工人黄毛丫头，大队技术员叫天子，高中生出身的农村画匠柳景庄，青年女社员杜秋葵、水芹、杨天香等，他们的个性语言并不比过去年代的农民口语逊色。

掌握了大量的农民口语，如何使用到小说创作上，还要向民间文艺学习。

我把评书、曲艺、地方戏……都归类于民间文艺。评书的套话，艺术性很低，但是评书艺人在叙事、状物和人物对话上，使用最富有声色、形象和夸张的口语，吸引了听众，小说作者应该学习评书艺人使用口语抓住听众的本领。曲艺也是如此，地方戏的最大特色是浓郁的生活气息，主要是依靠语言的生动活泼和个性化。评剧《杨三姐告状》中，贪官牛成故意刁难杨三姐，问道："你十五，怎长得这么高呀？"杨三姐早憋着一股子气，顶撞道："嫌高，锯下半截去！"两句话，不到十个字，就把杨三姐的性格表现出来了。

古典文学作品，更必须借鉴。一部《红楼梦》，也是一部文学语言的百科全书。王熙凤、林黛玉、晴雯可称语言大师；宝钗、袭人、探春、尤三姐、刘姥姥……都是语言巨匠。《三国演义》《水浒》《西游记》《聊斋志异》都是一座座语言宝库。中国小说最鲜明的民族风格，是依靠人物的个性语言和行动中的细节描写来刻画人物性格和透露人物心理活动，不像外国小说那样着力于对人物心理活动的剖析和描写；所以，要想继承和发扬中国小说的民族传统，必须语言功夫过硬。

不仅可以从古典散文中学文采，而且也可以学到小说语言。《论语》中樊迟问稼问圃，孔子的语言活画出孔子的心情和神态；《孟子》中骂墨翟、杨朱、许行，也把孟子的强词夺理、粗暴专横的嘴脸活画出来；庄子和惠施的观鱼对话，《史记》中刘邦和项羽观看秦始皇巡狩天下的威仪而发出的慨叹，陈涉身为长工时的豪言壮语，都表现出人物的性格和心理活动。学习古典散文吝字如金，用字如凿，扣人心弦和激动人心的感情气势，飞扬而深沉的文采，可以使我们写小说时少写废话、空话、套话，遣词造句精练、准确、贴切。六朝散文，形式重于内容，但是可以从中学习语言的节奏感和音乐性。

写小说的人也应该学习古典诗词的意境高远，诗话和词话虽然只是谈诗论词，但是学而思，却可以提高小说创作的精神境界和美学水平。

在我匿居乡里的漫长岁月中，于夜深人静之时，一个独处荒屋寒舍，高声朗诵古文、诗、词；或热血沸腾，或慷慨激昂，或悲怨愤懑，或沮丧哀伤，如醉如痴，放浪形骸，当时并没想过对将来写小说有何用处。

无心插柳柳成荫，现在受益匪浅，却又后悔当初读得太少了。

一九八二年三月

原载一九八二年第六期《长春》

使用优美的农民口语

——答读者问

　　两三年来，我致力乡土文学创作，描写农村的风土人情与农民的历史和时代命运，不但在人物对话上使用农民口语，而且在叙事状物上也尽量使用农民口语，使作品具有强烈的中国气派、鲜明的民族风格、浓郁的生活气息和地方特色。不少业余作者和读者，包括农村的业余作者和读者来信，问我如何掌握和使用农民口语的？这篇短文，试作答复。

　　首先，必须深刻认识农民口语的高度艺术性和美学价值。

　　劳动创造语言，创造文化，因而劳动人民的口语丰富多彩。在中国，占人口百分之八十的农民的口语，最生动活泼，富有诗情画意。农民口语的最大特点，一个是具体，一个是形象。即便是对于比较抽象的事物的描述，也必定给予具体生动的形象比喻，使人感到看得见，摸得着。例如，以"桑木扁担宁折不弯"形容刚正鲠直，以"拉了秧的黄瓜""上了架的烟"形容萎靡不振，以"守着青山没柴烧，怀抱金碗讨饭吃"形容虽有优越的客观条件，却由于主观上的失误所造成的困难局面，以"寒霜单打独根草，漏船偏遇顶头风"形容双重的不幸，以"磨扇子压手"形容遭遇窘困，"强扭的瓜不甜"形容勉强行事必然效果不好，"牛不喝水强按头"形容强迫命令，"一步踩不死一个蚂蚁"形容走路的轻而慢，"骑着大锄草上飞，只把青草吓一跳"形容耪地粗糙，"天上下火"形容天气炎热，"巴掌大"形容小院，"鸽子笼"形容小屋，"滚刀肉"和"滚车道沟子"形容难缠不好惹等等，俯拾皆是，举不胜举。

这些口语，不但具体、生动、形象，而且含蓄、优美，艺术性极强，美学价值很高，我们为什么不大量吸收，在写作小说时尽量使用呢？

第二，要热爱农民口语，会讲农民口语。

我生在农村，长在农村，前后在农村生活三十多年，自幼便习惯于讲农民口语。我进城念书，一直念到大学，学会了文言文和书面语，但是我痛感知识分子语言的抽象、苍白、枯燥、乏味。我有机会发言讲话时，仍然坚持用农民口语。不怕在知识分子圈子里显得"土"，就怕在农民群众中显得"洋"。我的家乡父老，对于本乡子弟出外念书或工作，回乡开口闭口文绉绉、酸溜溜，是很讨厌的，认为这是与家乡的人民和土地离心、无情的表现。我的乡土观念根深蒂固，因而特别注意在言谈举止上不失乡音，不负乡情，不改乡风。农村基层干部开会听报告，是坐不住的，但是我使用农民口语给上千名公社、大队、生产队和作业组四级干部讲话，一讲三四个小时，没有一个人走动、退场或交头接耳，都听得津津有味。正因为我能熟练地使用丰富的农民口语，所以写小说时便能顺手拈来，随心所欲。

中国小说的形成，话本是个重大的转折和标志。因此，中国的小说不但要读得懂，而且应该听得懂。我这个乡土文学作家，以写农村题材为天职，每写一篇小说时都想到，不但要给有一点文化的农民看，而且要念给没有文化的农民听，不使用农民口语便达不到我的目的。

中国小说的民族风格，鲜明而又重要的特点之一，是从人物的对话中刻画人物的性格，联想人物的相貌、风度和仪态。所以，我在使用农民口语时，又非常讲究使用个性化的语言。我的短篇小说《蛾眉》和中篇小说《二度梅》《蒲柳人家》《瓜棚柳巷》《花街》《草莽》《荇水荷风》《鱼菱风景》《小荷才露尖尖角》《绿杨堤》《柳伞》《花天锦地》中的人物对话，都很注意使用不同性格的农民的口语。

第三，要对农民口语进行提炼加工。

农民口语中，也有糟粕，这就必须进行筛选、提炼和加工，使其更健康、纯洁和优美。

如何进行提炼和加工呢？我认为必须加强对于中国古典文学的修养。

我非常喜爱古典诗词和散文。中国古典文学在遣词造句上，最讲究吝字如金，用字如凿，非常准确、贴切、简练和富有韵味。农民口语是很对仗、很有节奏、很重音韵的，与中国古典文学颇有相通之处。因此，我运用农民口语时，常常以古典诗词和散文为师范，斟字酌句，推敲规整；希望能够多一句不说，多一字不写，句子要短，字要精当。但是，我还远远没有做到，需要年深日久地不懈努力。

不过，古典诗词和散文由于时代的局限性，不如现代汉语的周密和严密；因此，提炼加工农民口语，只能学其神而不能仿其形。

语言是文学的第一要素，向劳动人民学习语言，才能提高文学创作的艺术水平。

一九八二年三月

原载一九八二年第四期《美育》

我为乡土文学抛砖引玉

——答谢河南农村读者

三年多来，我收到几千封读者来信，由于文债累累，活动繁多，不能一一作复，深感负疚。

但是，当我接到河南省方城县杨集公社花沟大队的青年读者们的来信时，一百二十五位农村青年的热情问候，激动得我停下手头的创作，当即给他们写了回信，寄上我的作品。并且，应他们的要求，介绍了我的创作情况，希望和他们保持经常的联系，听取他们对我的作品的意见。

我还另外收到不少河南农村读者的来信，也非常关心我的创作和生活。

我从一九四九年发表习作，开始了文学创作生涯，至今已经三十三年了。但是，中间间断了二十二年；因此，划为两个阶段。

一九四九年到一九五七年，即十三岁到二十一岁，是一个阶段，共有两部中篇小说，几十个短篇小说，二三十篇散文和论文，出版了七本书。

一九七九年彻底改正了我的五七年错划问题，从农村重返阔别二十二年的文坛，我的创作生涯开始了新阶段。共发表了三部长篇小说，十九部中篇小说，二十二个短篇小说，八十几篇散文和短论；已经出版了六本书；今年上半年付印了四本书，下半年还要付印两本书。

从一九八一年一月起，我主要致力中篇小说的创作。这是因为：读者爱看中篇小说，大型文学丛刊和出版社催促我写中篇小说，我对中篇小说的创作也最感兴趣。

这十九部中篇小说，大致可以区分为四部分。

一、以我的家乡革命斗争历史为题材的《渔火》《蒲剑》《鹊桥儿女》，这是我的长篇小说《地火》《春草》《狼烟》的创作余波。

古老的京杭大运河的北段，起自我们通州；虽然县界以内的北运河只有几十里，但是，就在这一片狭小的土地上，从大革命时期到全国解放，洒满了中国共产党人和革命群众的鲜血。我一直想把家乡的可歌可泣的革命斗争史写成小说，三部长篇和这三部中篇便是我的试作。

二、讴歌家乡父老的扶危济困和家乡子弟对父老乡亲感恩图报的《芳年》《两草一心》《鹧鸪天》《二度梅》《草长莺飞时节》。

我从童年到成年，历经三灾八难，遭遇坎坷波折，都得到乡亲父老们的爱护和救助；感恩戴德，写出这些小说。将来，在我创作自传体小说的时候，我要为对我恩重情深的乡亲父老们塑造群像。

三、描写家乡三十年代风土人情的乡土文学之作：《蒲柳人家》《瓜棚柳巷》《花街》《草莽》《荇水荷风》。

这些作品，是我提倡建设和发展乡土文学以后结出的果实；我力求保持和发扬强烈的中国气派和浓郁的地方特色，继承和发展中国文学的民族风格。

我们的民族脊梁是农民，我们的传统美德鲜明地保存在农民身上。

我的家乡本是燕赵故地，燕赵自古多慷慨悲歌之士，我的家乡农民非常豪爽重义；我的家乡又是位于京津之间的古运河航道上，因而，我的家乡农民又具有机智、风趣、狡黠的特性。我在这些小说中所刻画的人物，都有生活的原型，这些生活原型都是我的乡亲长辈，其中也有当年的我——一个头顶着高粱花的农村顽童的影子。在艺术表现手法上，我努力学习和继承中国古典小说使用个性语言刻画人物性格，对人物在行动中的细节进行描写来描写人物形象。同时，我也努力学习和继承中国古典小说的传奇性与真实性相结合，通俗性与艺术性相结合，读和听相结合的优良传统。为了使自己的小说为农村读者喜闻乐见，我也大量借鉴评书的艺术技巧。

四、以乡土文学的艺术手法，反映农村现实生活的作品：《小荷才露尖尖角》《绿杨堤》《柳伞》《花天锦地》《烟村四五家》。

我虽然前前后后在我那生身之地的小村生活了三十多年，对每一家，每个人，都十分熟悉；但是，生活每时每刻都在发展变化，我不身临其境，亲历目睹，便感到心虚。因此，年年桃红柳绿的暮春时节，我便像八九雁来，回到家乡长住，和乡亲父老兄弟姐妹们朝夕相处。当我感到有了几分把握以后，便开始了反映农村现实生活的创作。短篇小说《蛾眉》是个开端。

在创作《小荷才露尖尖角》等一系列反映农村现实生活的中篇小说的时候，我不但要保持《蒲柳人家》等几部中篇小说的乡土文学特色，而且非常注意不能图解政策，力求生动活泼地写出农民在新生活中的精神面貌。同时，力求把握时代感，加强与读者（首先是有文化的农村青年）在思想、感情和艺术欣赏上的交流，使用具有时代特征的优美的农民口语。

　　土生土长形成了我的土性，决定了我一辈子写农民，首先为农民而写。我为我在农村得到广大的知音而高兴，也为得到越来越多的城市青年读者而高兴。一些过去轻视中国文学的民族风格，盲目偏爱西方现代文学作品的文学青年，接受我的影响而转变了态度，使我这个比他们年长的人，感到欣慰。

　　我的乡土文学创作，只不过是抛砖引玉；因此，我以很多的时间，用在宣传和支持乡土文学创作上。我看到，具有民族风格的描写农民和农村生活的佳作增多起来，无比欢欣鼓舞。

一九八二年五月

原载一九八二年第四期《中岳》

继承和发展中国小说的民族风格

我是一个土著，也是一个洋人。土就是洋，洋就是土。越土越洋，越洋越土。

什么叫洋？太平洋、大西洋、印度洋……中国和美国，一个在太平洋西岸，一个在太平洋东岸：西岸的中国人看东岸的美国人是洋人，东岸的美国人看西岸的中国人也是洋人。某些时髦青年穿起牛仔裤，自认为洋气十足。其实，何谓牛仔裤？放牛的小子穿的裤子罢了，那是二百多年前美国西部牧人的服装，在美国是又土又古的。同样，美国男人穿起我们的中山服，女人穿起旗袍，也是得意扬扬，自认为标新立异。

我本人，也有过亲身的经验。我到南斯拉夫参加国际作家会议，为坚持民族风格，我只做中山装，不做西服。但是，有好衣裳没好鞋，等于穿半截，便买了一双自以为最洋式的三截头皮鞋。谁想，到了南斯拉夫，却露了"怯"（北京土话：土气）。我到商店买水果，商店女经理看见我这双皮鞋发笑，说："三十年代农夫的鞋子，穿在了八十年代先生的脚上。"原来，我这双自以为最洋式的皮鞋，却是人家半个世纪前农民所穿的鞋，又土又老。相反，我们的布鞋，在南斯拉夫却大受欢迎。我们派往南斯拉夫的专家、研究生和留学生，穿着布鞋上街或坐公共电车，常常遇见南斯拉夫人脱下皮鞋向他们交换布鞋，他们管中国布鞋叫功夫鞋。我就遇见几位南斯拉夫的年轻女郎，穿着我们农村姑娘过去那种脚面上绣花的布鞋，翩翩过市，引人注目，自鸣得意。

否定中国文学的民族传统的人说，小说是商品经济的产物，中国的商品经济不发达，所以中国的小说比不上商品经济发达的西方的小说。这是只知其一、不知其二的形而上学的观点。这些人，不肯研究中国小说，也没有读过多少西方小说（大多数不懂外文），只不过是靠牙慧耳食和道听途说，便信口开河，大言不惭。

衡量小说的优劣，作家的高低，是有客观标准的，那就是看这部作品或这位作家塑造了多少个性鲜明而又具有典型意义的人物形象。曹雪芹所写的《红楼梦》前八十回，不过六七十万字，描写了四百多个人物，塑造了几十个永远活在我们心中的艺术形象，而且与世长存。托尔斯泰的《安娜·卡列尼娜》，在篇幅上和《红楼梦》前八十回差不多，塑造出的与世长存的艺术形象少得多；《战争与和平》篇幅更大，永远活在我们心中的艺术形象也远比《红楼梦》少。鲁迅先生的小说之所以是中国新文学的高峰，就因为他塑造了阿Q、孔乙己、九斤老太、祥林嫂等等不可磨灭、永远活在我们心中和与世长存的艺术典型，所以法捷耶夫评价鲁迅先生的小说，认为超过契诃夫和莫泊桑。

那么，在中国文学史上，出现曹雪芹和鲁迅先生的小说，难道是奇峰突起的特殊现象吗？当然不是。他们是灿烂辉煌和丰富深厚的中国文学土壤，培育出来的参天大树。我们知道，《红楼梦》就深受《金瓶梅》的影响。

什么是小说？我认为，叙事加对话，刻画了人物，就是小说。因此，中国小说的雏形，古已有之。《论语》："樊迟请学稼。子曰：'吾不如老农。'请学为圃。曰：'吾不如老圃。'樊迟出。子曰：'小人哉，樊须也！'"活活刻画出孔子的神态和心理。孟子的文章大气磅礴，但是常常强词夺理。他反对墨子和杨朱，说："天下之言不归杨，则归墨。杨氏为我，是无君也；墨氏兼爱，是无父也。无君无父，是禽兽也。"我们可以看见，孟子暴跳如雷，破口大骂的情景。《庄子》："庄子与惠子游于濠梁之上。庄子曰：'儵鱼出游从容，是鱼之乐也。'惠子曰：'子非鱼，安知鱼之乐？'庄子曰：'子非我，安知我不知鱼之乐？'……"如闻其声，如见其人。至于《左传》和《史记》，对故事的完整叙述，对人物的整体描写，就更像小说了。此后，魏晋南北朝的《世说新语》，唐朝的传奇，宋朝的话本，直至明清的小说，中国小说便如长江大河一般发展起来了。同时，各种文学形式，都是互相渗透的。丰富多彩的散文、诗词、戏曲，也对小说的发展起到巨大影响。

中国小说的民族风格，有其独具一格的特色。

首先，是传奇性与真实性相结合。

中国人对小说的欣赏习惯，讲究的是无巧不成书，不爱看和听已经清楚地知道了的事情，而爱看和听不知道的事情，也就是不喜欢一般化，而喜欢特殊化。巧则奇，奇则巧，奇和巧也就是偶然，意料之外。但是，不管多么奇，多么巧，又必须使人感到可能和可信，然后才能为之感动，这就必须具有严格的真实性。因而，偶然是必然中的偶然，意料之外是情理之中的意料之外。比如，结婚是必然，男大当婚女大当嫁嘛；但是跟谁结婚，却是偶然，除了封建包办婚姻，谁也不会刚一落生就知道自己的丈夫或妻子是谁。同样，结婚是情理之中，跟谁结婚又是意料之外。然而，偶然必须经得住必然的检验，意料之外必须合乎情理。否则，只讲偶然和意料之外便是荒诞不经。《聊斋志异》的鬼狐故事，无奇不有，巧得惊人；但是，只要透过鬼狐的玄虚，便可以看到奇得不悖情理，巧得事所必然。

要想做到传奇性与真实性相结合，必须处理好细节的描写。细节描写一定要真实、准确、精致。写小说是允许虚构，允许编故事的；我们运河滩的农民管这个叫吃柳条拉鸡笼，肚里编。但是，一要有"柳条"，二要编得周全。细节产生于生活中最具体的真实。细节准确，便会天衣无缝；细节露出破绽，便会一着棋错，全盘棋输。高尔基的《二十六个和一个》是名篇，但是被明察秋毫的老托尔斯泰指出，小说中把面包炉子的方向写错了，故事便不合理了。古今中外的大作家，都把细节描写看成有关荣辱和成败的大事。目前，我们有些小说，写得热闹火炽，十分唬人；但是仔细一看，细节描写破绽百出，就像纸糊的桂冠，一根手指轻轻一捅，便捅个大窟窿。《今古奇观》中的《乔太守乱点鸳鸯谱》，不但奇、巧，而且乱，为什么能使我们深信不疑，就因为作者把细节描写得严密周到，点水不漏，北京话叫不漏汤。比如，孙润男扮女装，代替他姐姐到刘家冲喜，不但把大脚这个细节问题处理得可信，而且将耳环的细节问题也处理得巧妙可能。所以，我们写小说，一定要考虑读者的反问，不要想当然，自以为是。

其二，通俗性与艺术性相结合，这一点也和中国小说传统的第三个特点，读与听相结合，密切相关。

中国小说的形成，是先言而后文的。宋朝"瓦子"（妓院）里的"说话"（评书），促成了中国小说的成型。因此，中国小说从一开始，就讲究要使没有文化的人听得懂，为广大群众所喜闻乐见，也就是非常注重通俗性。什么叫通俗？通俗就是能使尽可能多的人接受。有人认为，通俗等于粗糙，那是误解或片面的看法。艺术的极致，是雅俗共赏。只写给少数人看，只有少数人看得懂，在中国不但是脱离群众，而且是违背国情，艺术上也不会是真正成功的。汉赋，就是明证。中国的小说，粗通文墨或学富五车的人，都能看得懂，喜欢看；《水浒》《三国演义》在旧社会的农村就拥有大量的读者，而文人学士也同样喜欢看《水浒》和《三国演义》。这个好传统一定不能丢，必须坚决继承和发展。但是，要达到雅俗共赏，就必须讲求艺术性；这就是土要土得光彩，俗要俗得高尚。艺术性的决定因素，是语言。语言是文学的第一要素。

中国小说的创作手法，也有独具一格的特点。

首先，中国小说是以个性语言，刻画人物的个性和暗示人物的心理活动。西方小说，作家对他所描写的人物，常常进行性格和心理的剖析和分析，也就是"说"出来，而中国小说则是表现出来，闻其声如见其人。中国小说非常依靠个性语言来使读者认识和看到人物；通过语言的弦外之音和潜台词，含蓄而深刻地表示人物的心理活动。意会比言传更富有艺术魅力。《红楼梦》中的晴雯撕扇，前因后果，全部过程，几乎都是晴雯、贾宝玉和袭人之间的对话，每句话都有个性和针对性，每句话都有每个人的特定的心理活动；不进行性格剖析却刻画出了三个人的鲜明个性，不进行心理分析却表现出了三个人细腻而复杂的心理活动。

晴雯是个美丽、高傲、清白，最富有反抗精神的女性，但是《红楼梦》对她的形态的描写很一般化；我们是通过她的语言和行动，认识和看到她的美丽、高傲、清白和富有反抗精神的。

其二，中国小说是以对人物在动态中的准确的细节描写，描写人物形象的。

这又与西方小说有很大不同。西方小说很致力人物的静态和肖像画式的描写。中国文学艺术，无论是散文、诗词、绘画或小说都很富有动态。即便是静物，也要静中有动。这是很有学问，很有道理的。比如画一匹卧槽马，膘肥体壮，滚瓜流油，虎虎有生气，但是我仍然不认为它就是好马，因为它站起来也许是个瘸腿。所以，徐悲鸿喜欢画奔马。马，只有驰骋飞奔，才能显示出它的雄姿和真相。《红楼梦》中的晴雯补裘，前前后后都在写她的动态，她卧病在床，动不得了，却又写贾宝玉的围绕着她乱说乱动，因而才使读者有如身临其境，亲历目睹。《三国演义》中写关羽的温酒斩华雄和古城会，《水浒》中写武松醉打蒋门神，也是如此。

当然，任何一个民族的文学，民族形式和民族风格都不是一成不变、静止不前的。鲁迅先生吸取和借鉴外国文学的精华，对中国小说的文体（章回体）进行了改革，对中国小说的传统手法（如对话）进行了革新，创建了中国的新小说。但是，鲁迅先生的小说，首先是继承，然后是推陈出新的发展。鲁迅先生的小说保持和发扬强烈的中国气派和浓郁的地方特色，因而具有世代留传的生命力。今天，我们研究继承和发展中国小说的民族风格问题，首先必须向鲁迅先生的小说学习，再学习。

我个人，几年来致力乡土文学创作，正是按照我上述的认识，努力继承中国小说的民族风格；虽然取得了一点小小的成绩，但是还须今后更加刻苦深入。我并不是义和团思想，我很反对在文学创作上闭关自守，故步自封。在我的三十三年的创作生涯中，我都深受外国文学的影响。但是，我常常说，吃羊肉长人肉，必须把羊肉吃下去，消化了，吸收它的营养，才能转化为我们自己的肉；而不能买来两斤羊肉，生贴在自己的腿上，便自以为胖了。

一九八二年十一月

原载一九八三年第一期《文学知识》

枣下问答

一些外地研究我的作品的同志，趁到北京出差之便，先后光临舍下。或三三两两，或只身一人，我都热情相待。他们向我提出许多问题，要我一一回答，我也尽力做到百问不烦，百答不厌。我们的谈话，有时在屋里进行，有时在院里进行，轻松愉快，生动活泼。

不过，他们各位好像面试的考官，我这个考生虽然并不心情紧张，胡说八道，但是仓促之间也难以三思而言。因而，有时不免词不达意，答非所问。事后追记，写在手册上，干巴巴几句，现在，翻阅整理，凑成这篇短文，不愿稍加点染，仍旧维持原貌。

文章要有题目，一要扣题，二要醒目。想来想去，不得要领，便从写字台上抬起头，看见窗外庭院里的五棵老枣树，枝杈如棚，绿荫匝地，令人神清目爽，颇有风水。梧桐树招来凤凰，老枣树迎来贵客，这篇短文就叫《枣下问答》吧！

屋里的谈话，也算进去。这几间旧屋，本来就在老枣树的荫庇之下，不必内外有别。

一、您这几年的创作优质高产，令人目不暇接，能否谈一谈您自己的评价？

一九七九年以来，我发表和出版的作品较多，但是算不得高产，因为其中的三部长篇小说《地火》《春草》和《狼烟》，是在我重返文坛之前写成的。我这几年的作品，绝大多数只是一般水平，谈不上优质。不过，自问并无粗制滥造，在刻画人物和语言文字上，我是很下功夫的。然而，由于接二连三，两部作品之间的间歇很短，也出现了某些雷同和重复之处，这是要引以为戒的。今年我一直在进行反省，想在今后的创作中有所推陈出新。

二、顺便问一句，您的小说的题目都很优美，是怎么想出来的？

是不是优美，我自己不敢认定。

我由于深受中国诗词的影响，所以在考虑小说题目的时候，常常从古典诗词中取意，有时甚至就从诗词中摘句为题，如《小荷才露尖尖角》《烟村四五家》。

同时，我自幼就接受中国戏曲艺术的陶冶，在考虑小说题目时，也不知不觉地受到戏曲的影响。

此外，我也引用农民的口语。

我的小说题目，好处在于表现出民族风格和乡土特色，缺点在于用得过多，就令人产生陈旧之感。

三、我们很喜欢您的长篇小说《地火》，为什么它没有引起强烈的反响？

我的作品由于具有自己的特色，而这个特色又具有很大的局限性，这个局限性决定了我的作品不能引起轰动。

《地火》写的是解放战争时期我的家乡人民的觉醒和斗争，我缺乏挥画时代风云的能力，因而不敢奢望得到非分的称赞。不过，其中所写的农村场景和对一些人物的刻画，我是珍视的。

四、它采用了评书或章回小说的某些写法，因而可读性很强，对吗？

是的。我从四五岁就听评书，稍长又读了不少章回体小说，潜移默化，在创作中就流露出来。

但是，从整体看，这部长篇小说着力于刻画人物，而不是以情节取胜；不是人因事而设，而是事因人而生，这就跳出了一般的评书或章回小说的格式。

五、您的中篇小说《蒲柳人家》《瓜棚柳巷》《花街》《草莽》《荇水荷风》在中央人民广播电台和地方广播电台播出以后，很受听众欢迎，是不是也因为它们具有某些评书的艺术因素，所以引人入胜？

对的。

说一句大话，我的小说朗读起来，农民群众爱听。这是因为我在写作每一篇小说时，首先想到的就是为农民而写。在叙事、状物、对话上，力求采用农民的含蓄优美、有声有色的语言，力求适合农民的艺术欣赏习惯。中国小说的民族传统和革命传统的重要特征之一，就是要让识字的人看得懂，不识字的人听得懂；爱看爱听，雅俗共赏。

六、您的《蒲柳人家》好像还留有余地，是不是打算续写？

已经写完了，不想接演二本了。

一部小说是否已经写完的标志，是看小说中的人物在典型环境中的典型性格是否已经完成。如果他们的性格刻画已经实现，就应该适可而止，再写下去只不过是敷衍情节，铺陈故事，没有意思，没有必要了。我们常见某些多卷体长篇小说，第一令人拍案叫绝，第二部便令人犹如嚼蜡，第三部更令人难以卒读了。何以如此？第一部已经写够，却偏要再而三，自己给自己的作品狗尾续貂。

七、《蒲柳人家》获得全国优秀中篇小说奖，《蒲剑》《二度梅》《荇水荷风》又分别获得解放军、湖南、湖北的大型丛刊优秀中篇小说奖，这四部中篇小说是不是您最满意的作品？

不避自我吹嘘之嫌，除了这四部中篇小说获奖，中篇小说《渔火》还获得《北京日报》优秀作品奖。

但是，获奖的小说却不一定是我感到满意或写得较好的作品。

检验一部作品，不要只看一两个月，有些问题得几年甚至更长的时间才看得清楚。作品生命力的大小，不决定于主观愿望，也不决定于少数人的推荐。要相信历史的公正，人民的公正。

我们的作品获奖过于仓促，尚未经受历史和人民的检验。因此，千万不要满足于一时的声誉，千万不要只看到一些人一时的赞扬。

我个人反倒偏爱我那些没有获奖的作品，如《瓜棚柳巷》《花街》《草莽》《小荷才露尖尖角》《烟村四五家》等。

八、您过去写过很多短篇小说，近年来的《碧桃》和《蛾眉》也写得不错，为什么却年年减产呢？

短篇小说难写。我对短篇小说有自己的清规戒律，固执地认为短篇小说一个是要有严格的形式制约，也就是短，一个是要有深刻的开掘。这两点，我或是做不到，或是做不好；虽不是知难而退，却也是望而生畏了。

必须声明，我所说的开掘要深，不是目前常被吹捧的那种对概念、理念、意念的花样图解，而是深入浅出地展现生活和人物的内涵。

《蛾眉》不到一万字，勉强够得上一个短字。这篇小说因为从《聊斋志异》中悟出一点道理，多少有点出奇制胜。但是，在开掘上，浅。

《碧桃》这篇小说，我写得最动情。许多女同志一边读一边哭，男同志也读得鼻子发酸，眼眶潮湿。小说中，我写了一个未婚的农村姑娘给婴孩吃奶的情节，许多人为之震动，深受感动，有一位老翻译家更是赞叹不已。也有人认为不真实，不合情理。我要说明，这个情节实有其事，并非我的臆造。那是我们村的一个姑娘的真实故事，她可以给我做证。

我的小说的人物和故事，都来自生活，都有原型。

不过，这篇小说长达两万四千字，严重犯规，作为短篇是不及格的。

本来，它是为《十月》文学丛刊而写的中篇小说，已经写得两万字，《北京文学》出版小说专号，要发表我的作品，我便赶快又写了四千字煞尾，交了卷。于是，中篇不足，短篇有余，上不着天，下不着地，两不讨好。

长、中、短篇小说三种体裁，我对短篇最有感情。我以短篇小说起家，将来还要以短篇小说收场。到我晚年，脑力渐衰而笔力不减，长篇小说和中篇小说劳神费劲，我准备专攻短篇。每篇三五千字，百篇一集，算是我的《聊斋志异》。

一九八三年六月

原载一九八三年第十期《海燕》

一得之见

小说的题目，要贴切、含蓄、优美，有点情趣才能引人注意。

我自幼深受民间歌谣、故事、戏曲、评书影响，长大更接受古典诗词的影响；所以，我给小说找题目，常从诗词、俚语中来。例如《蒲柳人家》是从"寒门出将相，草莽出英雄"派生出来的；蒲柳是贫贱之意。《两草一心》来自李白的诗句："两草犹一心，人心不如草。"《渔火》来自唐朝张继的《枫桥夜泊》："江枫渔火对愁眠。"《荇水荷风》取自鲁迅先生的诗句："明眸越女罢晨妆，荇水荷风是旧乡。"《地火》来自鲁迅先生的《野草·题辞》。《燕子声声里》来自周总理的诗句："燕子声声里，相思又一年。"《小荷才露尖尖角》来自南宋杨万里的"小荷才露尖尖角，早有蜻蜓立上头"。《烟村四五家》来自红暮纸小诗。《狼烟》来自民歌："民国二十六年，华北起狼烟，日本鬼子侵犯我家园。……"

这只是我个人的爱好，不足为训，但可供参考。

小说的开头，最好不要亮底，应该给读者一点悬念，诱人深入读下去。小说的结尾，最好意犹未尽、留有余地，如余音袅袅，不绝如缕，给读者以联想，让读者再创造。

我的小说，长、中、短篇，好像都没有收因结果；似乎并没有写完，还可以写下去。其实，小说中人物的性格和命运已经完成，再写下去，只能是铺张情节，敷衍故事，毫无必要。话不要说绝，事不要写尽；否则，便要令人感到乏味，倒胃口。

有人夸奖我会给小说中的人物取名字，一方面我觉得过奖，一方面又多少有点得意。

给小说中的人物取名，虽是整体创作中的一件小事，然而诸事都应讲究，不可将就。在这个小事上花一点气力，绞一点脑汁，也是值得的。

我写的是乡土小说，人物的名字就要有乡土气息。我的村庄的男女老少的姓名，可供我选择或斟酌。但是，小说中人物的名字一要通俗，二又不能流俗，因此必须有所出新。比如，《蒲柳人家》中的何大学问，是个外号儿，现成就有。一丈青大娘，是因为她人高马大，粗犷豪爽，农村老太太又喜欢穿一身黑，因而如此命名。我们运河滩的小男孩儿，奶名叫满囤、满收……的甚多，爱称都叫满子。"何满子"是个词牌，我便来了个雅俗结合而共赏。柳罐斗是农村打水的工具，我认识一位农民叫高贯斗，于是加以变换。……总之，我喜欢名实相符，而又饶有风趣。

运河滩的农民常常自称草民，或草木之人，所以他们喜欢以草木为名；我便略加点染，使之带有诗情画意。例如，《地火》中的飘香、桃叶，《含羞草》中的合欢，《瓜棚柳巷》中的柳叶眉、柳梢青，《花街》中的金瓜……都是有出处，有润色的。

农民也喜欢以吉利的字眼儿做名字。《村姑》中的金砖、金满箱的取名，便是这个道理。

外号儿，非常切中人物的特点，运河滩的农民在起外号儿上具有突出的艺术才能，我也算是门里出身。《花街》中的连阴天、狗尾巴花，《蒲柳人家》中的云遮月、豆叶黄，《荇水荷风》中的龙抬头、一台戏、火烧云、五月鲜儿，我是眉头一皱，便名上心来。

农民中的名字常有来自生辰和季节。《小荷才露尖尖角》中的花四季，《花街》中的伏天儿，《瓜棚柳巷》中的花三春，都是如此。

对于知识分子的名字，我常从古书、古人身上想办法。如《地火》中的文朝闻、程门雪，《花街》中的吴钩，《蒲剑》中的郁寒窗。

我反对使用谐音，暗示人物的人品，即便是《红楼梦》中的卜世仁（不是人），卜固修（不顾羞）也不可取。

状物或抒情，切忌使用结论性的语言。事实能说话，意在不言中。

使用口语，要避免语病。有的口语挂在嘴边上可懂，落在纸面上便显得不通。

一切文章的最大致命伤，是虚情假意或矫揉造作。真情实感，自然流露，最能动人。

剪裁要得法，笔墨要均匀，有的地方要浓妆，有的地方要淡抹，不可平均使用笔力。

语言要简练、准确、贴切。要设法使句子短一点儿，词汇不要重复，不要落套。

短篇不短，读者生厌，小小说于是应运而生。

小小说的名目繁多。有叫微型小说的，有叫一分钟小说的，还有叫一袋烟小说的。

小小说也并非进口洋货，中国古已有之。因此，小小说也要继承和发展民族风格。

《论语》《孟子》中的若干篇章，如《论语》中的《长沮桀溺耦而耕》，《孟子》中的《齐人有一妻一妾》章，都可以作为小小说来读。《世说新语》更值得借鉴。尤其要精读蒲松龄的《聊斋志异》，纪昀的《阅微草堂笔记》。

古典长篇名著中的若干插曲，摘录下来也可供小小说创作师法。如《三国演义》中的《青梅煮酒论英雄》，《红楼梦》中一两千字的完完整整的片段故事，更是多。

秤砣虽小压千斤。小小说要以小见大，才不会沦为小摆设，小玩意儿。

一九八三年九月

原载一九八四年一、二期《庄稼人》

雕虫并非小技

以小见大，短中见长，弦外有音，游刃有余，神完气足而又意犹未尽，短篇小说才名正言顺，耐人寻味。过犹不及，短篇小说过了头，便成了中篇小说的缩写，或长篇小说的故事梗概，令人读起来如食鸡肋。

然而，目前短篇小说的长风仍在上涨，这种失控，如何解决？古今中外，虽然找不到对作品的篇幅进行制约的立法，但是却并非没有约定俗成的不成文法。绝句、律诗和词曲，在字数上都有严格的限制，任何人都不能享有特权。五言绝句只能使用二十个字，李白、杜甫也不能例外。否则，便不是艺术。

短篇小说略等于古诗中的五言绝句。

一九七九年的一个笔会上，我曾把短篇小说比喻为体操中的平衡木运动。这项运动限定运动员必须在十厘米宽的平衡木上，一分钟之内，完成高难优美的成套动作，裁判员才能给打满分。倘若在进行中失手或失足，从平衡木上掉下来一回便要被扣零点五分，作为对犯规的处罚。不管哪一国的运动会，不管哪一名运动员，都得严守这个"清规戒律"。如此才有刻意的追求和裁判的标准，迫使技艺步步提高，动作更加美妙。

古人云：无规矩不能成方圆。所以，从心所欲而不逾矩，才是修养的极致。

那么，可以不可以给短篇小说立个规矩？我看可以的。把短篇小说限定在一万字以内行不行？我看够宽大的。

超过一万字的短篇小说，不管主题、情节、人物、语言写得多么好，也不给发表，不给评奖；天下虽大，有哪个主编或评奖委员，肯为这个得罪人？

看来，只有请作家们"作茧自缚"，管住自己的手，拿出写五言绝句的精神写短篇小说，像在平衡木上竞赛一样的写短篇小说。

手是受脑瓜子支配的，脑瓜子充分认识守法之必要，被脑瓜子支配的手才能不犯规。

长风刹不住，主要是有的作者压根儿就不考虑这个短字。兴之所至，不拘小节，为所欲为，肆无忌惮，偏要把五言绝句写成二十一个字，三十一个字……一百零一个字，你管得着吗？谁敢管我！也要感谢我们的裁判员——主编、评奖委员和评论家们，宽大为怀，慈悲为本；平衡木上要十分钟，折腾一个小时，也不干涉，掉下来八百回，也不忍扣分。于是，五言绝句变成了五百言不绝句，平衡木运动变成了自由体操。

所以，短篇小说短不了，坏就坏在不拘小节和宽大为怀上。也就是在艺术上只求将就，不肯讲究。把刻意求工视为雕虫小技，对自由泛滥者只取主流，久而久之，形成公认，谁还舍得绞尽脑汁"语不惊人死不休"？谁还肯为了斟字酌句，拈断自己的一根根胡须？在技巧上下功夫，事倍功半，甚至费力不讨好. 谁还甘当这个傻瓜？既然"春风又绿江南岸"跟"春风又过江南岸"卖一个价儿,"僧敲月下门"和"僧推月下门",甚至和"僧撞月下门""僧闯月下门""僧踢月下门"都是一个行市,那么王安石和贾岛确实是一对百分之百的傻瓜。积重难返,痼疾难医。

治疗这个顽症,我仍然主张首先是服"中药"——研究和继承中国小说的民族传统。虽然有些人讥笑我的乡土文学的创作观和创作方法是"封闭型",但是言之不能成理,无理难以服人,我不认这个账。中国人,在中国写小说,小说写的是中国的人和事,主要是写给中国人看,不研究和继承中国小说的民族传统,怎么说也说不过去。我在创作上,深受几位外国作家的影响,也对外国文学作品有所吸收和借鉴。但是,我痛感我们对自己的民族文化的自轻自贱,是由于无知;对民族文化抱有虚无主义态度的人,大多数对自己的民族文化连一知半解也没有。我到过几座古城,秦砖汉瓦遍地皆是,我们并不以为贵重,然而外国游客得到一片一块,却如获至宝,带回国去,摆在大客厅里,为洋楼增光。我接触的外国汉学家,对于中国古典文学的崇拜和赞美,甚至使我这个"封闭型"人物感到惭愧。所以,我认为我的主张研究和继承民族传统,不言而喻是为了发展和进步,正是对内搞活,至少应与对外开放同等重要,享有同等待遇。

要想把短篇写短,第一要素是语言。我们可以从外国小说中学到某些技法,学到语言的周密性,但是如果使用欧化语言叙事、抒情、状物、对话,只能使长风一二级转五六级、七八级……刮到十二级那就是风灾了。

中国写小说的人,不能不读一读鲁迅先生的《中国小说史略》,写短篇小说的人要认真钻研中国历代的笔记小说；蒲松龄的《聊斋志异》和纪昀的《阅微草堂笔记》，尤其应该是短篇小说作家的案头书，时时观赏揣摩。鲁迅先生评赞《聊斋志异》："虽亦如当时同类之书，不外记神仙狐鬼精魅故事，然描写委曲，叙次井然，用传奇法，而以志怪，变幻之状，如在目前；又或易调改弦，别叙畸人异行，出于幻域，顿入人间；偶述琐闻，亦多简洁，故读者耳目，为之一新。"鲁迅先生更大为称赞《阅微草堂笔记》："虽'聊以遣日'之书，而立法甚严，举其体要，则在尚质黜华，追踪晋宋……惟纪昀本长文笔，多见秘书，又襟怀夷旷，故凡测鬼神之情状，发人间之幽微，托狐鬼以抒己见者，隽思妙语，时足解颐；间杂考辨，亦有灼见。叙述复雍容淡雅，天趣盎然，故后来无人能夺其席，固非仅借位高望重以传者矣。"我顺便说一句抱不平的话：这些年来，研究《聊斋志异》者不多，而研究《阅微草堂笔记》者更为罕见，这是文学研究工作中只重社会意义而轻视艺术价值的表现。

鲁迅先生吸收和借鉴外国小说的某些技法和形式，对中国小说的传统文体进行改革，而成为我们今天的小说创作文体的主流。但是，鲁迅先生在语言文字上，极其生动、形象、准确、贴切、精炼、简洁，绝没有"可有可无的字、句、段"浪费篇幅。人物对话简明、扼要、含蓄、深刻，具有鲜明的个性，富有独特的色彩；每个人物都给读者留下不可磨灭的性格语言，如阿Q、闰土、孔乙己、祥林嫂、庄爱姑、赵七爷、九斤老太……也就使读者对这些人物的个性留下不可磨灭的印象。由于鲁迅先生在叙述和描写上吝字如金，用字如凿，因而他的中篇小说《阿Q正传》只有两万多字，短篇小说中只有《祝福》《伤逝》一万字挂零儿，传之万世而不朽的名篇《故乡》《社戏》《药》《风波》……都不过几千字，而《孔乙己》则仅用了两千多字。我们对照中国古典文学名著，阅读鲁迅先生的作品，溯本追源，寻根问底，便可看到他深受《庄子》《左传》《史记》……以至《阅微草堂笔记》的影响。

研究和继承中国小说的民族传统，像鲁迅那样在继承中发展和改革，我们的短篇小说不但能短下来，而且更能好起来。

一九八五年三月

原载一九八五年六月号《解放军文艺》

谈话与答问

一

关于法文版《蒲柳人家》的答问

英译《刘绍棠中篇小说选》出版以后，又出版了我的德文版中篇小说集《蒲柳人家》。现在，法国女翻译家苏姗·贝尔纳女士又将《蒲柳人家》和我的另外三部中篇小说《瓜棚柳巷》《小荷才露尖尖角》《青藤巷插曲》译成法文，收入"熊猫丛书"出版。英文版《刘绍棠中篇小说选》和德文版中篇小说集《蒲柳人家》的译者，都曾请我为这两本书各写一篇短序。因而，苏姗·贝尔纳想推陈出新，把正文之前的序言改变一下。她提议，由她提出问题，我来回答，一问一答的文字便是法文版的序言。我也完全同意。

我们之间的问答如下：

一、您是一位从事乡土文学写作的作家，请您介绍一下中国乡土文学的情况及其他姊妹艺术（如地方戏曲、民间美术）同它的相互影响。

五十年前，鲁迅先生在一九三五年三月二日写讫的《中国新文学大系》小说二集序中，首次论述了乡土文学和乡土文学作品，从此乡土文学便作为一个具有鲜明特色的文学流派，在中国新文学史上占有一席之地。鲁迅先生在一九三四年四月十九日写给当时一位青年木刻家的信，其中一个极其重要的论点，也可以说是指出了乡土文学的重要性，为乡土文学创作指明了方向："现在的文学也一样，有地方色彩的，倒容易成为世界的，即为别国所注意。打到世界上去，即于中国之活动有利。"鲁迅先生不仅为中国乡土文学奠定了理论基础，而且早已是中国乡土文学的开拓者。他的小说《孔乙己》《风波》《故乡》《阿Q正传》《社戏》《祝福》和《离婚》，不但写的是绍兴地方的农民生活，而且写出了富有地方色彩的绍兴农村的风土人情，是中国乡土文学创作的不朽丰碑。

半个世纪，中国乡土文学的发展虽然缓慢，但是每进一步都很坚实。乡土文学被注入了革命血液，加强着艺术魅力。

这几年的乡土文学创作继往开来，硕果累累，是事实俱在，有目共睹的。而且，我们经常可以看到，乡土文学对其他题材创作也产生了渗透的影响。

农民占我国总人口的绝大多数，以"中国气派，民族风格，地方特色，乡土题材"为标志的乡土文学，有着生存和发展的肥沃深厚的土壤，有着最广大的读者群。因而，乡土文学的道路宽广，前程似锦。

当然，乡土文学也不能故步自封，停滞不前。扬长避短也要取长补短。既要继承，更要发展，既要守真，更要变革；才能不断提高和壮大，才能世代相传而又推陈出新。乡土文学要立足地方，面向全国，立足本国，放眼世界，乡土文学不是封闭型，而是对内搞活而又对外开放型。

乡土文学和地方戏曲、民间美术共属同一家族。乡者，地方也；土者，民间也。它们都采取为人民大众所喜闻乐见的艺术形式，密切联系群众，富有浓郁的生活气息，自然成趣，雅俗共赏。乡土文学要学习地方戏曲和民间美术尊重人民大众艺术欣赏习惯的表现方法和艺术手段。

二、您的家乡在北京通州儒林村，现在您是否还保持同那里的联系？请谈谈那里的风俗习惯及变迁，这些民风民俗和您家乡的民间文艺对您创作的作品有哪些影响？

我今年四十九岁，但是在我的生身之地的儒林村，前前后后生活了三十多年，这在当代中国作家是少有的。现在，我仍然和我的家乡保持密切的关系，每年都回家乡长住短留，住在农民家里。一九七九年以来我发表和出版的大量的长、中、短篇小说，很大一部分是在我的家乡的农民家里写作的，我以义不容辞的责任感，参加家乡的文化经济建设。

我的家乡位于北京和天津之间，接受现代化的思想影响较快，文化水平较高，生活比较富裕，各方面都比边远农村开通。但是，燕赵多慷慨悲歌之士的地方民气，在发展变化中仍然得到继承和保持，突出地表现为多情重义。

家乡的民风民俗和民间文艺对我的创作影响，首先就表现在我毫不动摇地一生致力于乡土文学。在我的小说中，我最喜欢刻画热情、豪爽、乐观、抗争、最讲情义的男女人物形象。我的小说融了野台子戏、杨柳青年画、评书、俚曲、传说的手法和格调，而且常常把农民的口头创作引进我的小说。因此，我的老同学——一位民间文学理论家称我的小说是文人创作的民间文学，这使我深感荣幸。

三、您的作品绝大多数是写农民的，您是怎样处理创作与现实之间的关系的？您塑造的人物是否都有其原型？

我这个农家子弟从一九四九年走上文坛，三十六年来已经发表和出版了六部长篇小说，三十部中篇小说，若干短篇小说，只有一个短篇小说是写大学生生活，其他长、中、短篇小说，都是写农民的，而且都是写我的家乡的农民的。单就这一点而言，我在当代中国作家中是独一无二的。我的创作，尤其是这几年的创作，是不受时尚影响的。我所写的，都是我最熟悉、最感动、最想写的题材，不为政治需要和虚荣诱惑所左右。这本书中的《小荷才露尖尖角》和《青藤巷插曲》，写的是农村现实生活题材，但是鲜明地具有我的创作个性和艺术风格。我在小说中塑造的人物，大多数都有生活原型，是生活原型引发我的创作激情。这些生活原型都是我的乡亲父老兄弟姐妹，我对他们的家世、经历、性格、心理活动和社会关系了如指掌，呼之即出，如在目前。所以，我认定作家必须深入生活，与人民群众打成一片，做到亲如家人，心心相印，同呼吸共命运，才有取之不尽、用之不竭的创作源泉。

四、请介绍一下收入本书的四部小说的背景和艺术特色。

《蒲柳人家》《瓜棚柳巷》所描写的人和事，发生时间是一九三六年夏季，地理环境是京东运河边的农村。

一九三五年，国民党对日屈膝乞和，将属于河北省东部（冀东）的二十二个县划为军事中立区。大汉奸殷汝耕在日寇卵翼下，成立伪冀东防共自治政府，宣告脱离中央政府的管辖，等于建立了一个国中之国，首府就设在北京以东二十公里的通州。通州是我的家乡，从此乡土沦陷。乡亲父老们在敌人的铁蹄下呻吟，如鲁迅先生的诗句所描写："万家墨面没蒿莱"，同时，酝酿着揭竿而起的反抗，也如鲁迅先生的散文诗所描写："地火在地下运行，奔突……"

《小荷才露尖尖角》《青藤巷插曲》所描写的人和事，地理环境也是京东北运河边的农村，不过发生的时间已经是八十年代。

这四部小说，都具有我的小说创作的"中国气派，民族风格，地方特色，乡土题材"的艺术特色。它们的各自特点是：《蒲柳人家》表现出与五四运动开创的中国新文学一脉相承，在继承中国古典文学传统的同时，吸收和运用了外国文学的许多长处，把中国古典文学的传统和外国文学的长处化合而为新的中国气派。《瓜棚柳巷》更富有民族化和传奇性，对民族风格既有守真，也有革新，既符合中国人民大众的艺术欣赏习惯，也有所推陈出新。《小荷才露尖尖角》是八十年代的田园牧歌，描写新的农村风貌和新的农民的精神面貌，叙事和对话力求运用生动、活泼、形象、优美、清新、含蓄而具有个性的农民口语。《青藤巷插曲》在题材上是"城乡结合，今昔交叉"，写法上是"保持本色，自然成趣"。

五、请谈谈您对"创作自由"的看法及其前景。

我认为真正的创作自由，首先是作家能够按照艺术规律进行创作，对作家的创作也应该按照艺术规律进行引导和指导，而不要对作家的选材、手法、风格实行政治上的操纵，虚名上的诱赏和物质上的刺激。创作自由的根本是创作平等。没有平等便没有自由。再也不能搞变相的"政治标准第一"。

前景是光明的，广阔的，美好的。但是，还需要相当长的时间，实践——认识——再实践——再认识，才能掌握艺术规律，才有真正的创作自由。

六、您对愿意从事乡土文学写作的青年作家有什么希望和要求？

目前，中国的青年作家，尤其从农村基层出身的青年作家，致力乡土文学创作的人越来越多。他们的作品主要是反映现实生活，描写当前农村的风土人情，富有浓郁的时代生活气息，更能和广大读者产生思想感情的共鸣，而使他们的作品生机勃勃。我希望他们充分发挥这个优势。

因而，我要求他们对前辈乡土文学作家的成就，既要继承，更要发展；既要守真，更要革新。乡土文学不能停滞不前，一成不变。但是，万变不离其宗，即"中国气派，民族风格，地方特色，乡土题材"这个根本原则不能变没了，离远了，否则也就无所谓乡土文学这个艺术流派。当然，中国气派，民族风格和地方特色也在变化着、发展着，于是乡土题材也就更为丰富多彩和增加新的内容。我只起到承上启下的作用。乡土文学的花团锦簇一般的大繁荣，要靠后来人努力实现。而后来者居上，永远是历史发展的必然规律。

乡土文学创作，很难一炮打响，一举成名，这就要耐得寂寞，不可急功近利。应该充满自信，矢志不渝，而又淡泊以明志，宁静以致远。乡土文学创作要求作家深深扎根泥土，与农民在思想感情上血肉相连，关心农村社会的动态和参加农村社会的变革。乡土文学创作必须学习、掌握和运用生动、活泼、形象、含蓄、优美的农民口语，也要求作家具有深厚的中国古典文学造诣，借鉴、吸收、融化外国文学之精华。乡土文学更需要古为今用，洋为中用。

一九八五年六月

原载一九八六年第一期《丑小鸭》

二

我与安妮·居里安的谈话

一九八五年七月十七日下午，我应法国女汉学家安妮·居里安的请求，接受她和她的丈夫数学家彼埃尔·路易·居里安的采访。安妮·居里安的汉语讲得很流利，彼埃尔·路易·居里安对汉语中的一般会话也能听得懂，所以我们的谈话不用翻译。有趣的是，他们一直请一位中国阿姨照看他们的小女儿，接受父母和阿姨双管齐下的"言教"，咿咿呀呀说的是中法混合语。

我们的谈话进行了两个小时。

安妮：刘绍棠先生，我应聘来中国工作一年半了，过几天就要回国。在中国工作的一年半时间里，我除完成本职工作外，主要是研究您和高晓声先生的作品。在临行之前，我非常渴望见您一面。您能在百忙之中抽出宝贵的时间接待我，我真不知该如何感谢您。

刘：您不远万里来到中国，帮助我们的"四化"建设，业余时间还研究我的作品，我也要感谢您。

安妮：我毕业于巴黎第六大学中文系，早就听我的老师于如柏介绍过您的情况，在课程里讲授过您的小说创作和文艺思想，非常佩服您……

刘：于如柏先生担任巴黎第六大学中文系主任期间，两次来中国访问，都曾光临舍下，了解我的创作情况。他年近古稀，听说已经退休，身体好吗？

安妮： 去年已经病逝了。

刘： 啊！这太不幸了。他毕业于解放前的中法大学，还在北京大学当过研究生，跟一位姓王的北京女子结为夫妇。他的中国老师以他的法国姓名的谐音，给他取名于儒伯，后来他听说中国在"评法批儒"，才改名为于如柏，于如柏先生的夫人前几年已经去世，他也没有再娶。唉！想不到……请你们回国之后，代我向他的子女致以问候。

安妮： 我们一定把刘先生的问候转告他们。

刘： 让我们言归正传吧！请你们随便提问，我一定有问必答。

安妮： 刘先生，我差不多读过您已经出版的所有小说，也读过不少您的关于乡土文学的理论文章，我冒昧地问一句，您是排斥外国文学的吗？

刘： 不是的。日本的山口守教授在他的论文《刘绍棠与鲁迅》中，认为我的关于乡土文学的主张，是民族主义的。山口守教授的判断是错误的。我反对在文学上盲目地崇洋迷外，甚至对自己的民族传统和革命传统自轻自贱。同时，我也主张，应该把外国文学的精华"拿来"为我所用，化为己有。我在创作上，深受苏联作家肖洛霍夫的影响，也很受法国作家梅里美、司汤达、巴尔扎克的影响。

安妮： 您能具体地谈一谈梅里美、司汤达、巴尔扎克对您的创作的影响吗？

刘： 巴尔扎克以他的《人间喜剧》，艺术地为十九世纪的法国历史风貌和社会百态留下了不可磨灭的记录。我受他的启示，也想以我的小说，为我的家乡——京东北运河农村艺术地写出一部二十世纪史。梅里美的语言和文体美，司汤达在风格上的自然从容，都对我有潜移默化的影响。

安妮：您对中国青年作家中不少人引进西方艺术手法的探索，有什么看法？

刘：不管是西方的还是东方的（印度、日本……），南方的（拉美各国），还是北方的（苏联……），只要对中国有用，都应该引进。衡量这个有用的标准，便是必须对建设具有中国特色的社会主义文学有利。因此，种种探索，也必须牢牢记住中国特色和社会主义这两个根本原则。否则，便不会成功。

安妮：您认为当代中国文学作品，如何才能走到世界上去？

刘：越具有中国特色，越能在世界上享有崇高的地位。鲁迅先生早在五十一年前就说过："现在的文学也是一样，有地方色彩的，倒容易成为世界的，即为别国所注意。打到世界上去，即于中国之活动有利。可惜中国的青年艺术家，大抵不以为然。"

目前，中国还很穷，在世界上的经济地位还不高。等到我们的国力强盛了，外国人就要竞相学习中文，中国的文学作品也就会被广泛地翻译到世界各国去。

安妮：把您的小说译成法文，难度太大了。中国农民的语言太丰富、太复杂了，我找不到恰当的法文辞汇转述。我想先写关于您的小说的论文。

刘：是呀，你们学到的都是知识分子的语言。看来，汉学家也要深入中国人民群众生活中去，到中国人民大众中"留学"，当研究生。其实，我的小说语言，在中国是通俗易懂，雅俗共赏的。

贵国的苏姗·贝尔纳女士已经将我的四部中篇小说译成一个集子出

版。将来，你可以翻译我的长篇小说，例如已经完成和即将出版的《京门脸子》和《豆棚瓜架雨如丝》。

安妮：我一定努力提高我的中文水平，争取早日翻译您的小说。

刘：你们回国以后，也还要继续指导你们的小女儿学习汉语，长大也当汉学家。通晓和掌握一种占世界四分之一人口使用的语言，是很了不起的呀！

安妮：我不但要我的女儿成为汉学家，而且想让她找一个中国丈夫。

刘：我们很高兴"娶来"。

一九八五年七月

原载一九八六年第一期《庄稼人》

三
答《世界文学大辞典》编者问

受人尊敬的作家刘绍棠：

法国大学出版社拟定出版一套《世界文学大辞典》。您已被选入本辞典的中国当代作家部分。我负责撰写有关中国当代文学家的条目。为了使材料准确、详实，希望您能在百忙之中回答我们的问题。如您能在1988年新年之前答复我们，我们将不胜感激。

最后向您致以衷心的问候！

居里安夫人

1987年9月28日

一、您认为您的哪几部作品在您的创作中最有代表性？

五十年代的是短篇小说《摆渡口》《大青骡子》《青枝绿叶》，中篇小说《运河的桨声》《夏天》；六十年代的是短篇小说《县报记者》；七十年代的是长篇小说《地火》《春草》《狼烟》，中篇小说《芳草满天涯》（后改题《碧桃》）。

八十年代的是短篇小说《蛾眉》，中篇小说《蒲柳人家》《瓜棚柳巷》《花街》《草莽》《荇水荷风》《渔火》《小荷才露尖尖角》《烟村四五家》《鱼菱风景》《绿杨堤》，长篇小说《京门脸子》《敬柳亭说书》《豆棚瓜架雨如丝》《这个年月》《十步香草》《野婚》。

二、您最喜欢您的哪些作品？

《摆渡口》：最能表现我少年时代的创作特色；

《地火》：是我遭到二十二年政治迫害中创作的纪念品；

《碧桃》：是我对乡亲父老的感恩戴德之作；

《蒲柳人家》《瓜棚柳巷》《花街》《草莽》《荇水荷风》《鱼菱风景》《小荷才露尖尖角》《烟村四五家》：是我倡导和致力乡土文学的成功之作，也因此而奠定了当代中国乡土文学在当代中国文坛的地位；

《京门脸子》《豆棚瓜架雨如丝》《野婚》是我建立个人乡土文学创作体系的奠基之作。它们不但是"中国气派，民族风格，地方特色，乡土题材"，而且是"城乡结合，今昔交叉，自然成趣，雅俗共赏"。同时，小说中的人物和情节，更多的来自作者本人的亲历目睹。

三、读者最喜欢您的哪些作品？

《青枝绿叶》：曾编入五十年代的高中语文教科书，目前中国五十岁左右的知识分子，在上学时都读过这篇小说。

《运河的桨声》：是五十年代中国文学中能够留存的作品之一。

《碧桃》：女读者为之落泪。

《蒲柳人家》：是新时期中国文学中具有公认代表性的作品。

《蛾眉》：由于它具有《聊斋志异》风味的现实传奇性而为读者喜爱。

《瓜棚柳巷》《渔火》：浓郁强烈的乡土和传奇色彩，受到家乡人民的欢迎。

《花街》《小荷才露尖尖角》《烟村四五家》《鱼菱风景》《京门脸子》《豆棚瓜架雨如丝》《野婚》：以其描写风土人情和优美的语言艺术为学者专家称赞。

四、您作品的主要主题是什么？

表现中国气派，发扬民族精神，讴歌真、善、美，揭穿假、恶、丑。

五、您认为哪些评论家的文章最公正？

评论我的作品的人很多，但没有一个评论家真正理解我的创作思想和深刻认识我的作品的价值。

六、您认为您属于任何一种文学潮流或文学流派吗？如果是，请您指明您属于哪一派？

我在创作上继承和发展现实主义传统，努力建成乡土文学流派。

七、您能告诉我们您的哪些作品译成了哪几种文字？

五十年代，短篇小说《红花》《摆渡口》《青枝绿叶》被译成俄、英、阿尔巴尼亚文。

八十年代，短篇小说《蛾眉》《青藤巷插曲》，中篇小说《蒲柳人家》《瓜棚柳巷》《小荷才露尖尖角》《烟村四五家》被译成英、法、俄、德、日、西班牙、泰国、孟加拉文，中篇小说集《蒲柳人家》出版了英、法、德三种文字单行本。

八、您最欣赏哪些中国古典作家、中国现代作家、外国古典作家（十九世纪以前）、外国现代作家？

我敬爱每一位为伟大的中华民族文化做出贡献的中国古典作家，最尊崇的是曹雪芹，曹雪芹的《红楼梦》是中国小说家的《圣经》。

中国现代作家中我无比崇敬鲁迅先生。鲁迅先生的整体成就，超过所有的中国古典作家，包括孔子。鲁迅是中华民族的民族魂，是新中国的圣人，真正的圣人。鲁迅的方向是中华民族新文化的方向。这是毛泽东对鲁迅的评价。没有一个人对鲁迅的评价能比毛泽东更正确。

我欣赏每一位为人类文化做出贡献的外国古典作家，其中我最热爱的是俄国的果戈理和托尔斯泰，法国的梅里美和巴尔扎克，西班牙的塞万提斯。

外国现代作家中我最佩服苏联作家肖洛霍夫。

一九八七年十月

原载一九八八年一月号《乡土文学》

我与大众文学

我的家乡，京东北运河农村，盛产评书艺人，不但有吃开口饭的职业演员，而且更有不少业余爱好者。每年盛夏挂锄时节歇伏，冬至到春分的农闲三月，他们在村中大场、河边渡口、庙会集市，开场表演。我的许多小说，都曾满怀深情写过评书艺人。

长篇小说《地火》中，评书艺人叶明亮和叶菏父子，是两位重要人物。我概括他们父子的不同艺术风格：

"叶明亮幽默风趣，痛快淋漓，擅长武松故事，绘声绘色，声情并茂；叶菏深沉庄重，细腻委婉，专工林（冲）六回，令人闻之悲愤交加，泫然涕下。"

评书艺人一台戏，是我的中篇小说《荇水荷风》中的一个角色，我是如此描写他：

"一台戏那一条大河流水的嗓子，旱甜瓜另个味儿的京东腔调，描摹书中几位主角的音容笑貌，活蹦乱跳，妙趣横生，富有浓郁的京东地方风味，别具一格。一台生、旦、净、末、丑角色齐全的野台子戏，竟被他叫空了场。而且，不枝不蔓，不温不火，全书从头到尾，一个月说完，留下余味无穷，年年想听。"

在这部中篇小说里，我还描写了一位说评书的业余爱好者、种瓜老人聋爷：

"当年耳不聋，好听说书，是个书迷；中年一场大病聋了耳朵，不能再听书了，却好给别人说书。但是，他没有投过师，不是科班出身，不会起承转合，也不懂卖关子，拴扣子；只知道上场就开门见山，单刀直入，也就清汤白水，平淡无奇，不能引人入胜，没人爱听。"虽然，我在几段具体描写中，把他写得滑稽可笑，却也反衬出评书艺术在京东北运河农村的流行和深入。

我还在中篇小说《青藤巷插曲》中写一个艺名小柳敬亭的评书演员。柳敬亭是明末说唱表演艺术大师，那么我对我的小说中的这位评书艺人的尊敬，也就可想而知了。

我的一部长篇小说题名《敬柳亭说书》，更是我对评书艺术和评书艺人的寄情言志之作。

我从四五岁就听书入迷，直到今天仍然瘾头很大，在中篇小说《苲水荷风》中，我对以童年时代的我为原型的书迷小孩儿，也有生动的描写。

我走上文学创作道路，评书艺人起到启蒙作用。

评书要有扣子，每天收场都要给听众留下悬念，令人心里七上八下。《青藤巷插曲》就毫不夸张地写出了我被评书艺人扣得辗转反侧，夜不能寐。于是，为了提前知道"下回分解"，我便寻求原著。我生平购买的第一本书，就是用压岁钱从乡村庙会的书摊上，买到的一本武侠小说。越读越如饥似渴，入了迷又开了窍，便情不自禁地照葫芦画瓢，就地取材，异想天开，写起武侠小说来。我在《我与乡土文学》一书中写道："武侠小说的地理环境，要有山有水，还要有荒郊野外的茅店、寺院、尼庵。这个好办。我们的学校，有一大片海棠树林，正好可以夸张为窝藏绿林好汉的所在；校园里还有一座土堆和一座砖垛，又被我幻化为占山为王的山寨。校墙外……百亩碧水，芦苇丛生，荷花满塘，更有用武之地了。""我给全班同学都分配了角色，有的是侠客义士，有的是绿林响马，每人又都有一个江湖绰号，逐日编写一个故事，同学们争相先睹为快。"我的这些童年时代的习作，当然没有发表和出版，而且也没有保存，但是留下了温馨难忘的回忆。我每逢谈到或写到我的创作生涯中的往事，都津津乐道是从武侠小说开笔的。

历史上，中国小说的成型，是话本和平话，而话本和平话来自说话人（评书艺人）的讲故事。先言而后文，可以概括中国小说的最大特色和民族传统。鲁迅先生在《中国小说史略》第十二编《宋之话本》中写道："宋都汴，民物康阜，游乐之事甚多，市井间有杂伎艺，其中有'说话'，执此业者曰'说话人'。……南渡以后，此风未改。"说话四家之一的小说分为三类："一者银字儿，如烟粉灵怪传奇；说公案，皆是搏拳提刀赶棒及发迹变态之事；说铁骑儿，谓士马金鼓之事。"鲁迅先生又写道："说话之事，虽在说话人各运匠心，随时生发，而仍有底本以作凭依，是为'话本'。""后人目染，仿以为书，虽已非口谈，而犹存曩体。"鲁迅先生对仿说话体的作品评价很高："宋一代文人之为志怪，既平实而乏文采，其传奇，又多托往事而避近闻，拟古且远不逮，更无独创之可言矣。然在市井间，则别有艺文兴起。即以俚语著书，叙述故事，谓之'平话'，即今所谓'白话小说'者是也。"宋元之拟话本的创作非常盛行，所以鲁迅先生在《中国小说史略》中专门为宋元之拟话本写了第十三编。

鲁迅先生在《中国小说的历史的变迁》第四讲《宋人之"说话"及其影响》中写道："宋人之'说话'的影响是非常之大，后来的小说，十分之九是本于话本的。如一、后之小说如《今古奇观》等片段的叙述，即仿宋之'小说'。二、后之章回小说如《三国志演义》等长篇的叙述，皆本于'讲史'。……作家之中，又出了一个著名人物，就是罗贯中。"鲁迅先生认为，罗贯中的四种小说"最盛行，而且最有势力的，是《三国演义》和《水浒传》"。中国小说于是进入大发展大繁荣的时期。明朝小说的两大主潮，一是讲神魔之争的，代表作是《西游记》，一是讲世情的，最著名的是《金瓶梅》，二流作品还有《平山冷燕》《好逑传》《玉娇李》等。《好逑传》早有德、法文译本，为歌德推崇备至，赞叹不已。鲁迅先生将清朝小说分为四派：拟古派以《聊斋志异》为代表作，讽刺派以《儒林外史》为代表作，人情派以《红楼梦》为代表作，侠义派以《三侠五义》为代表作。《聊斋志异》风行约一百年，到乾隆末年，纪晓岚（昀）反《聊斋志异》而作《阅微草堂笔记》，艺术水平虽高，却因神道设教而价值大减。后来的文人只学他神道设教的一面，这派小说差不多变成了劝善书，也就自取灭亡了。吴敬梓之后的讽刺小说家，"描写社会的黑暗面，常常张大其词，又不能穿人隐微"，"虽命意于匡世，似与讽刺小说同伦，而辞气浮露，笔无藏锋，甚且过甚其辞，以合时人嗜好，则其度量技术之相去亦远矣，故别谓之谴责小说"。谴责小说的作者中，以《官场现形记》的作者李伯元和《二十年目睹之怪现状》作者吴趼人最为著名，但也已经是《儒林外史》的等而下之之作。"其下者乃至丑诋私敌，等于谤书；又或有谩骂之志而无抒写之才，则遂堕落而为'黑幕小说'。"被鲁迅先生高度评价为"其要点在敢于如实描写，并无讳饰……传统的思想和写法都打破了"的《红楼梦》，续作极多，无不狗尾。后来，更有皮毛模仿《红楼梦》笔调，大写优伶和妓女。写优伶有《品花宝鉴》。对于妓女的写法则有三变：《青楼梦》溢美，《海上花列传》近真，《九尾龟》溢恶。鲁迅先生贬之为"狭邪小说"，此后这类小说更变成诬蔑、讹诈的工具，令人深恶痛绝。侠义小说代表作《七侠五义》，鲁迅先生认为发源于《水浒》，"本是茶馆中的说书，后来能文的人，把它写出来，就通行于社会了。"又经大学者俞曲园润色，遂成名著。其先之《施公案》，同时之《彭公案》，此后之《小五义》《英雄十八义》《七剑十三侠》……则"大抵千篇一律，语多不通"。

我在几篇议论大众文学（通俗文学）的短文中，多次恳求现在的大众小说（通俗小说）作家，认真阅读、思考、研究鲁迅先生关于《清小说之四派及其末流》的论述，引出教训，讲究人格和文品。

进入民国，直到全国解放前夕，通俗小说家的作品，仍然是清小说四派末流之继续。北京解放前，我读过大量的章回体的武侠、言情、社会小说，绝大多数都是文字垃圾。写这些小说的人，文品极差，只会迎合小市民的低级趣味。这些小说格调上鄙俗，艺术上低劣，毒害读者心灵，是对社会的精神污染，因而被历史所淘汰。

广大人民群众爱读具有中国特色，适合人民大众喜闻乐见的艺术欣赏习惯的大众文学作品；发展大众文学正是顺应民心，大众文学的发展也正适逢其时，这是一件大好事。然而，蜂拥而上，竞争市场，也就不免泥沙俱下，良莠不齐。其中，某些文艺报刊见钱眼开，不择手段，以盈利为目的，于是利诱一批粗制滥造的文贩供其驱使，大量发表迎合低级趣味，甚至黄色下流的所谓作品，诲淫诲盗污染读者，尤其是污染青少年读者的心灵，这就必然引起广大人民群众的愤怒谴责。

但是，却不能因此而不分青红皂白，排斥和否定大众文学，并谥之曰"庸俗文学"；且又杜撰一个"严肃文学"或"纯文学"，而对大众文学实行霸道。

什么叫庸俗？思想低下，艺术粗劣之谓也。与张恨水同时代的张资平，可算是个"纯文学"作家，而他的三角恋爱小说，难道不是跟当时的许多言情小说同样庸俗吗？

何谓严肃？创作态度严谨端正，艺术加工精益求精是也。仍以"纯文学"作家张资平为例，翻检他的任何一部作品，又有哪一部能跟"严肃"二字沾边？

可见，庸俗与大众文学并无必然关系，而严肃也并非"纯文学"一家独有。

至今，轻视大众文学和大众文学作家的偏见，仍然严重存在。这是不对的。为人民大众所喜闻乐见，是中国小说的民族传统和革命传统，也正是小说创作的中国特色。这个传统必须保持和发扬，这个特色应该继承和发展。作家是人民的公仆，小说是人民的精神食粮，把小说写得雅俗共赏，是作家应尽的本分。然而，我们某些作家的某些作品，不顾广大人民群众的艺术欣赏习惯，只愿供少数"高等华人"赏玩，而为多数"凡夫俗子"所难以接受，走不出文人小圈子，却又得到言过其实的廉价吹捧，这种严重地脱离群众、脱离国情的现象，是应该扭转和克服的。

当然，大众文学和大众文学作家，也应该自爱、自重和自强。时刻想到自己是社会主义精神文明的建设者，时刻想到为建设社会主义精神文明而写小说，大众小说的创作将会得到发展和提高，大众小说的作家将会自成一格，得到公认。

看不起大众文学和大众文学作家的人，有两种情况。一种是崇洋思想严重，凡是外国的东西，哪怕是假、恶、丑的货色，他们都为之倾倒，因而也就迷信外国小说，认为外国小说比中国小说高级。其实，这些人的病根子是无知：对中国小说和中国文学无知，对外国小说和外国文学也无知。另一种情况，是看到大众小说中存在的缺陷和弊端，甚不以为然。他们的态度未免高傲，他们的意见却不无道理。

大众小说作家常有自卑感，这也是不对的。你写出了为人民大众喜闻乐见的作品，人民大众看得起你，为什么要自认低人一等呢？然而，也确实有些人，在创作上胸无大志，不求上进，甘当"二流子"。他们的作品的两大致命伤，一个是格调不高，一个是粗制滥造。"二流子"的人品和文品，不会有严肃的创作态度和刻苦的艺术追求，又怎么能写出上乘的作品呢？

大众文学绝不是二等文学或低级文学，而是屹立于文学之林，与"纯文学"平起平坐的一大文学品种。民族的、科学的、大众的创作方向，为人民大众所喜闻乐见的艺术形式，合二而一便是大众文学。我们今天的大众文学作家，应该继承《三国演义》《水浒》《儒林外史》《红楼梦》之祖传而又有创新。我们要取法乎上，而不应取法乎下；取法乎上仅得其中，取法乎下岂不是只得其劣吗？

大众文学和大众文学作家，如何自爱、自重和自强呢？

首先，要有志气，有骨气，胸怀大志写作，挺直傲骨做人。因而，必须努力提高思想水平和艺术功力，使大众文学与"纯文学"双峰并秀，各领风骚；不仅在拥有读者的数量上占有绝对优势，而且在艺术质量上至少不逊一筹。

大众文学中写历史题材的作品很多，但是能够写得符合历史真实，艺术地再现历史的佳作却极少。这是因为作者严重缺乏历史知识和史学及古典文学造诣所致。认为写的是历史题材，年代久远，为读者所不熟悉，可以任意胡编乱造，是造成这一类题材作品失败的致命伤。特别令人不能容忍的是对革命历史题材缺乏起码的革命责任感，歪曲和丑化了革命斗争和革命者的形象。因此，我恳请不甘下贱的大众文学作家们，要坚决反对、克服和扭转这种败坏大众文学声誉的不正之风。

我很佩服大众文学作家的编故事的本领。但是，脱离塑造人物性格和形象的编故事，必然脱离生活，脱离情理，不能自圆其说。要对这种主观随意性的故事的情节和细节进行些推敲，便会发现破绽百出。而从塑造人物性格和形象出发所衍生的故事，是经得住生活和情理的检验的。文学是人学，大众文学也必须以写人为能事。要想提高大众文学的创作水平和艺术地位，非如此不可。

当前，我个人更主张大众文学作品要转向反映现实生活。大众文学的艺术手法和艺术形式，很能表现公安、司法、爱情、婚姻、家庭、社会伦理道德等领域的人物和故事。当然，必须严肃认真，而不要哗众取宠。

形式服务于内容，也必然随着时代的发展而有所演变。大众文学不能旧瓶装老酒，也不能旧瓶装新酒，艺术手法和艺术形式都必须推陈出新。老舍的短篇小说《断魂枪》，以新文学的艺术手法和艺术形式写一个北京末代老镖客的悲剧，很值得大众文学作家参考。

北京历史上就是大众文学的繁盛之地，我深受大众文学的影响和滋育，为我从事文学创作开了蒙。我致力乡土小说的创作，更自觉地借鉴和吸收大众文学的精华，力求使自己的作品接近为人民大众喜闻乐见的艺术欣赏习惯。我在长篇小说《敬柳亭说书》的第一章第一节，采用话本和平话的"得胜头回"的手法，写道："目前，通俗小说十分畅售，是出版社的摇钱树，以文养文，我们不少人的大作，是靠通俗小说赚来的钱才得以出版。可是通俗小说作家的地位低下，不能登大雅之堂；他们愤愤不平，却又自卑，便找我替他们说几句公道话。我在报刊上发表了几篇抱打不平的文字，并不见有多大影响。喊不如干，便也加入这些下里巴人的队伍。"我又写道："为人民大众所喜闻乐见的作品才有价值。通俗小说作家要抬起头来，看不起通俗小说的人要放下架子。"是的，我是个被公认的"纯文学"作家。因此，我更为理直气壮，把我的《敬柳亭说书》作为大众文学的入流之作。而且利用古老的"得胜头回"，或寄兴抒怀，或借题发挥，或今昔交叉，或更换角度，很想散不离本，变不离宗。岂止复古，尚有创新：每章的"得胜头回"还觉得跟读者聊得不够尽兴，又自造一个"凯旋收场"，再聊一通闲篇儿。全书十八九万字，有五万字离题，反倒是这离题的五万字为我所"敝帚自珍"。

车轱辘话，再唠叨一遍：

坚持民族的、科学的、大众的创作方向，采取为人民大众所喜闻乐见的艺术形式，建设具有中国特色的社会主义文学，应该是不同流派、不同风格的作家共同遵守的原则和殊途同归的目的地，那就博爱、自由、平等，皆大欢喜了。

一九八五年十二月

原载一九八六年第二期《今古传奇》

吹　腔

写小说和写散文是两功劲儿，但是并不隔行如隔山。

小说好比京剧，散文就是昆曲。小说来自散文，正如昆曲是京剧的主根之一。学京剧想当好角儿，都要在昆曲上下功夫。男怕《夜奔》，女怕《思凡》，过不了这两关，男（生）女（旦）都成不了器。梅（兰芳）、程（砚秋）两大家，都有极高的昆曲艺术造诣。

好的小说家，无一不是好的散文家，鲁迅先生便是如此。

昆曲难唱，散文难写；我一向视散文创作为畏途，不敢问津。但是，要把小说写好，必须具有散文功力，所以我又爱读散文，并且学而时习之。古今中外的散文名篇，常在案头，以备浏览，从中有所领悟。报刊逼稿，催索再四，只得《跪池》《醉写》，厚起面皮反串了几回。以写小说的粗手拙笔，试写几篇散文附庸风雅。

散文要语言简洁，描叙精炼，同时又必须准确，含蓄。准确才能简练，含蓄才有韵味。中国的艺术欣赏习惯，讲究意会，而不过分言传；讲究话里有话，弦外之音，而且要余音绕梁。写小说的人要从散文中偷（取其所长）、悟（为我所用）、化（化为己有），能使小说创作增光生色，尺长丈进。

抒情散文"人保戏"，叙事散文"戏保人"，我写"戏保人"的叙事散文。取法乎上，我宗鲁迅先生的《朝花夕拾》。虽然高山仰止，仅及其下，然而心向往之，愿得一窥堂奥。

"五四"至今，中国新文学的两位散文大师，一位是鲁迅先生，另一位便是周作人。胡适当年说过，"五四"时代的文学家，古文造诣无出周氏兄弟之右者。鲁迅先生和周作人正因为具有博大精深的古文造诣，所以他们的散文大得古典文学的精髓而无与伦比。中国是个诗大国，也是散文大国。在中国文学史上，大诗人和大散文家比大小说家多得多。因此，我们的散文创作，更应该继承和发展民族传统，更要注重中国气派。把民族风格和时代意识、时代精神、时代特色结合起来，新时期的散文创作必能根深、本固、枝荣、叶茂。

鲁迅先生和周作人深通外国文学，外国文学对他们的散文也大有影响。他们集古今中外于大成，因而炉火纯青，出神入化。

多年来，我们对鲁迅先生散文的思想性和战斗性的继承有误，以致把散文写成了宣传品，忽略了学习和发扬鲁迅先生散文的艺术性。我们要知错必改，而不能诿过于鲁迅先生。

周作人散文的淡雅、韵味、知识性和趣味性，都值得我们借鉴和运用。对待周作人的人和文，要有所区别而又不能割裂。

散文要多样化，才会有起色。题材要多样，艺术更要多样。目前的散文和小说创作，艺术上都嫌单调。因此，散文家和小说家都要有自己的创作个性，形成自己的艺术风格。赤、橙、黄、绿、青、蓝、紫，酸、辣、苦、甜、咸，煎、炒、烹、炸，荤、素、冷、热，生、旦、净、末、丑，狮子、龙、虎、狗，梅、程、荀、尚，马、谭、杨、奚，云里飞，八大怪……五光十色，花团锦簇，绚丽多姿，争奇斗妍，文坛风景才好看。

一九八六年十二月

原载一九八七年第四期《散文世界》

旱甜瓜另个味儿

　　我生在北京，长在北京，在北京念的小学、中学和大学，出了校门就在北京工作，没有挪过窝儿，不曾换个地儿。我从事文学创作三十八年，一直写的是北京乡土题材小说，没有变个样儿，不曾改路子。所以，我可算个百分之百的纯粹北京人。像我这样的"老北京"，不但在北京作家中少有，而且在北京市民中也不多见了。

　　不过，确切地说，我是北京乡下人，不是北京城里人。我的根子深深扎在运河滩上的泥土里，只是藤蔓伸延到市内，虽离乡而不离土，也就土性难改，未能水性"洋"花。

　　"一年土，二年洋，三年不认爹和娘"，我没传染上这个毛病。而且随着年龄老大，我更土得变本加厉，土得发扬光大，土得自鸣得意。

　　跟我交谈过的人，听过我发言和讲话的人，都马上听出我的口音是北京土味的普通话，使用的是经过净化的农民口语。不打官腔，不讲术语，说明道理打比喻，这就在城里文化人中显得缺乏书香，土里土气。业余作者和大学生们听我的报告都大感兴趣，却在笔记本上记录不了几个字，好像听了一场评书，勉强整理成文，杂乱无章，看不出有多少学问。然而，我这种把理论和术语通俗化了的语言，最适合农村基层干部和农民的口味。我跟他们在一起，开会、办事、闲聊天儿，嘴上从没有一句文言字话；富有比兴的家常话儿最能互相交流，产生共鸣。即便跟农村大嫂子们谈起男女之间的事情，也能荤事素说，不伤大雅。

我的语言落在纸面上，形成文字，写成小说，便构成了我的创作特色和艺术风格。我的一个念过中学的乡亲妹子，看了我的小说，给了我一句话评语："旱甜瓜另个味儿。"每一想起这句评语我便甜丝丝，美滋滋，飘飘然，比一品特级评论家吹吹捧捧抬轿子，受用得多。

三年学徒，八年坐科，我这点嘴上能耐和笔下功夫，是从咿呀学语之日起就自然而然地潜移默化，后来更自觉地养成了积累和掌握这种生动、活泼、风趣、形象、含蓄、美好的语言词汇的习惯。

我的家乡——北京通州乡亲父老的口音，外地人分辨不出其中的差别，其实大同中是存在小异的。粗略划分，小异四种：县城内、县城西北和紧靠北运河沿岸（俗称河筒子）的村庄，说的是地道的京片子——京字京韵京腔的北京方言；通州西南，京腔中带着卫调（天津口音）；通州东南，京腔中带着怯口（唐山口音）；通州东北，京腔中杂有塞北口音。我那个生身之地的小村，正是在河筒子里，被清皇室跑马圈地，村民的祖先都是种皇粮的，所以说一口京片子。我的母亲是通州西南农村人，结婚之前就改过了卫腔。我的一个堂嫂来自通州东南农村，嫁过来以后老是改不了怯口，很受婆婆白眼，我在长篇小说《豆棚瓜架雨如丝》中曾有描写。而且，我的乡亲父老对解放前标定的那种国语腔（他们称之为学生腔），也听着刺耳，非常反感。

我就是在这种语言环境中学会说话的，可谓京腔正宗出身，童子功过硬。

自幼爱听闲话儿，好听故事，最喜欢串百家门儿。炕头灶台、槐荫柳下，是我的课堂，婶子大娘、嫂子姑姐，是我的师傅。农村妇女的语言艺术，绘声绘色，绘形绘影，悦耳动听，耐人寻味。她们无意之中口传心授，我不知不觉博采众长：有如春雨点点入地，被我点滴不漏地全部吸收，贮存在我的记忆里，挂在了我的嘴边上。此外，诙谐狡黠的农村老人，也是我的语言教授。

农村妇女的语言富于巧妙的暗示，农村男子的语言富于夸张的渲染，阴柔阳刚，各尽其妙，我便兼收并蓄。所以，我的小说的人物都有原型，语言都有来路。

不过，我的农民口语贮藏虽多，但是在我的五十年代的作品中却没有充分发挥出来。那时，我主要生活在青年知识分子群中，语言习惯反映在小说文字上，便是文野结合。对话使用了农民口语，叙事则基本上是书面语。一九五七年以后，我回乡当社员，跟乡亲父老兄弟姐妹们朝夕相处，真正是同吃、同住、同劳动。福祸与共，利害相关，共同着喜怒哀乐；亲密无间，血肉相连，砸断了骨头连着筋。二十年乡野栖身，泥棚茅舍的陋室，谈笑有白丁，往来无鸿儒，几乎没有跟知识分子打过交道。作为社会交际工具的语言彻底发生了变化，反映在我在土炕上写出的三部长篇小说《地火》《春草》《狼烟》里，叙事和对话都明显地口语化了。

一九七九年我恢复创作权利，重新拿起笔，致力乡土文学，不但要一辈子写农民，而且首先为农民写。力求做到"中国气派，民族风格，地方特色，乡土题材"和"开采要广，发掘要深，自然成趣，雅俗共赏"。我决心使自己的作品土味十足，充分口语化，努力使白纸黑字的小说同时又是口头文学。

当然，我的小说口语化是经过艺术加工的。传授我这种加工手艺的是评书艺人和古典文学。

走村串乡的评书艺人，服务对象是胸无点墨、目不识丁的农民，只有使用农民的口语，才能使农民听众听得懂而又爱听。要想收到使农民爱听的艺术效果，就必须对日常的农民口语进行去芜存精的艺术加工，也就是提炼得更加准确、简洁、精彩。我从小就是个书迷，听得如醉如痴，不但被评书艺人演说的传奇故事所吸引，而且从评书艺人的语言艺术中受到熏陶，虽然没有拜师却偷了艺。我的小说首先为农民而写，就不能不尊重农民的艺术欣赏习惯和欣赏水平，这就是从评书艺人的艺术手法中偷了悟，悟了化。悟者，领悟其中奥妙；化者，化为己有是也。但是，悟而化之，并不等于照猫画虎，抱着葫芦画瓢，把小说变成了评书。因此，还必须师法古典文学，才能在普及的基础上提高。从说话人的话本到文人的拟话本，形成了中国古典小说，便是史证。

鄙人几十年的创作经验也大可证明，古典文学造诣越深，小说创作的语言艺术也就水涨船高。

我在长篇小说《十步香草》的《后记》中写道："我要以我的全部心血和笔墨，描写京东北运河农村的二十世纪风貌。为二十一世纪的北运河儿女，留下一幅二十世纪家乡的历史、景观、民俗和社会学的多彩画卷，这便是我今生的最大心愿。"同时，也要在我的小说中保存非常宝贵的北京味儿农民口语，这也是一笔小小的文化财富。

洋人已经注意到了。几个研究我的小说的外国汉学家，主要是研究我的小说语言，累得他们满头大汗而乐此不疲。

说多了便有自我吹嘘之嫌，止。

一九八七年四月

原载一九八七年第六期《学习与研究》

病中答问

一

我写书给人们看，首先自己要看书。书有两种，一为白纸黑字之书，二为无字句之书——社会生活。对社会生活如何"读"呢？一曰阅历，二曰见闻。我虽病困，仍力求日有所知，月有所得，日积月累，年有所获。

你们问我，哪些书对我的文学创作影响最大？而且限定回答三本，这真叫强人所难。好，我遵命答曰：

第一是《鲁迅全集》。鲁迅先生的著作使我认识中国的国情和国民性，认识如何继承和发扬中国的民族传统和文化传统，认识如何以真正的"拿来主义"态度借鉴和吸收外国文化。

我是在鲁迅先生的文艺思想指引下致力乡土文学的。

其次是《红楼梦》。《红楼梦》是无与伦比的语言艺术宝库，是我这个以写小说为业的人的《圣经》。

以独具特色的个性语言刻画人物的心理活动，通过人物的动态描写塑造人物形象，是我从《红楼梦》中学来的手艺。

还有肖洛霍夫的《静静的顿河》。肖洛霍夫给我指明了一条扬长避短的创作道路——写自己的家乡。

《静静的顿河》是我学写乡土小说的教材。

<h2 align="center">二</h2>

我是写乡土文学起家的。乡土，狭义上讲就是指自己的家乡。广义上讲，你从小生长在城市的某街某巷，也就是你的乡土。远亲不如近邻。在农村，开门就得求人。红白喜事，盖房种地，大事小情都得互助。在城市，人情虽说淡一些，但没有哪一家"万事不求人"。北京的大杂院，颇有"乡土"特色。在城里的另一块乡土，是你们的工作领域。你们这些做民政工作的同志，居委会、福利厂、婚姻登记处、殡仪馆……都是可向你提供"乡土文学"创作题材的宝地。生活是创作的源泉，民政工作天天与群众打交道，创作天地十分广阔。

我写的许多小说，也可以说是民政题材，至少与民政沾点亲。我十四岁时写的小说《蔡桂枝》，就是写与农村买卖婚姻斗争的故事。四十一年创作生涯，写爱情、婚姻、家庭、乡亲最多。

社会生活主要体现在情侣、夫妻、家庭、邻里、同学、同事……的人与人之间的关系上，民政工作者对这些方面可谓"近水楼台先得月"，大有可写。创作方向，革命化、大众化、民族化没有过时，需要的是革新和发展。创作时别忘了"广大"二字。自己的作品，多一个人看总比少一个人看好。反映民政生活的作品尤其如此。

三

党领导下的地下革命斗争，可供文艺创作开采取材，有如一座蕴藏丰富的矿山。

但是，近年来不少以此为题材的小说、电影、戏剧、电视剧……却把地下革命斗争写得不成体统，致命伤是失真。

我每看到这类不成体统的东西，便不由自主想起国民党特务文艺的代表作《野玫瑰》——拍成电影叫《天字第一号》。满台的油头粉面，浓妆艳抹，打情骂俏，争风吃醋，花拳绣腿，打斗凶杀……丑态百出，不一而足。为了赚钱而媚俗，竟将我们党领导的地下革命斗争写得与国民党的特务活动别无二致；这不仅是十分低级趣味，而且是严重的政治失误。

一位半生领导地下革命斗争的老同志，痛心于此，写了一本回忆录，要我作序。我通读全书，虽然朴实无华，出不了多少"戏"，却令人肃然起敬，感动不已。所以，只有不失历史原貌的真实性，才会具有动人心魄、感人肺腑的艺术魅力。

一九四八年我上初中时，参加党的外围组织——地下的"民主青年联盟"。解放后"民联"成员从地下转为公开，我才知道我们的领导者原来是那位最被国民党校方称赞，平日表现得循规蹈矩的书呆子。而那个在各种活动中惹人注目的同学，却是地下"民联"的次要角色——连他也不知道那位"书呆子"竟是自己的领导人。

因此，我希望今后描写地下革命斗争的文艺作品，必须尊重历史，令人信服。你们征求我的意见，我就直言相告，自问并非吹毛求疵。

四

北京的电视剧，要想取得更大成就，非在北京特色上下功夫不可。没有特点、特征的大路货，实在是浪费国家的金钱、摄制组的劳动和观众的时间。

不愿拍北京特色，拍不出北京特色，主要原因是才疏学浅，生活底子薄。无论是写小说、唱京戏或拍电视剧，显出特色得下苦功夫，得有真功夫。耍小聪明玩花活儿，是达不到这个艺术高度的。

北京整体有个共同的特点，但市区和郊区，市区的四城，远郊和近郊，大同中仍有小异。只有深入生活细心体味，才能写得出来，拍得出来。我是京东水域出生长大的人，我写小说只写平原和河流；对于京北、京西、京南，虽略有所知，却不敢动笔。

乡土文学创作，讲究的是大处着眼，小处落墨，以小见大。我写了大半辈子北运河的一个小村，也就是我的生身之地；可写的素材不是越写越少，而是俯拾皆是，美不胜收。

我们的电视剧作者和导演，不要因其小而不为。好大喜功、志大才疏、贪大求全、大而无当……都不是好词儿。

一九九〇年八月

原载一九九〇年九月十日《天津日报·满庭芳》

姓　民

乡土小说创作，离不开描写本乡本土的风土人情；而要描写本乡本土的风土人情，就不能忽略本乡本土的名胜古迹。如此才能表现出乡土的历史风貌和生活环境，才能具有浓郁的地方特色。

我的家乡是北京通州，通州是京杭大运河的北端。我的已经发表的十二部长篇小说，三十部中篇小说和上百篇短篇小说，都写的是大运河。大运河和古长城，是我国两个最伟大的古迹。我向广大读者描写这个伟大古迹的风光景色，展现生存在这个伟大古迹上的人民大众的生活图景，刻画大运河的子子孙孙们那各具特色的形象，记录大运河流域这一方乡土的历史和时代风貌。我的小说和大运河血肉相连，不可分割，是引以为荣的。

北运河头，通州城内的燃灯佛舍利塔，也是有一千多年历史而闻名全国的古文物。我在中篇小说《渔火》《蒲剑》中都有描写，并且在反映现实生活题材的中篇小说《烟村四五家》里，记下了关于燃灯佛舍利塔的最新趣话。从一九四六年到一九四八年，我曾在燃灯佛舍利塔下的通州模范小学读高小，因而我对这座宝塔怀有深厚的感情。今年盛夏，我以病残之身重游旧地，流连塔下，感慨万千。

通州另一座常在我的小说中出现的古迹是八里桥，正名叫永通桥。我的长篇小说《京门脸子》《豆棚瓜架雨如丝》和中篇小说《渔火》《小荷才露尖尖角》中，从不同角度描写它的风姿。八里桥曾遭到英法联军侵略者的严重破坏，又年久失修，至今未能整旧如故，反而增加损伤，令人扼腕叹息，痛心不已。

我还在长篇小说《地火》中描写辽代耶律阿保机的晾鹰台，在长篇小说《京门脸子》中述说辽代萧太后的萧妃井，在长篇小说《豆棚瓜架雨如丝》和中篇小说《渔火》中描写明代徐达、常遇春的点将台和明成祖朱棣的驻跸台。这些古迹早已湮没无存，只在一些古籍中有所记载，已经鲜为人知。我的小说将把这些泯灭的古迹传名于今世，不知能否唤起今人群策群力，将旧景重现。

我在小说中写得比较详细，而且又直接出过力的是李卓吾墓。明代大学者李卓吾临终前一年流寓通州，隐居著书；因遭谗陷，被捕入狱，自戕而死，葬于通州北关外。一九五四年因该地修建工厂，当时的通州市人民政府将李卓吾墓迁址立碑于城西北郊。十年动乱中，墓碑被毁坏得残破不堪。我这个不可接触的"贱民"，冒险前往凭吊遗迹，目不忍睹，悲愤不平。一九七九年我重返文坛，立即呼吁重修李卓吾墓。一九八二年通县人民政府在风景秀丽的西海子公园为李卓吾新建陵园，由我出面请周扬题词，镌刻新碑。如今，新建的李卓吾陵园坐落在荷塘碧水之畔，老先生长眠于花树葱茏之中，生前死后历尽四百余年坎坷，今日当可含笑九泉了。

民间文学是乡土文学的来源，一条主根。我致力乡土文学创作，从我的作品中可以找到与民间文学的千丝万缕的关系。

我的乡土小说，不仅从民间文学中汲取到丰富的营养，而且常把民间文学的故事和手法，融合和运用到我的小说中去。远在三十多年前，我写的短篇小说《青枝绿叶》和《摆渡口》，就曾借助民间传说，加强小说的魅力。三十多年后，我所写的短篇小说《蛾眉》，整个就像把现实生活中的民间故事小说化了。正是这几个短篇小说，最为读者喜爱，被认为是我的短篇小说代表作。我的长篇小说，对于民间文学的吸收和借鉴就更多。长篇小说《地火》中关于烟村村史的叙述，对于农村比武打擂的描写，都采用了民间文学的表现方法和艺术手段。长篇小说《春草》中有两三章，就是民间传说的改写。长篇小说《狼烟》，处处闪现着从民间文学得来的传奇性和夸张性。一九八四年完成的长篇小说《京门脸子》，在描写风土人情和记叙人情世态上，更大量引用当地的民间故事、传说、奇闻、俚曲；甚至抒情状物，往往也以闲笔方式，杂以民间文学之妙趣。中篇小说《蒲柳人家》中对于望日莲七夕乞巧和何满子葡萄架下听哭的几千字的描写，是我将优美动人的民间传说的艺术再创造。《渔火》《花街》《草莽》《瓜棚柳巷》《荇水荷风》等一系列中篇小说，都富有民间文学的色彩和情趣。描写农村现实生活的中篇小说《鱼菱风景》《小荷才露尖尖角》《烟村四五家》《吃青杏的时节》，使用了许多当前农民口头创作的民间故事。四十年前在北大读书时的老同学、北京大学教授、刘绍棠乡土文学研究会会长段宝林同志认为我的乡土小说也可以称之为文人创作的民间文学作品，我觉得这是对我的小说创作的高度评价。

民间文学与我的小说创作血肉相连，是因为我生在农村，长在农村，三十多年生活在我的生身之地的家乡，与乡亲父老兄弟姐妹们朝夕相处，喜、怒、哀、乐相通，口头流传的民间文学给我以启蒙的、经常的、长期的艺术熏陶。我自幼爱听乡亲父老和农村妇女说闲话儿，至今百听不厌。现在，我每回下乡，最大的乐趣，仍是盘膝大坐在热炕头上，或是豆棚瓜架伞柳下，跟大伯、大叔、大哥和大娘、大婶、大嫂们东家长、西家短，聊得如醉如痴。他们说个没完，我也听个没够。听人民群众说话，我像在上课，是个学生。一九八二年桃红柳绿的暮春时节，我住在家乡的农民家里，创作我的中篇小说《烟村四五家》和《吃青杏的时节》；女主人给我做饭，我给她哄孩子，两人随便聊天儿，她谈起当前农村的许多趣闻，有三个故事令人拍案叫绝，都被我移植到我的小说里，几乎成了神来之笔。因此，我的小说不但写农村，而且常在农村写。

我积累传统题材的民间故事，也拾取现实题材的民间故事。在我进行小说创作时，这些民间故事便在我的不知不觉中给我以影响，使我的小说自然成趣，返璞归真。

人民群众口头创作的民间文学，一传十，十传百，百传千，千传万……每过一人之口，都有所丰富，有所增色，为广大人民群众所喜闻乐见。我的乡土小说，也从民间文学中学到民族化和大众化。老百姓的日常说话、叙事、抒情或状物，从不使用抽象空泛的词句，而是借具体的景物以比兴，非常生动活泼，极其风趣天然，我又从民间文学中学到语言艺术。

我的乡土小说可以算作文人创作的民间文学作品，有如我的老本家刘禹锡先生"新翻竹枝词"，都是来自民间而又精心加工的土特产。所以，我的小说姓民。

一九九四年十二月

原载一九九五年二月十六日《文学报》

坐而论道

文学要繁荣。

什么叫繁荣？我看就是艺术的多样化。作品数量很重要，但如果是千篇一律，千部一腔，千人一面，那就不叫繁荣。我很喜欢看京剧，主要是因为京剧有流派，有梅、程、荀、尚四大名旦。这四大名旦都很有学问。他们都能扬长避短，根据个人的气质、禀赋、兴趣、修养发展自己的特长，绝不跟别人去撞车。他们各自有自己的领域，有自己的独到之处，有别人所不能比拟的专长。比如演《玉堂春》，四大名旦有四种处理方法。同样的题材，同是那出戏，同样是苏三和王金龙两个人，同样是那句话："玉堂春好比花中蕊，王公子好比那飞来飞去的采花蜂。"但四大名旦演唱，就有四种不同的人物性格，四种不同的人物心理，形成四种截然不同的艺术特色。玉堂春因被诬告判了死刑。当时，在堂上审问她的就是她的爱人，她也正是为他受苦，此时能决定她生死的，也正是这个爱人。这个矛盾太尖锐了。王金龙在堂上，一开始并没有认出，也不敢认玉堂春，八府巡按和杀人犯妓女的地位太悬殊了。这时玉堂春为了让王金龙救她一命，必须点破他回忆起旧情，所以她就把闺房中的枕边话唱出来了。梅兰芳善唱贵夫人的角色，他对苏三的处理是，苏三虽然沦落风尘，又被判死刑，但仍然不失将来是贵夫人的素质、气度。尽管是句玩笑话，但梅兰芳唱得很端庄，很深沉，不使人引起邪念；令人觉得，玉堂春将来仍了不起。第二种是程砚秋的唱法。本来是闺房中的私话，容易使人产生邪念的联想，但听了程砚秋的唱法令人潸然泣下。程砚秋善演悲剧，他唱出了这样心情：处在这种境地，你还不认识我，而且我的生死决定于你；我为了求生，说起我们当年的私房话，我心里是很难受的。（我是"程迷"，爱听他的唱法。）尚小云的处理方法是演成侠肝义胆的女性，这句话他唱得很刚烈：豁出去了，反正是死。荀慧生用世俗的方法处理，唱时暗送秋波，市民阶层很乐于接受。为什么四大名旦在同样一个题材同样一出戏中，对同样一个人物同样一句话能表现出四种不同的心理来？人家是动了脑筋的：我绝不跟你一样，跟你一样就没有我了。你穿西装，我就穿中山装，你要咖啡色，我就要铁青色，不能跟仪仗队似的，谁也认不出来。当然，艺术有个共同的客观标准：人物塑造出来没有，语言怎样，构思怎样，反映生活的深度怎样。但也另有一种高低上下：我会的你不会，你会的我不行；我这点比你高，你那点比我强。京剧里挑班唱头牌的人多了，没留下几个。京剧里的底包很了不起，程砚秋的戏丑角儿多。丑角儿出来让大家松弛松弛，他再接着唱。程砚秋演《窦娥冤》，没有一个好女牢头怎么唱？这些人有他自己独到的东西，不但扬长避短，并且从短中出长。程砚秋的水袖二百多种，在所有的旦角演员里，他跑圆场最漂亮，他的武功非常好。他三十岁体重就二百斤了，太胖了，怎么办？他就练跑圆场，谁跑也跑不过他，跑起来真是婀娜多姿，飘飘欲仙。程砚秋的水袖比梅兰芳的长，甩起来上下飞舞，非常好看。他能够弥补自己的缺陷，而突出自己的长处。有一次一个欣赏者看他的演出，对他说：你太发福了，跑三圈够呛，少跑一圈吧。程砚秋什么话都不说，上了台，给打鼓佬儿一个眼神儿，一下跑了六圈，越跑越好，就为赌这口气。谁看了那场戏谁大饱了眼福。

一个作家，终其一生都应该扬长避短，终其一生都应该短中求长。我们要时刻想到自己的不足之处，上下比，前后比，跟肩膀齐的比，跟自己的长辈比。天下之大，无奇不有，得走自己那条道儿。如果找到自己的道路，就要一辈子去追求。也许当时瞅不见成果，但能"来世报"。从五十年代起，我看了四十五年了，哪年都有红一下子的，也有红一阵子的，但是没有红一辈子的。一辈子抢上抓尖儿不可能。我致力乡土文学，是因为我对我的老家比谁都熟悉。所以四十多年来，我就写这块地方。我这一套对我个人来讲是成功的，对别人只能是个启发：自个儿打自个儿的主意。千万不能傻子过年瞧街坊，哪头炕热睡哪头。

我们要建设有中国特色的社会主义文学。什么是中国特色？社会主义内容和民族形式相结合，就是中国特色。这就是"民族的科学的大众的方向"，"为人民大众所喜闻乐见的艺术形式"。作为一个作家，自己的作品怎样才能为人民大众服务，广为流传，传之久远？为什么有些人的作品，在文学界有名，可在人民群众中却没有人知道？一个大的问题是不符合老百姓的艺术欣赏习惯，没有和人民结合在一起。

文艺有四大功能：教育作用、认识作用、美育作用、娱乐作用。文艺作品的观点越隐蔽越好，倾向性应该在情节和细节的发展中自然地流露出来。我们的小说观点太暴露了，倾向性太鲜明。小说的"观点越隐蔽"反而能引起读者的思考。否则干脆写社论得了。许多人爱看外国电影。《远山的呼唤》给观众留下很深刻的印象。在高仓健所演的角色身上体现了新武士道精神，影片有强烈思想性、倾向性，它是不知不觉地渗透到观众头脑里的。中国的作品习惯于把什么都说明白，否则似乎就不够劲儿。屈原在政治上主张"联齐抗秦"，那秦始皇就统一不了中国；但两千多年来，《离骚》仍被人们传诵，因为它能给人以美的陶冶。我们常常用小生产者的眼光要求文学，讲究当场抓彩。读者看文艺作品首先是为了娱乐，凭兴趣出发，然后从消遣中从娱乐中接受思想教育。所以，文艺要寓教于娱乐之中。文艺作品可分成三种：有益无害，我们提倡的；有益而无大害，我们允许的；有害无益，我们反对的。革命的现实主义是基础，革命的浪漫主义是主导。就是说，我们必须以客观为第一性，以生活为创作源泉，同时还应该有理想主义；没有浪漫主义实际上便没有文学。我们必须深入生活，对什么都感兴趣，积极参加社会活动，注意积累素材。有时一时用不上，十年以后也许能用上。一鸣惊人的作品是以前长期积累的结果。今后必须不断地积累——看书学习，深入生活，我认为这是很重要的。

民族化问题，有些人觉得没意思。其实中国到底是怎么回事，许多人不知道。外国的世界文学史（包括苏联）中没有中国，是西方文化中心论，对东方的文化也谈得很少，好像中国不在这个地球上似的。"文化大革命"对中国民族文化作了虚无主义的否定，使得很多同志对中国文化，对中国的古典文学知之甚少。某君妄言："小说是商品经济的产物，中国的商品经济不发达，所以中国的小说没有西方的小说写得好。"这个简单的推理大谬不然。西方的商品经济谁最发达？美国。但西方的文化中心在法国，美国人也不敢说它的文化比法国发达。经济与文化有它互相制约、相辅相成的一面，也有它独立发展的一面。

小说有没有客观标准？我看有。什么都有客观标准。光泽、圆润、对称是美的客观标准。小说呢？只要写出了人物，写出了"典型环境中的典型性格"，就了不起。鲁迅为什么伟大？现在还没有一部作品像他那样写出一个阿Q来。一个作家一辈子给文学史留下一个人物就了不起了。老舍有一个骆驼祥子，巴金留下几个？茅盾留下没有？留下一个人物实在不容易。演员也是如此。于是之为什么了不起？于是之演了一个程疯子，一个王利发；在《骆驼祥子》里演了个出场只有两次、前后不到十几分钟的老马，没有他这两场戏，你看这出戏逊色不逊色？梅兰芳到晚年主要演两出戏，一是《贵妃醉酒》，一是《宇宙锋》，就是塑造人物。《红楼梦》前八十回和《安娜·卡列尼娜》都是六十万字，《红楼梦》写了多少人物！不要妄自菲薄。为什么有人对国外那么迷信呢？主要是对自己祖国的文化知道得少，对外国的文化也知道得少。

无知而妄言是朱熹所说"一为文人便不足取"的顽症之一。要痛下针砭，不使其病入膏肓而成不治之症。不然就毁了一代文人，毁了一代文学。

一九九四年十二月

原载一九九五年第一期《人民文学》

不可忽视语言艺术

小说创作忽视语言艺术，出不了好作品。

目前的一个严重现象，是文人写小说给文人看，文人评论文人的小说，这样，文学作品便无法深入到人民中间。现在小说创作的大问题是越来越脱离群众，某些写小说的人眼睛向上脸朝外，而不是眼睛向下面向老百姓。眼睛向上就是只希望得到少数权威的欣赏，能够得奖；脸朝外，就是盲目学外国。外国的好东西当然要学，有些词语是可以补充我们的语言的，我们也不反对借鉴外国意识流的某些表现手法。但现在好多作品都把外国意识流的违反中国人语言习惯的语法句式引进来了，有损祖国语言的健康和纯洁。致力于模仿，将来一定是个悲剧。有个典故叫"邯郸学步"，说的是有个燕国人听说赵国人走路好看，于是他到邯郸去学赵国人走路。过了几个月，燕国有个老乡在邯郸碰上他，见他在地上爬。问他为何如此？他说，赵国的走路方式我没学会，把燕国的走路方式也忘记了，不会走，只会爬了。模仿外国的语法句式，最后只能成为一个爬行的作家。

杜甫说过："语不惊人死不休。"在中国现代文学史上，老舍是非常讲究语言的，多次讲过语言问题。老舍有一句名言：我决不让我笔下的人物说我的话。他的语言功底是很深厚的，风趣、幽默、精炼。他说：我必须写出人物自己的话来。怎么能让小说的人物说作者的话呢？作者应该根据人物的性格、文化、经历、处境，写出属于"这个"人物的语言，那才是小说的艺术成就。我们今天的小说，尤其是一些所谓"哲理性"的小说，不管人物是干哪一行的，都只不过是作者的传声筒，作者把笔下的人物当作他的傀儡，语言是欧化了的或者是带学生腔的。这是脱离群众、脱离艺术规律的写法。

与此同时，又有异曲同工的一种歪门邪道，那就是油嘴滑舌地"侃大山"和油腔滑调地要嘴皮子。热衷于此者，自以为能，并且被"托儿"们吹成"盖老舍"，这真是天大的笑话。

不管哪一行的男女老幼，不管哪种性格的人物角色，也不管情节和细节是不是需要，大家见面就"侃"，大敲牙梆骨（北京人对贫嘴之讥骂）。背离生活真实，毫无艺术品位。

京味儿不等于痞气，无论是雅皮士或嬉皮士，是"痞"便属北京之下流。

当年，鲁迅先生指出年轻的老舍的作品，幽默之中有油滑之弊。老舍努力改善，乃成大家。俗中出雅，雅中见俗，大俗大雅，大雅大俗。雅俗共赏，为人民大众所喜闻乐见。

语言是文学艺术的第一要素。有优美的语言，才有端正的文风。优美和端正，首要的是朴实。朴实最美，朴实最正。朴实无华，其实很难。必须有实事求是之心，无哗众取宠之意，文章才能朴实。朴实才令人信得过，令人信得过才具有感人至深的内在魅力。人们敬重老实厚道的人品，也喜欢读朴实而又优美的作品。

八十年代后期以来，调侃成为一些文学作品——特别是小说和影视文学剧本的表现形式，并且逐渐形成一种风格，营造出一种氛围，体现出独特的审美特征。作为表现形式之一，调侃无疑也是对传统的文学表现形式的一种"反叛"，并且正如戏剧小品曾经受到人们的热烈欢迎一样，调侃也一度迎合了相当一部分读者或观众的欣赏心理。之所以如此，从某种意义上说，是因为调侃得益于幽默；是因为调侃与令人捧腹或使人解颐的戏剧小品有异曲同工之妙；是因为调侃以看似不经意的荒诞、戏谑方式出之，使本该严肃或本应以痛斥、怒骂的形式加以表达的某种感情或情绪得以宣泄，使人于正儿八经外得到放松。

　　然而，调侃毕竟不同于幽默，它似乎更近于耍贫嘴，只是比一般的耍贫嘴来得更巧妙、更高明。但是无论是多么高明的贫嘴，耍得多了，难免过"贫"，其本来就具有的玩世不恭的负面效应势必被强化。于是，调侃便不那么受欢迎了，甚至引起了人们的反感。据报载，前不久，一部"侃"戏（以调侃为主的电视剧）在某地被评为最不受欢迎的电视剧之一。调侃之逐渐被人冷落，由此可见一斑。

　　除以上原因外，调侃日趋失宠，又不能不说与语言的粗俗化有关。当然，粗俗并不一定是调侃的必然结果，但调侃中的确又夹杂着粗俗，二者往往是相生相伴的，这也是不争的事实。似乎"调"来"侃"去已不足以宣泄，非粗俗不能添"彩儿"了。

　　文学语言不外乎叙述语言和人物语言。从文学语言的粗俗化现象本身来看，较之叙述语言，人物语言的粗俗化程度显然更甚，来得更"大胆"，更"理直气壮""顺理成章"。这也许是因为借人物之口更便捷，比直接叙述多少显得"文明"一些。例如，一篇小说中有这样一段人物语言："这些乌龟王八蛋……你们懂个鸡巴啥！"除去前面的那句一般的骂人话之外，后面这句话可就有些不堪入目了，完全是市井流氓、痞子的语言，可谓粗俗得可以。以往文学作品中的人物说不出这样的话来，即使是所谓反面人物也绝少如此粗俗的语言。如今，那种"高、大、全"的"正统"的文学模式已被打破，文学呈多元化发展趋势，但也不必靠粗俗来另辟"蹊径"，更不必制造粗俗。

伯格森说："语言创造的滑稽……是由句子的构造和用词的选择得来的。"（伯格森《笑——论滑稽的意义》）如果说，调侃以其"句子的构造和用词的选择"而不乏睿智、机敏与滑稽，具有一些幽默的成分和一定的审美价值的话，那么，粗俗（如前面所举之例）则既不滑稽也不睿智，更与幽默无缘，当列入污言秽语之类，自然绝无审美价值可言。制造粗俗非文学之使命，文学不应该也不需要制造粗俗。

粗俗与心态也不无关系。近年来，"玩儿"成为一个非常时髦的词儿。什么"玩儿"股票、"玩儿"房地产、"玩儿"生意、"玩儿"高雅，甚至"玩儿"文学等等，不一而足。似乎什么都可以"玩儿"，而且大有不"玩儿"不能显出"超凡脱俗""驾轻就熟"，不"玩儿"不足以说明"档次"和"品位"，不足以体现"大将"风度，更有非"大家""腕儿"级"玩儿"不出来之势。把做事或某种行为称之为"玩儿"，这反映出一种心态，一种附庸风雅、假充潇洒，强做落拓不羁、与众不同的心态。文学语言的粗俗化恐怕与这种心态有关。

诚然，腰缠万贯的"大款"可以玩儿股票、房地产之类，即便玩儿得不好，也不过损失几个钱，于他人并无大碍；而那些"玩儿"高雅、"玩儿"潇洒或深沉的人，即使"玩儿"得四不像，也不过令人作呕或嗤之以鼻，于人亦无大碍。文学则不然，它是一种崇高的精神产品，不幸竟也成了"玩儿"的对象，如若"玩儿"得不好，不免污染人们的精神，害人不浅！

一九九四年十二月

原载一九九五年第二期《语文建设》

自立为王

世界文学发展的总趋势将是多元化，无中心。西方文化至上将被彻底打破，诺贝尔文学奖的地位将大大降低。你写你的，我写我的，诸子百家，各有长短，谁也不能"老子天下第一"。根除被西方武力打出来的文化奴性，腰杆子硬才能笔杆子硬。社会主义文学将更具有本国特色、创作个性、艺术魅力和人情味。做到恩格斯在一百多年前所希望的那样：观点越隐蔽越好，倾向性要在情节和细节的发展中自然地流露出来。再不能把文学作品简单化地作为政治宣传品。作家将越来越遵循艺术科学规律进行创作，写出的作品也就能够"货真价实"——不是图解政策，不是图解概念，不是图解意念，不是主观随意性的图解……以小见大的内容，消除说教的内容，唤起读者生活实感和心灵共鸣的内容，雅俗共赏的形式，革新的民族形式，自然从容而不矫揉造作的形式，最能受到现代读者的欢迎。

中国文学要自立为"王"。不崇洋，不仿洋，而又"拿来"化为己有。自尊，自信，才能自强。对外开放不能只是接受外国影响，中国也要影响外国。只有搞好具有中国特色的社会主义文学创作，我们的当代文学才能恢复中国古典文学在世界文化中享有的崇高的地位。

我们的文学传统需要革新、变化、发展，题材、体裁、手法的样式更多，分工更细，这就促使作家必须各占一方，独具一格。随着时代对文学艺术价值观念的改变，没有艺术风格的作品，将被视为平庸之作，粗制滥造之作。

但是，千变万化，都要不离根本。作家要牢记自己是中国人，是中国作家，是当代的中国作家，写出的文学作品是为了给中国人看，给当代的中国人看，那就必须使用中国话，写中国的人情世态。真正学会使用中国话进行写作，时代特点和民族特点就全有了。

文学上的对外开放，很好。但是，文学上的对内搞活，不够。我们要输入，但是也要加强输出。

中国人占世界总人口的四分之一，中国文学在世界文化中也应该占有相应的位置。

建设有中国特色的社会主义，是全国人民共同奋斗的目标。那么，建设有中国特色的社会主义文学，就应该是全国作家共同奋斗的目标。

在总目标的宏观原则下，实现充分的微观搞活，鼓励、推动、促成艺术风格和创作手法的多样化，作家和作品各有自己的题材领域和艺术特色。

有中国特色的社会主义文学，也就是社会主义的文学而同时具有中国特色。

社会主义文学就是为人民服务、为社会主义服务的文学。中国特色就是要具有民族风格，采取民族形式，表现出强烈、浓厚、鲜明的中国气派。二者结合，便是有中国特色的社会主义文学。

中国在文学上并不是穷国，几千年的中华民族文学遗产，源远流长，无比丰富。我国还有五十几个少数民族，他们的生活丰富多彩，有着不同的地理历史、风土人情和文学传统。因此，社会主义文学必须继承和发展中国文学的民族风格，创作出科学的、民族的、大众的新文学，也就是创作出社会主义的内容和民族形式相结合，具有强烈的中国气派，为广大人民群众所喜闻乐见的作品。

文学创作也和经济建设一样，不能闭关自守；闭关自守必然故步自封，故步自封必然落后衰亡。因此，我们的社会主义文学必须向先进的、优秀的外国文学作品学习。但是，我们的学习必须像鲁迅先生那样，把外国文学的好东西化入中国文学中去，而不是像鲁迅先生在《拿来主义》一文中所批判的那样，孱头地排外或废物地全盘洋化。

五十年代，我曾听过周恩来同志的一个报告。他说，北方汉人，恐怕多是混血。要不然，"五胡乱华"的匈奴、鲜卑、羯、氐、羌到哪里去了呢？从那以后，我对北朝文学产生兴趣，更想到自己大有可能是被汉化的匈奴刘氏后裔。最近，我在我的《蛔笼说古》中，称北朝乐府和诗文是汉胡混血文化的结晶。六十年代，毛泽东同志漫谈美术音乐，主张古为今用，洋为中用，就像马配驴下骡子。所以，我对我正在创作的多卷体长篇小说《村妇》，务求具有"汉胡文化，骡子艺术"的特色。

《村妇》之名，得自鲁迅先生。

一位被压迫弱小民族的作家的短篇小说《民族之母》，写的是一个农村妇女为反抗外来侵略者，接连献出几个儿子。译者照实直译，鲁迅先生觉得《民族之母》作为短篇小说题目过大，改为《村妇》。可见在鲁迅先生心目中，农村妇女是民族的母亲。我起笔写我的《村妇》时，本打算写几代农村妇女的历史命运，写着写着却写成了"人民是作家之母"。越写越激情高涨，越写笔越顺手。

乡土文学作家虽然只写方寸之地，却不能身心作茧自缚，眼界画地为牢。相反，甚至应比"开放型"作家更要胸怀五大洲三大洋，眼观六路而又耳听八方。只有从大处着眼，才能在小处落墨。目光短浅，器量狭窄，孤陋寡闻，只能因小失大，萎缩了乡土文学。中国气派、民族风格和地方特色，主导着我的乡土小说创作。但是，过去和现在，我都注意博览和研读外国小说。一是为了了解，二是为了比较，三是为了借鉴。只要具有正确的思想观点，深刻的国情意识，坚实的古典文学根基，便不会崇洋迷外和皮毛模仿；只要不忘自己是中国人，不忘为中国人写作，那么读多少外国文学作品都不会黄了头发，绿了眼珠儿。

一九九五年一月

原载一九九五年第二期《青年文艺家》

津津乐道

中国小说的历史发展过程，鲁迅先生曾有学术专著，至今主导我们对中国小说的学术研究。五四新文学运动之前的中国小说，形成五大门类，耸立五座高峰。即，以《三国演义》为高峰的讲史派小说，以《红楼梦》为高峰的人情派小说，以《水浒》为高峰的侠义派小说，以《西游记》为高峰的神魔派小说，以《儒林外史》为高峰的讽刺小说。

但是，进入鸦片战争失败后的晚清，政治腐败，社会黑暗，世风日下，小说创作也被传染了"时令症"，如鲁迅先生所说，作者的人格和作品的文格都越来越下流。人情小说沦为狎邪，讽刺小说沦为黑幕，神魔小说沦为迷信，讲史小说已无艺术魅力。侠义小说出了《三侠五义》，又经大学者俞曲园润色，遂成名著，为鲁迅先生所称道。但是，其先之《施公案》，同时之《彭公案》，此后之《小五义》《英雄大八义》《七剑十三侠》……则被鲁迅先生判为"大抵千篇一律，语多不通"。

从晚清到新中国成立前夕，武侠小说中名气较大的《三侠剑》《十二金钱镖》《青城十九侠》《鹰爪王》……都没有达到《三侠五义》的水平，更不要说超过、发展、繁荣。

但是，在"民族的科学的大众的创作方向与人民大众喜闻乐见的艺术形式相结合"的毛泽东文艺思想指引下，产生了一大批描写和反映对敌斗争的大众传奇小说，其实就是武侠小说在新时代的推陈出新和壮丽升华。孔厥、袁静的《新儿女英雄传》（包括孔厥的《续新儿女英雄传》），马烽、西戎的《吕梁英雄传》，柯蓝的《洋铁桶的故事》，邵子南的《地雷阵》，冯志的《敌后武工队》，刘流的《烈火金刚》，曲波的《林海雪原》……在五十年代和六十年代都很畅销，在社会上引起家喻户晓的轰动效应。

我的家乡，京津运河农村，盛产评书艺人，我走上文学创作道路，评书艺人起到启蒙作用。我在上小学五年级时，曾经写过武侠小说给同班同学看。后被班主任老师禁止而中断，却给我留下温馨难忘的记忆。我每逢谈到自己创作生涯中的往事，都津津乐道是从武侠小说开笔。

一九八四年七月，我回乡观看拍摄我的《瓜棚柳巷》现场，随身只带一本南开大学已故著名教授谢国桢先生的《明末清初农民起义史料》，还有《彭公案》一套，是从首都图书馆借阅的珍藏本。为的是沿彭朋到三河县上任的路途走一遍。这是因为，彭朋原在康熙时代的户部为官，康熙为镇压残存在京东三河县的明末农民起义武装，钦点彭朋到三河当知县，进行镇压和招抚。彭朋家住北京东四头条，到东便门码头（现北京车站）上船，在通州张家湾下船，然后骑马走旱路，沿途破案，擒杀"贼寇"，在和合站审处黑驴告状，过潮白河进入三河县界。书中所写的前二十一回，都是发生在我的家乡的故事（我村在张家湾与和合站之间）。十年内乱中我偷练"私功"（秘密写作），曾写过中篇小说《三更三点到三河》，后来融合到我的长篇小说《豆棚瓜架雨如丝》中。我沿着彭朋上任之路走了一遍，把《彭公案》前二十一回复习一遍，参照谢国桢先生的史著进行对证，又激扬了我写武侠小说的心愿。于是，写出了长篇小说《敬柳亭说书》。

我以杨小楼的"武戏文唱"的表演方法写武侠小说，其实也是《三国演义》所代表的军事文学优秀传统手法。我将古老的"得胜头回"推陈出新，或寄兴抒怀，或借题发挥，或今昔交叉，或更换角度，散不离本，变不离宗。引进了不少外国文学技巧，只是使其脱胎换骨，变成了杂交而成的骡子。

然而，没有人承认我这部长篇小说是武侠小说。我本想抛砖引玉，把武侠小说引向现实生活题材的创作，而且形成武侠小说的主体。最近，几位武侠小说作家请我为他们的新作写序，使我具体感到，我的愿望正在逐步实现。

不过，我还要大声疾呼，翘首仰望，武侠小说要写现实生活题材，现实生活题材武侠小说更多，更好，更强！

一九九五年一月

原载一九九五年三月十三日《天津日报·满庭芳》

不可无傲骨

"人不可有傲气，但不可无傲骨。"这是留过洋、学过洋画的徐悲鸿先生的名言。

做人如此，作文亦当如此。

文不可有傲气，但不可无傲骨。

中国小说的傲骨便是中国气派和民族风格，而中国气派和民族风格来自中国文化传统。

对于中国传统文化，要剔除其封建性的糟粕，吸收其民主性的精华。艺术上如何剔除，怎样吸收？李后主的词，情调凄凉没落，但是却有极高的艺术价值。《金瓶梅》被斥为淫书，但对人情世态的刻画与社会风俗的描写，无与伦比。《儿女英雄传》满篇满纸宣扬封建伦理道德，但是在语言上堪称运用北京话的精品。《阅微草堂笔记》的思想性，是宣扬封建迷信的因果报应，但鲁迅先生是多么赞美纪晓岚的文字。

几百年来《金瓶梅》是禁书，洁本内部发行；即便是从事小说创作的人，大多也只闻其名而未见其面。我劝手中有这本书的同志，拿来跟《红楼梦》对照着看，便可从曹雪芹那里学得如何剔除艺术上的糟粕，怎样吸收艺术上的精华。

曹雪芹创作《红楼梦》，"披阅十载，五易其稿"。这个阅与易的过程，便是精益求精。其稿五易，也包括不断剔除《金瓶梅》的艺术糟粕对《红楼梦》的不良影响。曹雪芹删改了贾珍与儿媳秦可卿乱伦通奸，被丫环宝珠撞见的色情描写，淡化为间接的暗示。但是他没有删净贾琏与多浑虫女人的奸情，因而仍与西门庆私淫仆妇宋惠莲近似。两书对照可见，王熙凤的语言、个性、心机、神态，就是把潘金莲贵族化了；只不过王熙凤的淫乱若隐若现，似有似无，写得含而不露。王熙凤之逼死尤二姐，也比潘金莲之害死李瓶儿，表现得不失"大家风范"。在尤二姐身上，我们分明看到李瓶儿的影子，贾珍和贾琏则是西门庆的化身，贾蓉酷似陈经济。……曹雪芹师承兰陵笑笑生，出于蓝而胜于蓝，就在于他尽量剔除前人在艺术上不足效法的糟粕，全部吸收前人在艺术上独到之处的精华。

中国古典文学的诗、文、词、曲，讲究格调、境界、语言、文采。《红楼梦》在格调、境界、文采上都比《金瓶梅》高（语言上则难分上下），就因为它既有继承，更有发展，既有师法，更有革新。学而不像，志在提高，也就是齐白石所说的"学我者生，似我者死"。

无论是对中国古典文学，还是对外国文学，都要学其神而不要仿其形。梅兰芳弟子数百，只有程砚秋一人能与乃师并驾齐驱，就因为程砚秋自创程派，在唱腔和水袖功夫上都超过了老师；于是梅兰芳退帖。其他弟子，一辈子梅派到底，也就一生处于水平线下。

食古不化不好，食洋不化更坏。应该洋为中用，不能全盘西化。醉心西方文化中心论，亦步亦趋，盲人瞎马，只能产生奴颜媚骨的殖民地文化。

一九九五年三月

原载一九九五年四月十五日珠海《明镜报》

茫茫九派流中国

　　千人一面，千部一腔，千篇一律，文学创作之大忌。如何消除这个积弊？只有百花齐放，推陈出新。怎样才能齐放百花，出新推陈？多听点京戏唱片，钻研钻研京戏各个流派的学问，日有所知，月有所得，日积月累，年必彻悟。

　　我自幼爱听京戏，虽不会唱却很能说。我的家乡盛产梆子、京戏、蹦蹦儿（评剧）、大鼓、评书艺人。伶界大王谭鑫培的少年时代，就在我的家乡（京东）搭金奎班，唱野台子戏。我从听京戏中，悟到文学创作的大道理。

　　从清末民初，到二十世纪二十年代末期，京剧"无生不谭"。谭鑫培创立的谭派在京剧须生行中享有"唯我独尊"的至高无上的地位，唱老生的不宗谭，便是旁门左道，难登大雅之堂。然而，清一色的珍馐美味，吃多了也会不香，长吃更要腻味。谭鑫培的弟子余叔岩，宗其师而又结合个人条件有所变化，有所发展，创立了著名的余派。据精通京剧的老戏迷讲，余叔岩学到师父的七分，自己独创了三分。其实，谭鑫培本是余叔岩的祖父余三胜的徒弟，他更没有墨守乃师的成规，不仅是大有变化，而且是大加变化，所以才发展成为划时代的艺术高峰。此后的言（菊朋）派、马（连良）派都是从谭派演变而来，就连谭鑫培的孙子谭富英，也根据个人条件而有所改变，被称为新谭派，并没有人骂他欺师灭祖。悦耳动听、苍凉悲壮的杨（宝森）派则是师承余派而又扬长避短，为广大听众接受、认可、赞赏。京剧艺术大师程砚秋，原是梅兰芳的开门大弟子（拜师时程砚秋十五岁，梅兰芳二十五岁，师徒相差十岁）。然而，偏是这个大弟子最后脱离了师傅的影响，在唱腔和水袖艺术上超过了梅兰芳，创立了与梅派双峰并秀的程派。自称喜爱京剧而不懂程腔，最多只算是个半瓶醋。

创作题材，艺术风格，表现手法，茫茫九派流中国是好事，沉沉一线通南北可就不大美妙了。

古今中外，史实可证，文学创作都是多样化的。政治压力，虚荣引诱，金钱收买，只能造成暂时的清一色，最后还是赤、橙、黄、绿、青、蓝、紫。

三句话不离本行，但愿我们的小说作家能够产生余（叔岩）、言（菊朋）、高（庆奎）、马（连良）、谭（富英）、杨（宝森）、奚（啸伯）。

"二为"上求同，"双百"上存异，如此文坛风景，将是多么好看顺眼。

一九九五年四月

原载一九九五年五月五日《中国文化报》

嗜　短

　　我一生从文，文章越写越短，想写得长一点也写不出来；而且又有很多作茧自缚的"怪癖"，以短克长。例如，我使用的稿纸，过去是五百字一页，现在是用来写小说的四百字一页，写随笔的三百字一页。副刊向我约写随笔，限定三千字以内，我最多写到300×6，一千八百字左右。杂志约我写这类文字，要求五千字，我顶多给他写十张（300×10）。长篇小说，以"屠格涅夫式"（二十万字以内）为标准，最多不能超过肖洛霍夫《静静的顿河》第一部（三十三万字）和孙犁的《风云初记》（二十七万字）。中篇小说以鲁迅先生的《阿Q正传》（两万四千字）为标准，最多不超过孙犁的《铁木前传》（四万字）。新时期以来，我在短篇小说创作中多次犯规（超过万字），最后只得认输不写。

　　亲自动手删削自己的作品，美其名曰"割爱"，其实该割的便无可爱之处，不过敝帚自珍而已。我从执笔为文，一直奉行鲁迅先生的"竭力将可有可无的字、句、段删去，毫不可惜"。十五年前，参加一个座谈会，跟唐弢先生同席。唐先生对我的小说讲了不少溢美的话，但也提出意见，说我的小说在描写叙事上稍嫌简单了一点儿。当时我正走神儿，唐先生的口音我又听着费力，还以为他说我的小说不够简洁，马上应声道："可有可无的字、句、段还没有完全删掉。"唐弢先生神色十分尴尬，大家也以为我是拿鲁迅先生的圣训堵唐先生的嘴。

板凳须坐十年冷，文章不写一字空。我这个人坐过二十二年冷板凳，对于烫屁股的宝座金交椅毫无兴趣。到过我家的朋友，都见过我那腚下的藤椅，不但老旧，而且残破。最近有人送我两个太极软垫放在椅座上，垫子里却又夹带着硌得慌的磁铁块儿，使我坐不适，站不能。听说海明威为了写得短，喜欢站着写作，不坐椅子。我是个"半倒体"，想站也站不了，仿洋仿海（明威）都不行。不过，几十年嗜短成性，我对冗长怀有生理上的恶感。我把删繁就简，比喻为剪长指甲剜鸡眼。

我一生写过两篇微型（迷你？）短文，都是胡耀邦同志把着手亲授。一篇是一九五五年呈递党委的"结婚请示报告"，一篇是后来提交党委的"请求改正一九五七年错划为右派分子的报告"。这两篇"报告文学"，他都限定我只能写两百字。要字字有用，句句有理，严肃感人。由于这两份报告首先交他审阅，由他批转有关部门处理，我不敢增一分肥减一分瘦。虽不是"披阅十载"，却不只"五易其稿"，交稿之后一次通过。于是，结了婚，改了正，多么高的稿酬也不能诱我写长。

二十多年前我在农村，厕杂贫下中农中间"评法批儒"。有位文盲老汉出语惊人，概括儒法两家为"儒家善说，法家恶治"，使我顿开茅塞。前些年短篇小说评奖，越评滥竽越多，我忽然想"法家"一下子。便多次向中宣部和作协负责官员进谏：自称短篇小说而超过万字，比照平衡木运动员落了地，要扣重分（10分制扣0.5分），屡教不改者取消参赛资格。

官员们对我的建言一不反对二不同意，对短篇小说创作一不善说二不恶治。至今，依然故我，风光仍旧。老人家曰："改也难!"

原载一九九五年十二月十一日《今晚报》

乡土文学浅说

文学史家考证，一九二六年张定璜评论鲁迅先生的创作，称之为乡土小说，于是创立了"乡土文学"这个名词。屈指算来，到现在已经七十年了。

但是，我认为乡土文学的确定，还是从鲁迅先生一九三五年三月二日写讫的《中国新文学大系·小说二集序》算起。

鲁迅先生在这篇序言中写道："蹇先艾叙述过贵州，裴文中关心着榆关，凡在北京用笔写出他的胸臆来的人们，无论他自称为主观或客观，其实往往是乡土文学。""许钦文自名他的第一本短篇小说集为《故乡》，也就是在不知不觉中，自招为乡土文学的作者。""看王鲁彦的一部分作品的题材和笔致，似乎也是乡土文学的作者。"

于是，独具一格的乡土文学，作为一个具有鲜明特色的文学流派，在中国新文学史上，占有了一席之地。

虽然，鲁迅先生对于乡土文学的创作特点并没有进行规定性的论述，但是通过他对蹇先艾和裴文中的具体作品的概括，也透露出他对乡土文学作品的题材和笔致，以及乡土文学作者的胸臆的明确观点。鲁迅先生概括蹇先艾的《水葬》是"展示了'老远的贵州'的乡间习俗的冷酷，和对于这冷酷中的母性之爱的伟大"。裴文中的《戎马声中》是"记下了游学的青年，为了炮火下的故乡和父母而惊魂不定的实感"。他们的作品，又都"隐现着乡愁"。因此，鲁迅先生已将乡土文学的特点勾勒了初步的轮廓。

结合鲁迅先生致陈烟桥的信中所阐述的论点，可以说鲁迅先生已经明确地指出了乡土文学的重要性，为乡土文学指引了正确的方向。

鲁迅先生不仅为中国乡土文学奠定了理论基础，而且早已是中国乡土文学创作的开拓者。

他的小说《孔乙己》《风波》《故乡》《阿Q正传》《社戏》《离婚》和《祝福》，不但写的是绍兴地方的农民生活，而且写出了富有地方色彩的绍兴农村的风土人情，是中国乡土文学创作的不朽丰碑。

时代影响作家，生活支配创作。战乱的岁月，动荡的生活，作家们或投身战斗，或辗转流徙；创作是战斗的武器，至少是不平则鸣的呼叫。因而一九四九年以前，直到全国革命胜利以后，描写农民和农村生活题材的小说，更注重于革命内容和政治需要，对于特殊风土人情的描写，往往只作为陪衬。然而，写出传世之作的作家，浓郁的地方色彩又是他们的作品获得成功的重要因素。

乡土文学这一支中国文学的水脉，好像在汹涌澎湃的时代洪流中变成了一股若隐若现、似有似无的潜流。

事实上，潜流状态的乡土文学被注入了革命的血液，加强着艺术的魅力。我们回顾这数十年间的许多作家的作品，不管他们是否承认自己是乡土文学作家，甚至不愿把自己的作品归类于乡土文学范畴，但是我们可以清晰地看到，这些作家的作品充实和丰富了乡土文学。其中，尽管某些作家的某些作品革命性不足，在当时曾经遭到非议，但这些作品的高度艺术性，仍然是我们今天发展和繁荣乡土文学创作所应当借鉴和继承的艺术财富。

一九七九年以来，极"左"的文艺政策逐步得到纠正，被压抑的文学创作生产力得到解放。对外开放和对内搞活的方针，不仅应该指导经济建设，也同样应该指导文学建设。适逢其时，我才站出来呼唤建立和发展当代中国的乡土文学，并以自己的创作和理论宣传活动，为建立和发展当代中国乡土文学抛砖引玉。

鲁迅是中国乡土文学的创始人，我不过是乡土文学的后来者。

"中国气派，民族风格，地方特色，乡土题材。"这是我致力乡土文学的四项基本原则。

满怀感恩戴德的孝敬之心，为我的粗手大脚的乡亲父老画像，以激情的热爱灌注笔端，描写我的家乡——京东北运河农村那丰富多彩而又别具一格的风土人情，为家乡的后辈儿孙留下艺术化的历史写照，同时也使外地人，甚至外国人，通过我的小说，了解我的家乡，喜爱我的乡土，这便是我今生文学创作活动的最大野心，也是我实践鲁迅先生上述创作思想的志愿。

乡土文学不能一成不变，停滞不前，它要继承和守真，更要发展和革新。我不断对自己的乡土文学小说提出新的要求：城乡结合，今昔交叉，自然成趣，雅俗共赏，为人民大众所喜闻乐见。因此，开采要广，开掘要深，并且从民俗学和社会学中汲取营养。

乡土文学创作，很难一炮打响，一举成名，这就要耐得寂寞，不可急功近利。应该充满自信，矢志不渝，而又淡泊以明志，宁静以致远。

乡土文学创作要求作家深深扎根泥土，与农民在思想感情上血肉相连，关心农村社会的动态和参加农村社会的变革。乡土文学创作必须学习、掌握和运用生动、活泼、形象、含蓄、优美的农民口语，也要求作家具有深厚的中国古典文学造诣，借鉴、吸收、融化外国文学之精华。乡土文学更需要古为今用，洋为中用。

对乡土文学抱有偏见的人，由于浅薄无知，武断专横地认为，乡土文学是保守封闭的小农观念，在意识形态领域中的文学创作上的反映，进入二十一世纪，必然走向衰落消亡，为时尚新潮的作品所淘汰和取替。有些故步自封的乡土文学作家，守旧排外而不知推陈出新，不敢吃"羊肉"变人肉，不愿吃"羊肉"变人肉，不会吃"羊肉"变人肉，营养不良便要枯萎凋谢。

乡土文学不能画地为牢。必须大处着眼，小处落墨，是在宏观照应下所进行的微观艺术创作。我所主张和致力的乡土文学，乃是纳百川于大海，大而化之的乡土文学。

此即大乡土文学观。

只有在大乡土文学观主导下写出的乡土文学作品，才能在二十一世纪立于不败之地。

"现在的文学也一样，有地方色彩的，倒容易成为世界的，即为别国所注意。打出世界上去，即于中国之活动有利。"（鲁迅一九三四年四月十九日致陈烟桥的信）这永远是中国乡土文学的灵魂和指针。

一九九六年七月改定

原载一九九六年《中国乡土文学大系》

《刘绍棠文集·大运河乡土文学体系》总序

　　北京出版社为支持"体现民族传统、地方特色、时代精神的有机结合"的文学创作，我的家乡通州为全面开发运河，建设运河文化文明，决定双方合作，出版《刘绍棠文集·大运河乡土文学体系》十卷：长篇小说六卷，中篇小说二卷，早年作品一卷，理论·随笔·回忆录一卷，五百万字左右。

　　这十卷文集，将我从一九四九年开始文学创作生涯至今的作品，经过自己的编选、校定，总体出版后奉献给二十一世纪。不能重写，不能"变本"，只许校正字句的错讹，才是存真而不作伪。所以，我戏称自己的案头工作，是机械运动。虽然劳累，却不困难。

　　然而，出版社还要我写一篇总序。千字短文嫌少，万言长论不嫌多，却是个难题。我在一九四九年十月一日的开国礼炮声中登上文坛，到本世纪末，整整半个世纪。亲眼见到也亲自参加中国当代文学的建设和发展。酸、辣、苦、甜、悲、欢、哀、乐，尝了个够；成败得失的经验教训都可供后人借鉴。我不但要把自己的作品留传给二十一世纪的读者，还应该把自己一生的探索与觉悟，倾囊相告后来人。我写了一辈子，想了一辈子，烦恼了一辈子。一九五七年我为解脱这个烦恼，付出的代价是二十一世纪的后来人难以理解的。改革开放的历史新时期，我也一直思考此事，不想明白不罢休。我不考虑后人将如何评价我的作品，但是他们得到更良好的创作状态，那可有我的尽力。如果他们真是鲁迅先生在《未有天才之前》一文中所说的佳花，我正是给二十一世纪佳花输送营养的一片土壤。

十二岁我加入党的外围组织地下"民联"，十三岁在中国当代文学创作队伍中吃粮，可谓余致力革命与文学凡四十余年。积四十余年之经验，深知欲达到革命与文学化合为一之目的，必须将革命的政治信仰与文学的艺术规律结合成浑然一体。革命与文学，不是两张皮，不是水与油的羼合，甚至不是水和乳的交融，而是不分彼此，分不出你我。比H_2O还不可分割和分解。

我在编选校定过程中，删掉了一百多万字，不仅由于这些作品艺术质量很低，没有多少保留的价值，不必劳民伤财；更主要的是因为这些作品的"神道设教"，将政治信仰变为政策宣传，与艺术规律割裂开来。

关于文学艺术，恩格斯有名言曰：倾向性应在情节与细节的自然发展中，不知不觉流露出来。读过恩格斯这段名言的人多如牛毛，真正在创作中实践者寥若晨星。

建国以来我们的种种失误，无一不是主观愿望严重违背社会发展和经济建设规律。人们爱说，我们再也折腾不起了。政治折腾，经济折腾，社会折腾，文学折腾……严重违背规律是一切的一切之祸根。

这是个1+1=2的道理，却又难懂得很。

我一辈子致力乡土文学，就因为我跟四十年代和五十年代写农村题材的作家对比，比出了我的全部劣势，却又不肯甘拜下风，只有回乡"割据称雄"，也可谓"关起门当皇上"。

宁为鸡头，不作凤尾。在九百六十万平方公里的国土上，我退而经营九点六万平方公里的乡土。于是我充分发挥天时、地利、人和的优势，唱、念、做、打逗开了能。至今辛苦劳作四十五年，总算赚得"一亩三分地"的"私产"，成了个土里刨食的"地主"。

鲁迅先生说："现在的文学也一样。有地方色彩的，倒容易成为世界的，即为别国所注意。"我常说："找对了方向，找准了感觉，才能找到正该属于自己的位置。"不管是二八开，三七开，四六开，五五开，我自信做到了"三找"。

地是人之母，人是地之子，每一寸土地都是母亲身上的一片血肉。中国地母儿女众多，她以自己那并非取之不尽、用之不竭的乳汁，养育十几亿人口的中华民族。地母在我们的心目中，应该至高无上，我们对待地母理当至尊至孝。

我像一名土里刨食的田夫，不待扬鞭自奋蹄的耕牛，梗着脖子劳作和前行。我的乡土小说努力把革命文学的党性原则和艺术创作的科学规律紧密结合为浑然一体。

我的乡土小说，以革命的现实主义为基础，以革命的浪漫主义为主导，也就是来源和忠实于生活真实，又充满革命理想和激情。我反对在创作中进行资产阶级自由化的政治宣传，也反对利用艺术手段通俗地宣传政策和一切破坏艺术特性的政治说教。我厌恶和唾弃在创作中宣扬或宣泄色情、卑鄙、阴暗、悲观、腐化、兽性、醉心感官刺激和拜金主义的种种表现。共产党人干革命，要靠精神力量；解放军打胜仗，要靠精神力量；一个作家如果丧失革命理想和激情所引发的动力，不是写不出作品，就是写出作品也益处不多。我的家乡，称没有精神支柱而百无聊赖的人为"掉魂儿"，也就是行尸走肉。行尸走肉又称"活鬼"，"活鬼"写出的作品于人何用？

因而，我力求自己的作品尽量能将教育作用、认识作用、审美作用和娱乐作用凝结为"四合一"。我从小就常听乡亲父老挂在嘴边的一句话："说书唱戏劝善的方"。劝善就是教人学好。说书、唱戏是教人学好的方法。写小说当然也应如此。所以，从我动笔习作的那一天起，从发表处女作而开始文学创作生涯之日起，我就以劝善（教育作用）为天职。现在，文艺作品教人学好，首先必须以爱国主义、集体主义和社会主义为主旋律，潜移默化地诱导广大读者（人民群众）树立爱国主义、集体主义和社会主义的时代精神。我的小说，不是编个故事"逗你玩儿"，而是想给读者增长一点见识和增加一点知识。乡土文学离不开民俗学、历史学、地理学和社会学。不仅表现出我的生活积累。也显示了我的学识修养。中国优秀的民族传统文化，叙事抒情要美，遣词造句也要美。善与好必须具有美的品质。我对优秀的民族传统文化可谓雷打不动"天天学"。对于《金瓶梅》敢说略知一二。然而，在我的所有小说里，绝没有赤裸暴露的性描写。不得不有性描写时，也以《红楼梦》的分寸为极限。论者常说我的小说像"拟话本（评书）"，开会发言也像说评书。他们还不知道，我至今书瘾不减，每天要听电视和电台的三种评书节目，共用一个半小时。我不但汲取评书艺术的精华，也从高水平的京剧和相声艺术中吸收营养。我的小说的娱乐性，正是从评书、京剧、相声艺术中悟而化之。

我虽老、弱、病、残，但仍壮心不已。一心不二，尽力而为，创作更多更好既有民族风格，又有时代特色的乡土文学作品。

乡土文学作家虽然只写方寸之地，却不能身心作茧自缚，眼界画地为牢。相反，甚至应比"开放型"作家更要胸怀五大洲三大洋，眼观六路而又耳听八方。只有从大处着眼，才能在小处落墨。目光短浅，器量狭窄，孤陋寡闻，只能因小失大，萎缩了乡土文学。中国气派，民族风格和地方特色，主导着我的乡土小说创作。但是，过去和现在，我都注意博览和研读外国小说，一是为了了解，二是为了比较，三是为了借鉴。马尔克斯为与西方现代主义抗衡而从西方现代主义中摆脱出来，转向开挖印第安文化、黑人文化和拉丁美洲独特的地理和社会环境，进行"传奇的现实"题材的创作，遂有《百年孤独》的产生。我从中悟出不少道理，可以化为己有。然而，我反对依样画葫芦地模仿马尔克斯。吃羊肉能长人肉，那要经过咀嚼、消化、吸收的过程；不能割一块羊肉贴在自己身上，就说自己肉多身肥，胖了起来。

世道崎岖，一生坎坷，吉人天相，病而不死。同时也读懂和领悟了鲁迅先生在《死》中的一段话："躺在藤躺椅上，每不免想到体力恢复后应该动手的事：做什么文章，翻译和印行什么书籍。想定之后，就结束道：就是这样罢——但要赶快做。这'要赶快做的'的想头，是为先前所没有的，就因为在不知不觉中，记得了自己的年龄……"

"记得了自己的年龄，要赶快做"，虚荣诱惑和物质刺激都不能使我动摇。

将近半个世纪的创作生涯，我一直写自己的乡土，今后也将如此写下去，直到最后一部作品。我要以我的全部心血和笔墨，描绘京东北运河农村的二十世纪风貌，为二十一世纪的北运河儿女，留下一幅二十世纪家乡的历史、景观、民俗和社会学的多彩画卷，这便是我今生的最大心愿。我的名字能和大运河血肉相连，不可分割，便不虚此生。

一九九四年五月红帽子楼

原载一九九五年版《刘绍棠文集·大运河乡土文学体系》第一卷

说古·戏言

先秦母体

　　说起古典文学，我可是科班出身，名师之徒。三十九年前我考入北京大学，念的是中文系文学专业，教我们先秦和两汉文学的是游国恩先生，教汉魏以下的是林庚先生，教宋元的是浦江清先生，教明清的是吴组缃先生。我离校早，没上过浦先生和吴先生的课。所以，我虽被师傅领进门，却因自己不肯修行，未成正果。

　　游国恩先生教我先秦和两汉文学的同时，魏建功先生教古汉语。两大学者亲自传授，我又并非弱智，"一不留神"就许闹个学者当当。同出一门的师兄弟，颇有几位早已是博士研究生导师，硕士研究生导师就更多。师弟们见着我一口一个学兄，其实我如果报考他们的研究生，敢保连个"备取"也考不上。

　　生、旦、净、末、丑，好在同行不一路。他们若跟我大讲诗云子曰，我就跟他们吹嘘小说作法，各有所长，打个平手。不过，穷追深究，我对小说作法也说不出子午卯酉。文无定法，艺无止境，小说创作恐怕难以按照配方、程序、模式炮制。

　　先秦文学我学得比较瓷实。这不但因为教我的是游国恩先生，还由于魏建功先生的《古汉语》也主要讲先秦诸子百家的作品。我虽不是

"敏而好学"，但在两大学者门下受教，多少也熏染了一点皮毛，脑瓜子里填进一些耳食之学。然而，游先生眼里的我是个"浪漫派"，难以全神贯注做学问。魏先生更识破我对古汉语只不过浅尝辄止，满足于不求甚解。七岁看大，八岁看老，我注定当不上专家学者。尽管如此，我对先秦文学的学术观点，游"枪"魏"铜"四十年如一日。

那时的大学正被强制进行院系调整，生搬硬套"苏联模式"。大学课堂严禁不同学术观点的"百家争鸣"。具有科学民主、兼收并蓄传统的北京大学，也必须一字不易地讲授高教部审定的统一教材。指导统一教材编写的苏联专家，水平比中国学者差得远，架子却大得多。他们监督中国学者和学生在学术观点上不得"离经叛道"，俨然"太上皇"。所以，我至今一想到"苏联模式"就痛感民族自尊心受到严重污辱。"苏联模式"已被他们自己证明一败涂地。我认定，"主要防止左"就是不能把已经一败涂地的"苏联模式"仍然奉为"社会主义"正宗。

中国学者，对于先秦文学的学术研究，本来丰富多彩，统一教材硬要整齐划一。比如，研究楚辞的名家，首推郭沫若、闻一多、游国恩三人。郭先生思路开阔，闻一多先生论辩深宏，游先生考证严密。三大家的不同观点，如能在课堂上同时向学生们介绍讲解，让学生们进行对照比较，那该多好。然而，统一教材是"罢黜百家，独尊郭学"，是以郭沫若先生的观点为准绳。游国恩先生为人小心谨慎，讲课时斟字酌句，避免否郭之嫌。有时忍不住想"争鸣"一下，就拿陆侃如先生（当时的山东大学副校长）的观点为对立面，辩论几句。游先生和陆先生是同学，又是好友，还都是九三学社成员，争鸣无伤友谊，也不会犯"政治错误"。

游国恩先生是胡适的得意门生，治学方法属于"胡派"：大胆假设，小心求证。游先生在假设上不够大胆，求证上却比老师还小心。我虽得游先生亲授，却因生性胆大妄为，没有沾染多少"胡"味儿。如果硬要吃学术饭，也必是"郭派"学风，求证疏忽，便免不了"想当然"耳。

郭先生在解放后的学术界，至高无上二十来年，直到"文革"期间，传出毛主席的"最高指示"："十批不是好文章。"十批也者，指的是郭先生的名著《十批判书》。后来，郭先生"戴罪图功"，写了那本严重违反辩证唯物主义与历史唯物主义的《李白与杜甫》。新时期以来，学术界才敢对郭先生的治学态度提出异议。去年，郭先生诞辰一百周年，姚雪垠同志的文章不为长者、尊者讳，很值得一读。

先秦文学是中国古典文学的根基，在先秦文学上功夫过硬，先秦以下各朝的文学作品学起来都不费力。先秦文学，即便是《诗经》和《楚辞》，也是融文、史、哲为一体。因此，先秦文学正是民族优秀传统文化的母体。作家提高创作的品位，必须学一学先秦文学。没学过的要补课，我虽学过也要复习。温故知新，展卷就能得益。

我念先秦文学，不是想当学者写论文，而是学以致用写小说。《左传》《国语》《论语》《孟子》……所写的不少历史故事，情节和对话都具有小说特点，翔实完整，个性鲜明。谓予不信，请君试阅，可证本人言之不谬。

一九九三年三月

原载一九九三年四月二日《天津日报·满庭芳》

略输文采

汉朝的皇上姓刘，跟我同姓；西汉文人中的大腕儿司马相如，为消渴之疾所苦，跟我同病（糖尿病）。同姓难免徇私，同病更应相怜。然而，我对西汉文学，包括司马相如的高价名作，却老大不感兴趣。虽然对于"无韵之《离骚》"的《史记》顶礼膜拜，但它终究是"史家之绝唱"，并非纯文学作品。

教我西汉文学的也是游国恩先生，但我攻读的不是游先生的讲义，而是鲁迅先生的《汉文学史纲要》。

西汉文学，源出楚声，"（离）骚味"浓郁。楚声的收尾之作，是霸王项羽那首不朽的悲歌："力拔山兮气盖世，时不利兮骓不逝！骓不逝兮可奈何，虞兮虞兮奈若何？"西汉文学的开卷之作，是高祖刘邦平定天下，回乡宴请故人父老子弟，击筑而歌的"大风起兮云飞扬，威加海内兮归故乡。安得猛士兮守四方！"两相对照，雄风霸气，异曲同工，如出一辙。

但是，当了几年皇上，金戈铁马变为纸醉金迷，野性减弱，雄风降低。刘邦欲立戚夫人子赵王如意为皇储，废吕后所生的傻太子而不果，戚夫人泣涕。刘邦令戚夫人作楚舞，自为楚歌配唱："鸿鹄高飞，一举千里，羽翼已就，横绝四海。横绝四海，又可奈何？虽有矰缴，尚安所施？"拿这首楚歌跟《大风歌》比较，显而易见跑了味儿。

几十年后，汉武帝与群臣宴饮，自作《秋风辞》："秋风起兮白云飞，草木黄落兮雁南归。兰有秀兮菊有芳，怀佳人兮不能忘。泛楼船兮济汾河，横中流兮扬素波，箫鼓鸣兮发棹歌。欢乐极兮哀情多，少壮几时兮奈老何。"虽"缠绵流丽""词人不能过"，而雄霸风气所剩无几了。

汉武帝这个人，是个了不起的皇上；如果给历代帝王评选十佳，我认为他满够尺寸。在他当皇上的数十年间，汉朝的繁荣富强达到顶峰。然而，也正是在他的"任期"内，汉朝盛极而衰。文治武功，此人都有两下子。不过，虽然一笔写不出两个刘字，我却对他的领导文艺不敢恭维。毛泽东在《沁园春·雪》中讥讽他"略输文采"，可谓盖棺论定，准确无误。

汉武帝领导文艺的主要失误是横加干涉，表现为专供御用，只重艺术技巧和形式。

司马相如是个大手笔，才赋和气质虽比不上屈原，却并不低于宋玉。然而，他的成就显然远在宋玉之下。司马相如在历史上的知名，首先是由于勾搭卓文君的"凤求凰"。争取婚姻自由比艺术成就的名声高得多，有点"才子+流氓"风味。可惜，被汉武帝征召御用之后，只能写汉武帝重金订购的《上林赋》之类的帮闲文字；稿费挣得不少，心情并不舒畅。所以，他临终只给汉武帝留下言封禅之事的一卷文书，并无汉武帝想要的遗赋，说明司马相如很不甘心当个御用文人。

皇上享用文艺，内容要歌功颂德，形式要赏心悦目；重视外观的华丽，不管是否子虚乌有。汉赋背离了先秦诗词（诗经、楚辞）的优秀传统，且对后世流毒广远。东汉文学也苍白了多年，直到黄巾"作乱"，天下三分，兵荒马乱，生灵涂炭，才从灾难中产生好作品，结下血与火的花果。

姓刘的皇上，建立了大汉盛世，是个货真价实的"超级大国"，使我们这些汉人至今引以为荣，一不留神就要犯一犯"大汉族主义"的老毛病。然而，盛世之王，政治、经济、军事、外交……无往而不胜，却偏偏管不好文艺，不亦怪乎？汉武帝不行，唐太宗也不行。毛泽东说唐太宗"稍逊风骚"，不算求全责备。

也许，那个在文友坟前学驴叫以寄托哀思的魏文帝曹丕，比较懂行。

切勿自以为当上官，有了权，便势不可当，无所不通。

一九九三年六月

原载一九九三年七月九日《天津日报·满庭芳》

汉魏一瞥

游国恩先生教完中国文学史的先秦和西汉部分，就改由林庚先生讲授东汉和魏晋。

我对林先生怀有亲切的敬意。他是一位具有诗人气质的学者，学者修养的诗人。林先生现今八十多岁，教我的时候四十挂零儿。他学识渊博，含蓄和蔼，温文尔雅，彬彬有礼。那才是真正的京派文人的儒雅风范。

我知道林先生的名字，是在解放前。解放前我就读过他青年时代的诗作。我至今认为，林先生是三十年代京派诗人的代表。几年前，林先生赠我他在人民文学出版社新出版的诗选，重读之后更肯定我这个认识。

所以，诗人和学者兼备一身的林先生讲授汉代乐府民歌和三曹（曹操、曹丕、曹植）诗，最恰当不过了。林庚先生把自己写诗的创作经验运用到讲课之中，很重视艺术分析，这对理解汉代乐府民歌，以及曹氏父子等个人创作，十分需要，必不可少。

我非常热爱和醉心民间文艺，在北大念书期间，听课虽是左耳进右耳出，但对于《诗经》的《风》，却念得相当用心。我觉得，汉代乐府民歌是对《诗经·风》的继承和发展，内容更加丰富，形式更加优美。《诗经》和汉代乐府民歌都经过文人整理，孔子删诗，是他的一大成就。此后，文人进入民间文艺，消化吸收，化为己有。于是，有了屈原的九歌，李白的乐府，刘禹锡的竹枝词……更过了几个朝代和许多年，文人整理和创作了拟话本（评书脚本）的《三国演义》《水浒传》，兰陵笑笑生的《金瓶梅》和曹雪芹的《红楼梦》，拟话本模式也仍清晰可见。

我不想对汉代乐府民歌进行学术性的论说，比我能论会说的人有很多，我岂敢班门弄斧？但是，我要透露一个事实，那就是我从汉代乐府民歌中"偷艺"不少。

研究我的作品的人，常说我的小说创作深受古典诗词的熏陶，惜未沿着蛛丝马迹进行深入寻觅，没有发觉我在抒情描写和抒情叙事的表达方式上，颇受"江南可采莲，莲叶何田田！鱼戏莲叶间。鱼戏莲叶东，鱼戏莲叶西，鱼戏莲叶南，鱼戏莲叶北"，以及"青青河畔草，绵绵思远道""青青园中葵，朝露待日晞""日出东南隅，照我秦氏楼""孔雀东南飞，五里一徘徊""上山采蘼芜，下山逢故夫""小麦青青大麦枯，谁当获者妇与姑"……的影响。其实，我的短、中、长篇小说的创作冲动，也如汉代乐府民歌之"感于哀乐，缘事而发"。我说我的随笔是"有感而发，即兴而作"，仍是这个习惯。

汉魏文人，哪个能与曹氏父子比肩？王粲或可跟踵其后，但是这位"少年才子"为人孱弱，不能不伤及作品。曹操，鲁迅先生称他是"改造文章的祖师"，评价可谓极高。毛泽东的诗风，多有魏武霸气，影响可算极深。曹丕、曹植兄弟，才华不弱其父，而气魄差得远。子建

（植）狂纵，流露颓废；子桓（丕）阴柔，有些娘儿们气。林庚先生喜爱曹植，《野田黄雀行》的"高树多悲风"就讲了一堂课。郭沫若讨厌曹植，在《十批判书》里，把这位"才高八斗"的曹子建批得体无完肤。毛泽东说"十批不是好文章"，但毫无为曹植"落实政策"之意。曹操和曹丕是政治家"玩"诗，玩出了名堂。曹植是诗人"玩"政治，便落得个悲剧下场。中外文学史，我翻过几本，文人犯了官迷，结果都不大美妙。官迷犯不得，财迷也不可犯。财迷文人发财的罕见，毁了的居多。

我一向不大敬服郭沫若的学术研究，唯独在蔡文姬的《胡笳十八拍》的著作权问题上，甘愿给郭氏喊堂。《胡笳十八拍》见于宋代郭茂倩编的《乐府诗集》和朱熹的《楚辞后语》，不见于更早的典籍。因此，学术界大多数人认为可疑，但都没有考证出真正的作者。郭沫若力排众议。一九五九年已经六十七岁的郭先生，连写六篇文章笔战群儒，为蔡琰力争《胡笳十八拍》的著作权，表现出十足的老当益壮精神。

虽然学术界多数人不承认《胡笳十八拍》为蔡琰所作，但却公认《胡笳十八拍》兼有楚辞和乐府民歌的特点。郭沫若赞美此诗"感情的沸腾，着想的大胆，措辞的强烈，形式的越轨，都是古代人所不能接受的"，是蔡琰"用整个的灵魂吐诉出来的绝叫"。我闭目聆听程砚秋在《文姬归汉》一剧中对《胡笳十八拍》的演唱，如泣如诉，如怨如怒，苍凉悲沉，动人肺腑，令我情不自禁潸然泣下。于是，我更加认定，此诗只应属蔡琰。

诸葛亮的《后出师表》，也被认为是伪托之作。即使果真如此，将《后出师表》与《前出师表》比照较量，非但"伪"而不劣，反而交相辉映，一点也不辱没"汉丞相"卧龙先生。《古文观止》的编选者吴楚材、吴调侯说："前表开导昏庸，后表审量形势。非抱忠贞者不欲言，非怀经济者不能言也。"

汉魏一瞥，五光十色；纸短话多，适可而止。

一九九三年八月

原载一九九三年十月一日《天津日报·满庭芳》

两晋可鉴

我厌恶晋朝，不喜欢两晋文学。

司马氏以曹氏挟篡汉刘之"道"，还治曹氏之身。司马氏父子对待曹氏竖幼的手段，完全是曹氏父子凌辱汉献帝的手段的翻版。怪不得章士钊认定"历史循环论"。不是毛泽东说了话，他的《柳文指要》就难以出版。

公元二六五年，司马氏篡魏建国，二八九年灭东吴三分归一统，但二九一年便闹开了"八王之乱"。几乎与此同时，北方匈奴、鲜卑、羯、氐、羌也紧跟着"五胡乱华"。三〇四年，以刘汉皇室正统继承者自居的匈奴大贵族刘渊，在建平（今临汾）建立了（后）汉王朝。三一六年灭亡了西晋。三一七年司马睿逃到江南，在建康（今南京）建立了东晋小王朝。到四二〇年又被刘宋取代。司马氏晋王朝从篡（曹）魏到被（刘）宋所篡，勉强算来一五五年，真正一统不过十九年。但是，正史尊之为大朝（夏、商、周、秦、汉、晋、隋、唐、宋、元、明、清），我也就不得不把它当回事儿。这也是由于我不大欣赏"汉魏六朝"或"魏晋南北朝"的含糊概念，只得把两晋做一体进行审量。

两晋在中国历史上留下的面目是腐朽、残暴、浮躁、矫情。皇室和世家大族的腐化，史称"奢侈之费，甚于天灾"。王恺、石崇斗富，遗臭万年。当今的大款儿、大腕儿正是王、石阴魂附体，挥霍国家财富，蛀蚀社会基础，腐化党的肌体。两晋把九品中正制发展到唯成分论的极点，统治集团小圈子内却又互相残杀，穷凶极恶。政治的腐朽和残暴，必然株连文人，影响文学，颇有几位跟统治集团有些关系的文人倒了霉。于是，文人便改头换面以求存。喝酒，服五石散，当众扪虱，清谈老庄，装疯卖傻……原来都不过是演戏，但是日久天长，假戏真做也就弄假成真了。反映在作品中，便是矫情。矫情是虚伪的一个变种。还有的内容上空洞无物，形式上玩花活要花招儿。那个吃娘儿们软饭的奶油小生潘岳（字安仁，俗称潘安），就是这一类人的班头。潘岳有一张好脸子，却没有好人品和好诗文。西晋文人中，名气最大的要算陆机和左思。陆机的作品，也是内容贫乏，只会堆砌词藻；形式主义的玩意儿，只不过精致一点而已。所以陆机是盛名之下，其实难副。左思以《三都赋》闻名，读起来也名不副实，只不过是汉赋的仿制（张衡的《两京赋》）。但是左思《咏史》诗的"左思风力"，却是得自"建安风骨"。赋求形似，诗追神韵，效果便不相同。

两晋文学，如果不是在东晋末世出了个陶渊明，那就太灰暗沉闷了。

陶渊明生于三六五年，死于四二七年，在（刘）宋时代（420—479）还活了七年，东晋之后又更替了宋、齐、梁、陈四个小王朝，到五八九年隋灭陈而统一全国。陶渊明的出现，带动了南朝文人和文学的推陈出新。

陶渊明是不惑之年归隐田园的"老插"。到农村落了户，接受"贫下中农再教育"，长期深入生活，诗文大有起色。陶渊明的曾祖父陶侃当过大司马（总司令、国防部长），爷爷当过太守（专员），父亲当过县令（县长）。陶渊明二十九岁出仕，干了十年才熬上个彭泽令。"君子之泽，三世而斩"。这位总司令的曾孙，已经沾不到曾祖父的光。而且，姓陶的又不是世族大家，也沾不上"好出身"的光。陶渊明不是不想当官，只因无可攀附，文人脾气又很狂妄，最后才决定不为五斗米折腰，挂冠而去。陶渊明四十岁觉悟，不算"大梦醒来迟"。难得的是当今某些文人，年近六十还官瘾十足，迷入膏肓；纠集大佬，上书讨封。七上八下，仕途无望，又把文坛当官场。主席者，英语本是坐椅子主持会议的人之意，然而官迷坐上文坛的椅子，便自以为登基坐殿，九五之尊。宣统复不了辟，当一当康德也过瘾。

史家公认陶渊明是田园诗人。那么，我这个乡土作家跟他攀不上"同宗"，也算是表亲。他的《归去来辞》和《桃花源记》，我少年时代就读过几遍。我的少年时代正是兵荒马乱的苦难岁月，所以，一读《桃花源记》就懂，并且对陶渊明描绘的"乌托邦"悠思神往。但是，当时对于《归去来辞》却不大明白。直到我被划右，乱世回乡务农，荒屋寒舍苟全性命，我才悟出此中妙处，更加向往桃花源。我在土炕上写出的长篇小说《春草》里，曾借小说人物之行动，发我思古之幽情。十年内乱，阶级斗争为纲，人命如草芥，生死难预料；世上如有桃源去处，焉能不逃奔？

我不喜欢两晋文学，对两晋文学的学术研究也不满意。我认为，罗列作家的人名单和作品目录，进行表象的解说，算不得学识。唐太宗有曰：以古为鉴，可以知兴替。中国文学史，上下数千年，学术研究总得找出几条成败得失的经验教训，才有价值。

对当代作家和作品的研究，亦应如是，更须如此。

一九九三年十月

原载一九九三年十月二十九日《天津日报·满庭芳》

南朝文色

我自幼钟情史学，如果不是后来文学勾引了我，我一定跟史学结为终身伴侣。即便如此，我考入北京大学念文学，史学仍是我的"课外恋"。我学《中国通史》，比学《中国文学史》还下功夫。

对于人名、地名、年代、年号、官爵、谱系，我有很强的记忆力，这是学史应该具有的天赋条件。不过，写起文章却必须查书对证，不能全凭记忆。我写《蝈笼说古》，手边放着我的同学李培浩所著的《中国通史讲义》，借我查证。李培浩是我高中时代的同学和密友，我们同年考入北京大学，他是一个天生的史学家料子。如果他不是只活了四十八岁，而能活到八十四岁，他的成就定能赶上他的老师翦伯赞和邓广铭先生。

李培浩的观点和我一致，都认为应该把东晋与南朝分别剖析，不可混为一谈。

南朝（宋、齐、梁、陈）与东晋比较，不过是换汤不换药。骄奢淫逸的社会风气充满南朝乐府民歌中。南朝乐府民歌的主旋律是"艳曲"，不但比不了《诗经》和《楚辞》，而且也比不上两汉乐府民歌。南朝乐府民歌少有农民的呼号，差不多都是市井软调，我称为"甜食"

或"蜜饯""奶糖"。有如当今嗲声嗲气的大陆、台、港歌星所唱的靡靡之音，没有文化品位，也没有艺术价值，感官享乐，精神消费，如此而已。

现代诗人徐志摩，虽是吴歌产地人氏，诗作颇有奶油小生气味，也没有南朝乐府脂粉味儿多。

南朝乐府甜得令人腻味，但不是每个吃甜食的人都雄性雌化。李白的名篇《长干行》，便是以《西洲曲》为"粉本"。他的绝句常从南朝清商乐府脱化而来，甜而不腻，回味无穷。我想这也许是因为李白有胡人血统，性情狂放，气质豪野；正如鲁迅先生所说，有一个壮健的胃才能消化力强。

南朝诗人的作品，反倒比民歌可爱。南朝农业发展，地主生活优裕，园林别墅风景秀丽，山水诗应运而生，取代了两晋空虚枯燥的玄言诗。山水诗派以谢灵运名气最大。不过，谢灵运的产品，整体不很高，零件却出色。佳句如"野旷沙岸净，天高秋月明""池塘生春草，园柳变鸣禽"之类。唐代大诗人王维、孟浩然继承而弘扬之，那就另有变化万千的大气象了。

南朝诗人中，我最推崇的是被杜甫誉之为"俊逸鲍参军"的鲍照。鲍照出身寒庶，从事农耕，在门阀士族统治的时代，因遭歧视，又接近下层，作品中便常有愤世嫉俗的表现。他开创了边塞诗的创作，并使七言体诗的体裁定型，对李白、高适、岑参、杜甫的影响都很大。

南朝受印度梵音学影响，发现了汉字平、上、去、入四声。著名诗人沈约更从四声进一步创制了诗歌音律，使诗歌的"高言妙语，音韵天成"，形成了"永明体"（齐）的新体诗。谢朓是新体诗的代表，李白汲取其精华，丰美了自己的诗作。

谢朓之后，梁陈诗人和宫体诗，淫声媚态，不足为论。阴铿可取之处，是为新体诗铺起一条新路，接近唐人律诗了。

南朝文学最高成就应算刘勰的《文心雕龙》（其次是钟嵘的《诗品》）。这是中国文学批评之开山。

对于《文心雕龙》，我只是摘读片段，积累起来也算读过全书，其实并未认真通读一遍，更没有动过脑筋进行深入研究。当代研究《文心雕龙》的大家是范文澜同志，我拜服这位红色儒家的高论。还阅读了我的朋友周艾若教授研究《文心雕龙》的小册子，我说不出比艾若兄新鲜或高明一点儿的意见。不过，我跟他谈话时，却曾感慨而言："令尊是我党的大文艺理论家，理应写出一部无产阶级的革命《文心雕龙》；可惜，未能如此。"艾若兄的"令尊"，便是我这一代和上一代文人都很敬畏的周扬同志。周扬同志在病成植物人之前我见过他，我曾建议他写一写回忆录，一定会具有"历史的经验值得注意"的高度价值。但是周扬同志只有摇头叹气。

钱钟书先生赠我《谈艺录》。我手捧这部钱著，马上就想到《文心雕龙》；想到钱先生，也马上想起刘勰。钱先生的淡泊宁静，颇具慧地（刘勰出家的僧名）遗风。钱夫人杨绛先生说老伴自幼就是个"痴子"。大慧若痴，正如大智若愚。

一九九三年十一月

原载一九九三年十一月十五日《天津日报·满庭芳》

北国风光

我大胆假设自己是匈奴人后裔，不是来自胡适的治学之道，而是得于周恩来同志的启发。

五十年代，我听过周恩来同志的一个报告。他说，北方的汉人，恐怕多是混血。要不然，"乱华"的"五胡"：匈奴、鲜卑、羯、氐、羌，怎么在北方无影无踪了呢？

西晋灭亡（公元三一七年），匈奴大贵族刘渊，自称汉刘正统继承人，建立了（成）汉王朝。此后数百年的五代十国，刘知远在开封建立（后）汉，刘旻在太原建立（北）汉。刘渊分明不是汉人，我为什么不可以自认是匈奴子孙呢？

我的曾祖父，最具有汉胡混血特色。他活着的时候，我家被称为口外刘家，曾祖父外号鞑子。老人家是个文盲，一生赶车，贩马，背纤，扛长工，种河滩地，不到四十岁便被乡亲们尊称鞑爷。曾祖父生于一八四八年，也就是鸦片战争之后八年；死于一八九五年，甲午战争那一年。晚年他的思想产生飞跃和升华，决心改变门风，诗书起家。我在他死后四十一年出生，又过了十八年考上大学。从我开始，我家变为书香门第，出了十来名大学生，还有硕士、博士。

148

承上启下，我兼有土气和书香；性格和文风，汉魂胡气。所以，一读北朝乐府民歌，我便表现出"虏家儿"的激情万状。

一首《木兰诗》（《木兰辞》），就使北朝乐府民歌光芒万丈，万丈光芒；万古长青，长青万古。

《木兰诗》名气极大，身价极高，古今论者极多，不需要我加入这个行列饶舌。倒是京剧和地方戏曲中的《花木兰》《木兰从军》，引起我进一步的深入思考。

大多数学者经过考证，取得共识，《木兰诗》应该是写于北魏迁都洛阳、鲜卑族拓跋氏改为姓元之前。木兰不是汉化的鲜卑人，便是鲜卑化的汉人。现在舞台上的木兰，完全是个明朝规范的汉家姑娘，大失本色。

《木兰诗》是北方汉胡混血文化的代表作。

北朝乐府民歌中的短诗，也都放射异彩。摘录几首，请与南朝乐府民歌或文人之作比较对照：

《紫骝马歌》：

高高山头树，风吹叶落去。一去数千里，何当还故处？

《陇头歌》三首：

陇头流水，流离山下。念吾一身，飘然旷野。

朝发欣城，暮宿陇头。寒不能语，舌卷入喉。

陇头流水，鸣声幽咽。遥望秦川，心肝断绝！

《企喻歌》：

男儿欲作健，结伴不须多。鹞子经天飞，群雀两向波。

《琅琊王歌》：

新买五尺刀，悬著中梁柱。一日三摩挲，剧于十五女。

《地驱乐歌》：

驱羊入谷，白羊在前。老女不嫁，蹋地呼天。

《敕勒歌》：

敕勒川，阴山下。天似穹庐，笼盖四野。天苍苍，野茫茫，风吹草低见牛羊。

我想，读者们都有一双慧眼，北朝乐府民歌究竟如何？何须我唠叨评点。

北朝诗人的表现，却颇可令人深思。北朝诗坛本来一片荒凉，号称三才的温子升、邢邵、魏收，不过是崇"南"迷外，皮毛模仿南朝齐梁的宫廷艳诗。取法乎下，等而下之，热闹一阵儿也就风流云散。很像我们那些甘当西崽、全盘西化的新潮文人，仿洋之作中国人看了不是味儿，外国人看了不够味儿，走俏一时便无下文。

偏是南朝降臣、被杜甫称之为"清新庾开府"的庾信，出使北朝西魏被迫留仕，诗风大变，奇峰耸出。庾信本是南朝宫廷文学侍臣。他爹庾肩吾更是梁的宫廷文人班头，宫廷诗"徐庾体"的创制者之一。庾肩吾和庾信父子，都惯写浓妆艳抹、香艳色情的宫廷诗。但是，庾信自从拘留北地以后，北国风光，异域人情，国忧家愁，感慨深沉，凝聚而为《拟咏怀二十七首》等大量诗作。虽没有李后主的"一江春水向东流"那样的佳句，却有李后主比不了的充实厚重。当年，我匿居乡里荒屋，苟全性命于乱世，北风呼啸沙打窗，夜半更深朗读庾信《拟咏怀二十七首》等诗，百感交集，五内俱恸。

庾信晚年融合南北诗风而成巨匠，杜甫盛赞："庾信文章老更成，凌云健笔意纵横。"由此可见，汉胡混血文化，大有研究学习之必要，继承发展之价值。

毛泽东同志关于音乐和美术的谈话，主张文艺也要马、驴交配而生骡子。我是农家子弟出身，最知道骡子的可贵，也就最愿接受毛泽东同志的这个主张。

一九九三年十一月

原载一九九四年一月三十一日《天津日报·满庭芳》

以人为镜

张玉凤有文回忆，毛泽东同志在生命的最后日子里，多次叫她诵读江淹的《枯树赋》。毛泽东同志每听一遍，感情都十分激动。可见六朝文笔具有多么巨大的艺术魅力。

我还听到过一个更令人感动的传说。毛泽东同志聆听《枯树赋》而喟叹道："总理（周恩来）是树冠，老总（朱德）是树干，我是树根。他们走了，我也不久了。"即便这个传说是好心人的"艺术加工"，千百年后罗贯中的"转世灵童"以如椽巨笔写出来，将比"桃园三结义"更流芳万古。

六朝文笔，我也自幼痴迷。

曾祖父是文盲，祖父是半文盲，我满身祖传的土味儿。不过，我的外祖父是一位私塾先生，使我的土味儿沾了点书香。七分土味三分书香便有了我这个乡土文学作家。七岁那年，我上小学二年级，偶然从母亲的一个箱笼里，发现外祖父的一篇劝善募捐文。馆阁体的墨笔楷字，工工整整写在黄裱纸上，很像清末民初翰林书法家潘龄皋那"小家碧玉"的秀丽，缺少壮观和雄厚。文章是四六句的骈俪体，读起来朗朗上口，铿锵有韵。十年后，我读南（朝）梁丘迟的《与陈伯之书》，一读便有旧雨重逢，似曾相识之感。仔细思想才明白，原来我外祖父那篇劝善募捐文早给我开了蒙。丘迟在中国文学史上没有多大地位。然而，丘迟对我的影响之深长不可估量。他的"暮春三月，江南草长，杂花生树，群莺乱飞"，深刻长久地影响我十分讲究小说语言艺术的形式美。此外，丘迟的"弃燕雀之小志，慕鸿鹄以高翔"，对我的影响也够大。我这辈子，不敢自称鸿鹄，但敢说不是一只燕雀。

骈四俪六，句法上讲求对偶，是为骈俪文体。刘勰《文心雕龙·章句篇》说："四字密而不促，六字格而非缓。"骈俪文虽不像诗（词）格律那么严加限制，但也要求平仄配合，读起来富有音乐性和音乐性的感染力。

骈俪两大家，一个鲍照，一个江淹。鲍照以诗取胜，被杜甫尊称"俊逸鲍参军"，诗名压过了文名，这就被江淹占了便宜。一谈骈俪，好像就是江淹首屈一指。"江郎才尽"这个古典，又从反面帮了他的大忙。（我在一九五七年，本来名不出文圈。谁想戴右冠之后，竟在党、政、军、警、群中也赚取了不小的虚名）

《枯树赋》不是江淹的代表作。他的名牌产品是《恨赋》和《别赋》。

江淹是个官迷，官瘾极大却又官运并不亨通。虽然早年即以文章著名，但只想以文章做当官的敲门砖。历仕宋、齐、梁三代，宦海浮沉，仕途坎坷。官场失意，贬谪为建安吴兴令，两年里写出了《恨赋》《别赋》两篇佳作。此时江淹，黯然神伤，心情沮丧，怨恨交加，悲戚丛生，发而为文便成二赋。

过去，政治标准第一，对江淹作品的社会价值，评价很低。在艺术上，也视为雕虫小技，微不足道。对那发自衷心肺腑的恨、别真情，更讥斥为无病呻吟，吃饱了撑的。我们口口声声说"语言是文学的第一要素"，但是在创作时偏又对语言只爱将就而不讲究，实在是个顽症和痼疾。我发现，文坛上的两大对立面，其实是一母所生的双胞胎。他们都死抱住"文艺为政治服务"不放，又都极端轻视语言艺术。他们那些自吹自擂的"大作"，都不过是不同商标的政治宣传品。某些作品的"轰动响应"，大多产生于政治宣传的鼓动性。

我只想闹明白这个"江郎才尽"。

江淹写过《恨赋》《别赋》之后，又被召回中央重用，官至金紫光禄大夫，封醴陵侯。他自贬谪归来，便无佳作产生，于是乃有"江郎才尽"之说。

究其原因，众说纷纭，都难服我。江淹一未患脑痴呆症，二没有变成植物人，何以后来才思枯竭，智商锐减？我百思不得其解，终于从苏示（二小）的《歪批三国》中受到启发。"既（季）生瑜，何生亮？无事（吴氏）生非（飞），唯有那赵子龙老迈（卖）年高（糕）。"这是多么富有想象力的治学方法，比胡适的"大胆假设"高明奥妙而又一点就通。沿着这个思路，我"小心求证"，马上就发现江郎才尽的根本原因是：猫饿才捕鼠，鹰饱不拿兔。

佐证：建国以后，某些只有四五十岁的学者、作家，投笔从政。官当得比江淹的金紫光禄大夫还大，待遇比江淹的醴陵侯还高，寿命比江淹的享年六十一岁长得多，不是也没有在创作和学术上结出硕果吗？至于他们的政绩，也令人不敢恭维。

"以人为镜可以明得失"，江淹至今仍然派得上用场。

一九九四年四月

原载一九九四年四月二十五日《天津日报·满庭芳》

唐代小说亦如诗

研究唐朝诗文的专家学者，成千上万，车载斗量。正如鲁迅先生所说，唐朝是中国人最阔的时候。我看，也是中国文学光芒万丈的时候。韩愈有诗评赞，光是李白、杜甫二人就"光芒万丈长"。李白、杜甫每人五千丈，韩愈、柳宗元每人也够两千五百丈。不说李、杜、韩、柳，就连张文成的《游仙窟》之类的传奇作品，也能出口赚外汇。当时的日本皇上就是"传奇迷"，高价购买张文成描写"轻薄文人纵酒狎妓生活"的艳词小说。我们今天读到的艳词小说代表作《游仙窟》就是"出口转内销"，后人从日本抄录带回中国的。

鲁迅先生在《中国小说史略》中说："小说亦如诗，至唐代而一变。虽尚不离于搜奇记逸，然叙述宛转，文辞华艳，与六朝之粗陈梗概者较，演进之迹甚明，而尤显者乃在是时则始有意为小说。"

"有意为小说"标志着小说这个体裁，从唐朝开始独立存在。鲁迅先生搜集整理的《唐宋传奇集》，正是中国小说发展史上的划时代纪念碑。而且，亦如诗风变化，从华艳的奇逸，变为严肃的浪漫。沈既济的《任氏传》、李朝威的《柳毅传》、蒋防的《霍小玉传》、白行简的《李娃传》、元稹的《莺莺传》，思想格调和艺术品位都大大超过《游仙窟》。

沈既济的另一部佳作《枕中记》，李公佐的《南柯太守传》，虽不免志怪残迹，但已显然影射社会和现实。今人阅读这两部小说，仍能发人深省，具有警世和醒世价值。

然而，以人身攻击为目的的影射文艺，也是从此开始，流毒至今，仍未灭绝。"唐人以谤欧阳询"的《补江总白猿传》，便是首恶。沿袭成习，"四人帮"更加以恶性膨胀。死尸深埋，尸臭仍在污染环境。文坛若想净化气氛，对于"四人帮"的遗臭，万万不可粗心大意。

唐朝的诗与文，无比富饶丰厚，唐代小说从诗文中汲取了大量营养。小说与诗歌相辅而行，互相渗透借鉴。大诗人元稹写了《莺莺传》，又是小说作家。白居易的《长恨歌》，可算诗体小说，与陈鸿的小说《长恨歌传》对照，诗歌中抒情有叙事，小说中叙事有抒情。丰富的想象，细致的描绘，美好的境界，构成唐代小说的艺术风韵。唐代小说体制简短而有长篇小说的含量，铸就了中国独特民族风格的小说形式。

唐人传奇（唐代小说）影响深远。《聊斋志异》是对唐代小说的充分继承和高度发展，是唐代小说的嫡传。《阅微草堂笔记》更多的是师法六朝。

我深受唐代诗歌、散文、小说的滋润。个性和兴趣，使我从少到老热爱李白的诗，其次是王维、岑参、高适、杜牧……对杜甫是敬而不爱。杜诗的对仗、用典，嚼起来硌牙。我从来就不喜欢元稹、白居易，但是元稹的小说《莺莺传》比他的诗吸引我。白居易胞弟白行简的《李娃传》，比他哥哥的诗更有助于我的创作。散文韩（愈）柳（宗元）为八大家之宗首，但我偏爱王勃的《滕王阁序》和杜牧的《阿房宫赋》，大有益于我对小说语言优美的追求。我的五十年代代表性作品之一的《田野落霞》，题目便得自王勃的名句："落霞与孤鹜齐飞，秋水共长天一色。"

我主张小说创作"长篇短写"，学的就是唐代小说的体制简短，长篇含量。"三言""二拍"中的《杜十娘怒沉百宝箱》《乔太守乱点鸳鸯谱》《玉堂春落难逢夫》《蒋兴哥重会珍珠衫》……也是这个写法。鲁迅先生的中篇小说《阿Q正传》含量何等深奥广博，却只用了两万字多一点儿。短篇小说《孔乙己》只有两千七百字。悲欢离合，哀婉曲折的《伤逝》，也不过一万两千字。

老杜诗云："不薄今人爱古人。"这是因为古人和他们的代表作，经历了千百年时间和千百万读者的长期多次检验而认定，不是得意于一时。四十五年创作生涯，我一直如此，长篇小说都是二十万字左右。《地火》原来二十七万字，今年印行的第三版，我删掉了六万。中篇小说最初不超过四万字，后来是三万字；大病死里逃生，中篇只写两万字左右，《黄花闺女池塘》一万六千字。在编定《刘绍棠文集·大运河乡土文学体系》中，短篇小说超过一万字的，概不编入，毫不可惜。

"删繁就简三秋树，领异标新二月花。"郑板桥懂得艺术。

一九九四年五月

原载一九九四年五月二十三日《天津日报·满庭芳》

闲话李杜

唐诗，留传至今的就有数万首。排得上名次的诗人，李白、杜甫并驾齐驱，双挂头牌。姓李的还有李贺、李商隐，姓杜的还有杜牧，都是大"角儿"。李白、李贺、李商隐，世称三李；杜甫、杜牧，人称老杜小杜。

唐朝的二等诗人，到宋代就够得上头等，苏轼的诗不如杜牧；宋代的二等词人，放到唐朝，也是一流，温庭筠的词比不上柳三变（永）。白纸黑字，文艺可比。一本《李白诗选》，一本《东坡诗选》，两本诗集从头看到尾，李白和苏轼就"打"出了高低胜败。不过，苏轼对李白奉若神明，匍匐于李派门下，打不起来。黄庭坚模仿杜甫走火入魔，杜甫身上的红肿他也认为灿若桃花。对仗更加死板生硬，用典越发孤僻冷涩。

李白的诗和才，在他活着的时候就已声名赫赫誉满天下，被老大哥贺知章"惊为谪仙人"，小老弟杜甫五体投地，说"白也诗无敌"。但是，他对自己的诗却并不老王卖瓜，喜欢卖弄和吹嘘的反倒是他的剑法。学剑入迷，遨游求仙。求仙落空，又犯官瘾。自比管仲、乐毅，文能治国，武能安邦。可惜，唐明皇只赏了他个翰林供奉，不过是文学侍从，高级宠物。正像安徒生笔下那个天真无邪的小孩子，一眼便识破皇帝的新衣乃是自欺欺人，脱口而出揭穿真相，李白以其天才诗人的特异敏感，感觉胡儿安禄山大奸似忠，大狡若愚，暗中谋反，阴谋叛乱。他曾以诗示警，朝廷只当他是纵酒醉话，不予理会。安史之乱爆发，他对朝廷大失所望，转而投奔野心家永王璘，充当幕僚（政治花瓶），表现出他在政治上十足的弱智：落得个浔阳入狱，流放夜郎，巫山遇赦，客死当涂。

我老觉得，李白在个人气质上，跟曹植非常相似。杜甫如果当上副总理，那就很像屈原。（五十年代初郭沫若当政务副总理时，光临中国青年艺术剧院，观看他写的话剧《屈原》彩排，席间有人问他屈原担任的楚国左司徒，是何官职？郭答：跟我一样）但是，李白和杜甫都只不过曾官居六品闲差，相当现今的副司、局、厅级，比郭沫若的官小多了。而且比《诗刊》主编还低半格。

黄金有价，李白的诗无价。公元七六二年李白病死，至今已一千二百三十二年，他的诗一直"保值"，没有被削价处理。中国诗人，从古至今，李白在行为上最具有人格个性，在创作上最具有艺术个性。儒、道、侠三家思想，在他的行为和创作上对立冲突，颠三倒四发高烧，也因而产生了他特有的艺术魅力。人格个性和艺术个性与创作水平和创作成就的因果关系，值得追究与探讨。学术研究和艺术分析，必须从桎梏我们多年的"苏联模式"三段论中挣脱出来，才有新意。明人谢榛的《四溟诗话》虽有偏见，却多真知。

与李白对比，杜甫可谓思想正规，行为正轨。他满脑瓜子儒家思想，只想学得文武艺，货与帝王家，"致君尧舜上，再使风俗淳"。即便他那些纵酒狎妓的艳诗，也比李白有分寸。可惜，他天生的穷命和苦命，走的虽是人间正道，却讨不到主子喜欢。唐朝以诗取士，杜甫竟三试不中。呈献三大赋，仍然不被青睐。毛泽东同志说过，科举考试，最靠不住。李白不肯考，杜甫考不上，而考中了进士的韩（愈）、柳（宗元）与李杜相较，不过二等。我看，那个以"曲终人不见，江上数峰青"而得中的钱起，三等都勉强。白居易的诗，十六岁便以"野火烧不尽，春风吹又生"驰名，偏是考不取诗科；退而求其次，以博学鸿词科中第。这就比诗科进士出身的元稹低下一格，一辈子当官都比元稹小。元稹当上了副总理（左仆射），白居易只是死后加副总理衔。

杜甫只不过当过拾遗和员外郎的闲职。中国自古官本位，称老杜为杜工部，实在是佛头浇粪。芝麻粒儿大的一个工部员外郎，值得那么堂而皇之地扣在老杜头上吗？

青年时代的杜甫，对于比自己年长十一岁的李白老兄，曾经盲目崇拜了十来年，跟着李白疯跑了不少地方。诗句上也沾染了某些李白的狂气，如"会当凌绝顶，一览众山小"。直到三十而立，才发现自己跟李白在个性、作风、审美、志趣上差异很大，不但不应亦步亦趋，而且应该各奔东西。于是，独立自主，自成一家，从浪漫主义走向现实主义。

文学史家公认安史之乱使杜甫的创作大为改观，这都不假。但是，我还认为，杜甫自觉与李白分工，各显其能，各尽其妙，也是改观的重要原因。

因此，我一直主张，今日中国作家，要在"二为"（为人民服务，为社会主义）上求同，在"双百"（百花齐放，百家争鸣）上存异。

一九九四年六月

原载一九九四年六月二十四日《天津日报·满庭芳》

失误引起的杂谈

本来，我不想写唐朝了。研究唐代文学的专家学者，比唐代的诗人文士只多不少。光是李杜，就有多少人指靠他们吃饭？我这个"玩儿票"的说客，写多了便会捉襟见肘露了馅儿。

谁想，战战兢兢，如履薄冰，一不留神还是出了错儿。《满庭芳》转来王育明同志给我的信，指出我在《唐代小说亦如诗》中，将王勃的名句"落霞与孤鹜齐飞，秋水共长天一色"，算在了杜牧头上，出现了不该发生的常识性失误。我不必检阅原文，就知道自己下笔又走神了。追忆写作这篇"说"文时的情景，我在引用王勃《滕王阁序》的名句同时，潜意识中也在想着杜牧的《阿房宫赋》。思想开小差，笔下也就出事故。难得的是我一辈子奉行鲁迅先生的教诲：写完之后至少看两遍，将可有可无的字、句、段删去，毫不可惜。然而，看了两遍竟没看出毛病。更奇怪的是，我的老伴负责誊写文稿，她是名牌大学中文系毕业生，从毕业到一九九〇年退休，三十二年中不知教过多少回《滕王阁序》和《阿房宫赋》，竟也没有发觉我的笔误。我想，如此阳错阴差，是由于我对自己过于自信，老伴对我又过于迷信。

王育明同志的来信使我警醒，我又发现，此文结尾，我将郑板桥的

"删繁就简三秋树"写成"……三春树",又将"领异标新二月花"写成"立异……"。"三春"和"立异"是误记。出书时我要一一改正。

唐代诗人中,我对王勃和杜牧,并不讲究他们的人品,只是偏爱他们的语言艺术。一个诗人、小说家或戏剧作家的语言艺术水平高,就像京剧演员有一条好嗓子。没有好嗓子的京剧演员,被称为"祖师爷不赏饭吃"。诗人、作家在语言艺术上缺少才能,祖师爷赏饭吃着也不香。所以,杜甫才"语不惊人死不休"。杜甫在语言艺术的天赋上不如李白,但是功夫比李白下得苦,先天不足而后天得补。京剧大家程砚秋的嗓子是"鬼音",然而另辟蹊径,刻苦努力而创出"程腔",竟在评选四大名旦的唱腔单项上超过梅兰芳。梅程亦如李杜。李白是"清水出芙蓉,天然去雕饰"。杜甫是"浓妆淡抹总相宜"。鲁迅先生说他喜欢"淡扫蛾眉朝至尊"。

王勃和杜牧的语言艺术天赋上都不低,两人又非常刻意求工,便有精美佳句传世。王勃是唐初四杰之一,唐初的诗风绮丽淫靡,短寿早亡的王勃的诗文中常有悲音,显得凄清出奇。我戏称王勃为"王四句",即《滕王阁序》中的"落霞与孤鹜齐飞,秋水共长天一色。"与《送杜少府之任蜀州》:"海内存知己,天涯若比邻。"王勃溺海死于六七六年,四句留传至今一千三百一十八年。我想,再一个一千三百一十八年的三三一二年时,这四句仍然不会泯灭消亡。

"四杰"中的骆宾王,也有令我惊奇叹服的佳句,他那个《讨武曌檄》中的"掩袖工谗,狐媚偏能惑主",怎么琢磨都像是骆宾王在一千三百多年前就活画出江青的嘴脸。江青的心胸和才干比武后差得远,但在工谗和惑主上,大大超过武后。

我不说谁也不知道，唐三千宋八百，杜牧诗文对我的影响最大。我崇拜李白，敬佩杜甫，杜牧对我的影响如春雨入地。李白之才凡人学不了，苏东坡也只学到皮毛。鲁迅先生的祖爷，在鲁迅先生入学开蒙时就有训教：学诗先学白（白诗浅俗，有章可循），老杜高可攀（下苦功夫，可能学到），唯有李白万不能强学，否则便画虎不成反类犬。我对白居易的人和文，都一直产生排斥反应，不想学他。学老杜太难，我吃不了那么多的苦。杜牧是一座青山秀峰，不是可望而不可即，攀登起来令人兴趣盎然。

杜牧不但能诗善赋，而且很会"纸上谈兵"。《十一家注孙子》一书，当然是曹操注得最得要领。在我看来，杜牧的注可读性最强。十年内乱，我匿居故乡的荒村寒舍，苟全性命于乱世，穷极无聊，异想天开，想学小杜，做注孙子的第十二家。我对蒋、桂、阎、冯军阀混战的战例进行剖析，发现蒋介石颇通兵法，冯、阎、桂都不如他。这在当时那个"腹诽者诛"的年代，可谓犯下现行反革命的死罪。我吓出一身冷汗，慌忙把《十一家注孙子》深藏箱底，也就终于没有当成兵家。八十年代，我读到一份内部资料，周恩来曾说过，蒋介石是个战术家，不是战略家，缺乏高瞻远瞩、统观全局的眼光。北伐战争时，蒋介石打仗很勇敢，喜欢穿着黑红（铁与血）斗篷亲赴前沿阵地，一心想当中国拿破仑。周恩来跟蒋介石是老同事，毛泽东称赞周恩来最有"自知之明，识人之智"，张治中也说"知我者周恩来"，可见周恩来论说蒋介石，准确之至。如此，我当年的研注，也算得颇有见识。

我从杜牧诗中学习语言的色彩，形成自己的色彩语言。

杜牧诗中的优美语言艺术，俯拾皆是，不胜枚举："一骑红尘妃子笑，无人知是荔枝来"，"千里莺啼绿映红，水村山郭酒旗风"，"烟笼寒水月笼沙，夜泊秦淮近酒家"，"远上寒山石径斜，白云生处有人家。停车坐爱枫林晚，霜叶红于二月花"。研究杜牧，学术界公认缪钺先生最有权威，缪先生是我非常钦敬的老学者。

对于我的小说语言研究，石家庄中年学者崔志远发表了不少极有高见的文章，最近发表的长篇论文《刘绍棠"运河文学"的语言风格》和即将出版的《刘绍棠小说研究》一书，比我说得恰当得体，不必我自拉自唱了。

一九九四年七月

原载一九九四年七月十三日《天津日报·满庭芳》

文章千古事

一个人活着的时刻，不管名气多大，权势多高，哪怕强暴如秦始皇，老百姓"腹诽者诛"，死后一成历史人物，也就千秋功罪，任人评说，再也不能盛气（名气）凌人、以势（权势）压人了。

所以，我的"说古"，偏要一个信口开河，不然便是化整为零倒卖中国文学史。偏见、成见、浅见、拙见、一孔之见、独到之见……反正都是坚持己见。

我从来就不喜欢"唐宋八大家"这个千年老字号，刚一沾染文学就不赞成八大家之首的韩愈的复古主张。

在我看来，对于"唐宋八大家"，应该按照目前国务院的裁员百分之二十的标准进行精兵简政。首当其冲裁汰苏辙、曾巩，进一步优化组合，还可以把苏洵"化"掉；唐二宋三（韩愈、柳宗元、欧阳修、王安石、苏轼）足矣。

韩愈的"古文"，即上继三代两汉文体的散文，理论基础是刘勰《文心雕龙》的"宗经""征圣"和"明道"。文章的思想和格调必须仰承和遵守四书五经的规范。凡有论见，必须从圣人之言中找到出处。说来道去，都是为了讲清圣人训教的道理。宗经、征圣、明道的极致，便是明清八股文的"代圣立言"，成为束缚知识分子思想的桎梏，直到被五四运动打倒在地，看来不大容易翻身。韩愈摆出一副儒学正宗的气势，提笔行文就想教训人。董仲舒、韩愈、朱熹为我所反感，就因为他们都自以为有资格配享孔庙，在大成至圣文宣王身边，不一字并肩平平坐，也得坐一把位居显要的金交椅。韩愈的说理文，理性说教多，感性抒情少，很难令我感动。不过，他的说理有时讲得很对，也说得透彻，不能不信服。韩愈虽然满脑瓜子的正统思想，但仕途常遭挫折，愤而发为不平之鸣，留下若干千古名句，如："世有伯乐，然后有千里马。千里马常有，而伯乐不常有。"今天读来，千元买一字，稿酬不算高。此外，如《送李愿归盘谷序》等杂著，借题发挥，指桑骂槐，对官场和社会的种种丑态，嬉笑怒骂，痛快淋漓，一针见血，入木三分，令人感叹不已。可见，只要韩愈不端架子不摆谱儿，文章就会写得不但以理服人，还能以情动人。人非草木，孰能无情？男儿有泪不轻弹，只因未到伤心处。爱如己出的亲侄死了，理性的韩愈动了真情，《祭十二郎文》写得感人肺腑，愿陪韩愈一恸。无情未必真豪杰，无情必无好文章。

唐代文人，李（白）杜（甫）并称，李白是诗之仙，杜甫是诗之圣，有所欠缺或弱点，也是瑕不掩瑜。元（稹）白（居易）并称，元稹是伪君子，白居易是假善人，他们是官僚文人的典型。韩（愈）柳（宗元）并称，毛泽东说他俩与李杜对比，只够二等。韩、柳中过进士，李、杜的头上都没有这顶纸糊的桂冠。韩愈对毛泽东的评价完全心悦诚服，赞颂李杜作品"光芒万丈长"。不过还比不了姚文元的"绝句"：

"光焰无际"（此为故事新编）。

比起韩愈，柳宗元可爱得多。韩愈高高在上，柳宗元眼睛向下。这是因为，他俩虽然都是儒家正统，但是柳宗元更倾向"民本思想"。所以，他的文字令人感到亲切。他在散文创作上也主张"复古"，却不像韩愈那样矫枉过正，对六朝骈文没有"左"得一概排斥，因而他的"永州八记"写得极其富有文采。只是"文以载道"自古以来就主宰文坛，才韩在柳上。

韩柳遗风，流传至今：重政治轻艺术，重教育轻审美，重宣化轻熏陶，重短期效应轻长远考虑；不断评奖而狗熊掰棒子，作品获奖之日，死期也就再冉兮将至。

宗经、征圣、明道的"古文运动"，违反文学创作的艺术规律，从形式上反对骈文，也是舍本逐末。韩、柳死后，骈文便又死灰复燃。《古文观止》的唐朝部分，入选者只有韩、柳是"复古"派，他们的前辈王勃、李白当然不听他们那一套，同辈刘禹锡也不跟他们跑，晚辈杜牧更是反其道而行之。

违反艺术创作规律，结果总是适得其反。列宁所说的对于作家写什么怎么写，不要横加干涉，我想就是不要进行违反艺术创作规律的瞎指挥。打棍子和穿小鞋是横加干涉；通过利诱手段进行误导，同样是横加干涉，只不过包装得美丽迷人。

我一生从文，反躬自省，明白了不少事理。政治立场、思想信仰如果不与文学创作的科学规律结合成浑然一体，写出来的作品即便轰动走俏一时，却不能存留一世而迟早是一团废纸。这是凝聚我四十五年创作

生涯的辛劳、心血、汗水和泪水的肺腑之言。

呜呼！文章千古事，得失寸心知。

　　　　　　　　　　　　一九九四年七月

原载一九九四年八月十日《天津日报·满庭芳》

词有长短

今年八月十五日，是日本鬼子投降四十九周年。抗战八年中我念完初小四年级。日伪军两三个月就大扫荡一回，杀人放火，穷凶极恶，我念书的小学不得不时常停课。"官学堂"关门，就到私塾房念"老"书。

我的塾师是一位姓孟的外来佃农，自称是亚圣孟轲夫子后裔。孟塾师带我到邻村的魁星楼（供奉文曲星木主）拜了香，便正式给我"开笔"（习作旧诗古文）。我跟孟塾师念了一本《千家诗》和一本《幼学琼林》。

桌子底下放风筝，出手就不高。我这个孟师傅教出来的徒弟，每日费尽三缸水，也无一点似李杜。五十而知天命，我决定戒诗，金盆洗手了。多年来，我自以为古文写得比旧诗"好"。给亲朋友好和妻子儿女写信，喜欢四六骈俪。老、弱、病、残，雅兴衰减，废文言而改用白话。不过，每读鲁迅先生的《中国小说史略》和钱钟书先生的《谈艺录》，为他们那十数万言和数十万言的精彩古文而怦然心跳，常有蠢蠢欲动之感。我在古文旧诗的写作上虽然未成气候，但是磨镰不误工，对我写白话小说大有好处。

比较起来，我对长短句的填词，接受较快，花力气也较多。这是因为，产生于初盛唐的词，本是可以歌唱的新诗体。童年我常听民间艺人的戏曲，乡女村妇哼唱的民歌，跟词相近而又相通。我的师傅应是大娘、二婶、三姑、六婆……

例如，开元、天宝（唐明皇）年间，崔令钦《教坊记》记录的《望江南》两首之一：

莫扳我，扳我太心偏。我是曲江临池柳，这人扳去那人扳，恩爱一时间。

类似的粉词艳曲，旧社会运河滩上的高粱地里到处可闻，比"妹妹你大胆往前走……"悦耳动听得多。

新体诗的词，从民间蓬勃兴起，广为流传，文人便争相"偷艺"。民间文学是文人创作的生父，史证确凿，无不如是。屈原的《九歌》，本是巫祝歌词之亲子。李白一向开风气之先，他的《忆秦娥》，可算唐词领袖。这首意境阔大、情感深沉、艺术上高浑纯熟的词，前人都说是李白作品，后人有所怀疑。"事出有因"却都"查无实据"，还应保护李白的著作权。

试将李白的《忆秦娥》与毛泽东的《忆秦娥》对照：

李：箫声咽，秦娥梦断秦楼月。

毛：西风烈，长空雁叫霜晨月。

李：秦楼月，年年柳色，霸陵伤别。

毛：霜晨月，马蹄声碎，喇叭声咽。

李：乐游原上清秋节，咸阳古道音尘绝。

毛：雄关漫道真如铁，而今迈步从头越。

李：音尘绝，西风残照，汉家陵阙。

毛：从头越，苍山如海，残阳如血。

由此可见，毛泽东诗词深受李白影响。（毛的"我欲因之梦寥廓"，源自李的"我欲因之梦吴越"。）毛泽东喜爱唐之"三李"（李白、李贺、李商隐），集三李之长于一身。所以，为建设有中国特色社会主义文化，必须继承优秀的民族传统文化。

我的小说题目，一贯大俗大雅。大俗，就是使用农民口语，大雅，便是从诗词中摘取。我有个中篇小说《年年柳色》，李白的《忆秦娥》便是出处。此外，还有个《绿蓑行》来自中唐词人张志和《渔歌子》之一：

"西塞山前白鹭飞，桃花流水鳜鱼肥。青箬笠，绿蓑衣，斜风细雨不须归。"

张志和、刘长卿、韦应物的词写得都好。白居易和刘禹锡是中唐词人中的并秀双峰。白居易《忆江南》的佳句"日出江花红似火，春来江水绿如蓝"，刘禹锡《竹枝词》的"东边日出西边雨，道是无晴却有晴"都可流芳百世。

我对刘禹锡感情深厚。首先，我们在审美情趣、艺术追求和生活态度上颇有相通之处。梦得（刘禹锡）先生崇尚和酷爱民间口头文学创作，他的作品大量吸收民歌精华，我的乡土小说走的也是这条路子。坎坷岁月二十年，我栖身荒村茅舍，读他的《陋室铭》，使我清高，乐观，超脱，心安神定，宁静致远。还因为，刘禹锡是徐州人。我非常尊敬的老同事、已故著名作家骆宾基在《金文新考》中论证，刘氏之根扎在徐州大地上，且与徐姓同宗。然而，我更感兴趣的是很多学者考定，刘禹锡是汉化匈奴人。我是匈奴后裔汉人。

不过，我又有新的假设：刘禹锡和我，都可能是鲜卑人。北魏孝文帝、鲜卑人拓跋珪，强令所有鲜卑人改为汉姓。他是老子天下第一，姓了元。诗人元稹、元结，皆出于此。独孤氏改姓刘。是不是也应出个叫刘禹锡的诗人？这位独孤太太，是隋文帝杨坚的皇后，隋炀帝杨广的老娘。隋炀帝留下千古骂名，也留下一条三千里大运河，供我写了一辈子。我是不是也可以姓独孤？

一九九四年八月

原载一九九四年九月七日《天津日报·满庭芳》

帝相岂如词人

瞿秋白刑场赴死之前，写有《我的自白》，说他本是一个有点小聪明的文弱书生，危急存亡之秋被中共推选为取代陈独秀的中央领导人，实在是"历史误会犬耕田"。

纵观中华六千年历史（骆宾基考证），千奇百怪的误会何其多。

李后主（煜）当皇上，连历史的误会也算不上，只可谓是投错了娘胎。够不上"犬耕田"的资格，不过是老鼠拉犁杖。

李后主是个"贾宝玉"。或者说，"贾宝玉"是李后主的转世投胎。他们都是在温柔富贵之乡出生长大，最后国破人亡或家破人亡。如果说贾宝玉是曹雪芹的影子，那么，李后主和曹雪芹都是中国文学史上的巨人。而且，他们又都是只活到四十多岁。李后主四十一岁时被赵匡胤毒死，曹雪芹四十八岁贫病而亡。按照我们现在的老、中、青划分法（组织人事部门内定），李后主只算"青年诗人"，曹雪芹刚够"中年作家"。我对某些荒唐、荒诞、荒谬现象，真是"难得糊涂"。

晚唐残破，封建割据势力将残破不堪的晚唐五马分尸，大卸八块。于是，既有五代（梁、唐、晋、汉、周），又有十国（吴、南唐、前蜀、后蜀、吴越、楚、闽、南汉、南平、北汉）。

李后主本姓徐。淮南镇军阀杨行密建立吴国，李煜的曾祖父徐温在杨行密死后执掌朝政。李煜的祖父徐知诰夺吴建唐，为了攀附正统，改姓李。徐知诰更名李昪（谥号唐烈祖），李后主的父亲徐景通更名李璟，李后主也就自然而然名为李煜。祖孙三人都是假、冒、伪、劣。徐知诰其实是徐温养子，姓徐也是假冒伪。

李昪（徐知诰）是个勇悍豪强而又很有政治手段的人。在他统治下的南唐强盛时期，建都金陵，国境扩充到今湖北、湖南、浙江部分地区，又有金陵、扬州两大繁盛都会，吸引了不少中原文化人来此避难，文化发展也就超过其他割据一方的小国。

朱熹说："一为文人，便不足取。"毛泽东也说过，明朝的皇帝，只有文盲朱元璋（太祖）和半文盲朱棣（成祖）有些成就，其他都没有多大出息。南唐中主李璟继父位，迷醉"花间"词而治国无方。前期吃乃父老本，凑凑合合维持了几年，后期面对统一了江北的强敌周、宋，束手无策，萎靡不振，与他的丞相冯延巳沉溺于强欢作乐和伤感绝望的新"花间"词创作。君臣二人，一对活宝，难得的搭配。

冯延巳全面继承和发展了"花间派"词风，尽管仍然免不了写些闲情春愁，缠绵悱恻，但是逐渐摆脱了温庭筠的"娘娘腔"和雕琢堆砌，语言比较清新流畅，手法也有所出新。对宋代大词人欧阳修、晏殊等都有显著影响。李璟的词比冯延巳的作品更扩大了境界，感慨也更深沉。国运衰微，气数将尽，皇上比首相忧惧得多。

李后主二十四岁当上这个没落小王朝的皇帝，形势岌岌可危，朝不虑夕，便纵情声色，醉生梦死。他前期的词，完全是继承李璟，师承冯延巳。如果不是亡国被俘，沦为"日夕以眼泪洗面"的囚犯，他是写不出"春花秋月何时了？往事知多少""雕栏玉砌应犹在，只是朱颜改。""问君能有几多愁？恰似一江春水向东流。"以及"帘外雨潺潺，春意阑珊。罗衾不耐五更寒。梦里不知身是客，一晌贪欢。独自莫凭栏，无限江山。别时容易见时难。流水落花春去也，天上人间。"这些千古"朱颜"不改的佳句的。

我在一九五七年就说过，我们的文学创作的致命伤，便是极端轻视艺术性，轻视到仇视的地步。时至今日，仍然旧习不改，积弊难除。为了政治宣传的急需，或曰社会效益的立竿见影，便忽略了艺术上的精益求精。还是政治标准第一、艺术标准第二的"凡是派"。

所以，研习李后主词的艺术成就，有所发现和发明，才能古为今用化为己有，提高我们文学创作的艺术水平，增强我们文学创作的艺术感染力。后主留给后人的"财"富，岂止五车？

我没有当过皇上，但曾被誉为"党少爷"；我虽没有被囚禁在李煜那"总统包间"式的高级牢房，却也曾"贵"为世袭罔替"铁帽子王"，发配到"安乐公"刘阿斗的食邑之地（古安乐县，今北京通州，京津运河东岸）。荒村寒舍，凄风苦雨，冷被凉炕，读李煜词，跟在北京大学花园楼房的课堂里听讲，感受大不相同。对于"民主性的精华"的吸收，"封建性的糟粕"的剔除，不是猪八戒吃人参果，丝毫不知滋味。

恕我右倾，我认为在文学史上的地位，李后主可与曹子建并列，八斗之才不少一合。

一九九四年十月

原载一九九四年十一月十八日《天津日报·满庭芳》

偏爱李翠莲

武人阴谋家赵匡胤，大奸似忠，骗取了有"小唐太宗"之誉的世宗柴荣的宠信，一面泣拜托孤之命，一面却又指使死党，发动陈桥兵变，黄袍加身，篡夺了柴氏孤儿寡母的后周王朝。赵匡胤捣鬼有术，当上皇帝却又寝食不安，最怕他的部将"以其人之道还治其人之身"。于是，"杯酒释兵权"，大大削弱了军队的作战能力，宋代对外每战必败，屈膝乞和，缔结城下之盟，割地赔款，甘当儿皇帝、孙皇帝。

军事软弱，政治腐败，官逼民反，农民起义四处烽起，宋朝令人憋屈、憎恶、作呕；然而，宋朝却又经济繁荣，文化发达。四大发明之一的活字印刷，出自宋代。

唐诗，宋词，明清小说，有这么一说。作为小说家，我对话本发源地的宋代瓦子，想如戏曲艺人的梨园。小说成型于宋。

瓦子，又名瓦肆、瓦舍。《都城纪胜》写道："瓦者，野合易散之意。"《梦粱录》说："瓦舍者，谓其来时瓦合，去时瓦解之义，易聚易散也。"也就是自由市场的大娱乐棚。每个娱乐棚里不但有几十种伎艺可供赏玩，而且还有若干座"勾栏"提供色情服务。繁荣"娼"盛，宋朝是焉。大词人周邦彦、柳永是特高级嫖客，徽宗赵佶更是嫖界天王巨星。

买卖兴隆通四海，财源茂盛达三江。各路客商云集汴梁东京，市场交易，瓦子娱乐，勾栏买笑，市井文化或称市民文化便生长发育起来。

瓦子多种娱乐中的"说话"，类似今日的说评书，说评书的祖宗是"说话"。"说话"分为四家：小说、讲史、讲经、合生。其中又以小说、讲史为主。小说更是老大。小说从现实生活中取材，形式和内容都新鲜活泼，最受广大听众欢迎。话本原是说话人的脚本，经过说话人的二度创作，作品得到充实、丰富、增色。在此基础上，作者又进一步加工。宋朝印刷业普遍发展，印制成书就更使得话本小说广为流传。现存的《京本通俗小说》的全部，《清平山堂话本》的大部分，《警世通言》《醒世恒言》的小部分，可以考证是宋元作品。在中国小说发展史上，宋元话本是个连体。有如先秦、两汉、魏晋南北朝等概念。我的长篇小说《敬柳亭说书》，将"说话人"和话本作者"现代化"了一下子。我自比话本作者，虚构一个评书艺人，两人谋而后合；一写一说，组装一部评书风味的小说。我从开始写小说那一天起，就坚决主张小说创作必须民族化才是生路，至今仍固执己见。

我的家乡，京津运河通州水域的农村，盛产评书艺人。我走上文学创作道路，评书艺人起到启蒙作用。爱屋及乌，我对宋元话本十分喜爱，努力钻研。

宋元话本或话本小说的作者，五花八门，良莠不齐，思想复杂，迷信落后。但是，剔除其封建性的糟粕，便会发现他们有一个共同的意愿：抑恶扬善。

我想，教人学好，引人向上，古今中外一切良心没有给狗吃掉的作家，应该"绝知此事要躬行"。诲淫诲盗或制造种种精神毒品，那是作恶，不是作家。民谚有云："说书唱戏劝善的方。"这是没有喝过或没有喝过多少墨水的艺人都懂得的天经地义，奉为最高艺德；难道身为文墨书生的作家竟可心术不正，不讲人格文品吗？

话本小说还有一大特点和优点，值得我们继承和学习，那就是"上口"。话本小说念出声来，不识字的人听得懂，很爱听。目前我们某些作家所写的小说，好像打定主意跟广大读者为敌作对，怎么不是"人话"怎么写，念起来饶舌、硌牙、刺耳，不但毫不知羞，反倒洋洋自得，自以为如此才算得新潮。

宋元话本小说最有名气的是《碾玉观音》《错斩崔宁》，故事曲折生动，传奇性强，令人拿起来放不下，爱不释手。而且，颇有一些政治价值。不过，我读小说，一向是以"语言为第一要素"。所以，我最偏爱《快嘴李翠莲》。李翠莲快人快语，性情爽朗，口吐莲花，妙语连珠，是个生动、活泼、泼辣、善良的女子。我总觉得，大跃进时代红得发紫的李双双，十有八九是李翠莲的后裔，或是李翠莲的转世投胎。李翠莲出口成章，出语惊人，合辙押韵，越发使这个人物富有光彩和特色。乡女村妇虽然目不识丁、胸无点墨，却能开口就是四六句，满腹乐府竹枝词。谓予不信，请到乡村下马看花，不必像我住上二十二年，住个两年零两月，就会拜倒荆钗足下。

宋元话本小说留存四十篇左右，花上两三天工夫看一看，不要只字未读便否定一切。邓拓在《燕山夜话》中说过，"金龟子里有黄金"，也就别把土地爷不当神仙。

一九九四年十一月

原载一九九四年十二月二十六日《天津日报·满庭芳》

秀杰东坡

唐宋八大家，北宋四川眉山老苏家就占三位，他们是苏洵、苏轼、苏辙。苏轼和苏辙是苏洵的儿子，苏辙是苏轼的弟弟。三苏父子同列宋代文坛"龙虎排行榜"，不能不令人想起汉魏三曹（曹操、曹丕、曹植父子）的三星高照。

关公战秦琼，隔代比武，情理不通。三曹与三苏，比较诗文，却可以纸上见个高低，决个胜负。苏老泉（洵）当然比不过曹孟德。他一生没有功名，但在教养儿子上狠下功夫。他长于议论文，《辨奸论》中的名句"月晕而风，础润而雨""见微而知著"，林彪大念"政变经"时大加引用，引得毛泽东心生疑惑，在给江青的私信中，对这位"我们的朋友"有所警觉。苏洵不是曹操的敌手，也比不了曹操的两位少爷，这是显而易见的。

苏辙的记叙文写得不错，《黄州快哉亭》等颇有情致。虽然他哥哥苏轼夸他写得一唱三叹，有秀杰之气，但他和他爹老泉先生实在算不得大家。

曾巩也不够格。严格说来，王安石不愧为大政治家，文学上却只能说是中上。因此，唐宋八大家应是唐宋四大家，即：韩（愈）、柳（宗元）、欧（阳修）、苏（轼）。

苏轼在中国文学史中的地位，低于曹操，高于曹丕，跟曹植相等。

我最佩服苏轼的首先不是诗文，而是他对待王安石的"路遥知马力，日久见人心"的高姿态。苏轼出生成长于"百年无事"（太平年月）的北宋中叶，读书多而懂事少，在政治上是个天真的保守派。他认为只要建立"好人政府"（借用胡适的"高论"，今为古用）便会朝政清明，消除腐败。他见王安石的变法运动中有不少奸佞之徒（如蔡京、章惇、吕惠中）混迹其间，便对变法"攻其一点不及其余"，上书反对，作诗讽刺。于是，被打成"右派"，一〇七九年贬官远谪。头一回赦归途中竟直奔江宁，拜望罢相退休、归隐林下的王安石。王安石旧时门庭若市，而今门可罗雀，一见被自己整得死去活来的苏轼不念旧恶，叩门来访，感动得老泪纵横，百感交集。苏轼赦归还朝，又反对重新执政的旧党废除一切新法，被打成"左派"而二度流放，流放地竟是天涯海角的琼州。一一〇〇年赦还，次年便老病而死。一辈子有二十一年生活在流放地，苏轼实在不是官材。

我称欧阳修为北宋文之魂，苏轼是北宋文之魄。欧阳修有点像京剧界的通天教主王瑶卿，没有一个北宋文人不受他的影响。苏轼却是北宋文坛的"梅兰芳"，成就最高，对后世的影响也最大。

苏轼一生留下两千七百多首诗，三百多首词，还有若干篇高档散文。他只活了六十四岁，正业是当官，副业才是写作，作为一位业余作家，可谓高产。

我很愿接受苏轼的文艺观点。他认为文学作品不但要具有政治意义和道德意义，还应讲究艺术价值。他说诗文写作"大略如行云流水，初无定质，但常行于所当行，常止于不可不止"。这个观点，我最喜欢。他认为"文理自然，姿态横生"才是佳品。苏轼的散文优美动人，佳作极多。文论和画论，不仅多有道出艺术规律的高见，而且文采富有声色。

苏轼的思想深受儒、老、佛的影响，常有杂乱矛盾的表现。他的散文，有庄子流韵，诗学陶（渊明）、李（白）。他的诗也向杜甫学习，不过不像黄庭坚那么泥古不化。苏轼学李，是取法乎上，仅得其中。黄庭坚习杜，则是取法乎上，仅得其下。苏轼有儒家教养，又一生为官，缺乏李白的豪放和纵情。他虽仕途坎坷，却又官瘾难消，也就缺少陶渊明的恬淡和闲逸。因而，他的诗虽是妙笔之花，却因"自我"不足而欠有独家风格。苏轼的词集北宋众多词家之盛，遂与南宋"词霸"（套用一个时髦广告词语）辛弃疾并称苏、辛。苏、辛之词我总觉得有如李、杜之诗，一个是"盛世"的昂扬，一个是"乱世"的深沉。当然，也不是一清二白，截然不同。

天赋过人，博学多才，苏轼在文、诗、词三个领域都领先居上，泽润后人。他逝世七百九十一年之后，在同一块川土上，郭沫若出生。郭氏颇有与苏东坡相似相近之处，连苏东坡的"想当然耳"也继承过来。

至此，我要说几句题外的话。全面深入研究郭沫若的文学、学术成就，正确评价他的人格文品，专家学者不应留待二十一世纪解答。

一九九五年三月

原载一九九五年三月二十二日《天津日报·满庭芳》

风流儒宗

我七岁就知道古人有个欧阳修，介绍者是我那教私塾的外祖父柏秀峰先生。他生于一八八九年，死于一九四七年。

外祖父出身清贫，寡母千辛万苦，供他从八岁到十六岁，念了八年私塾。他十六岁开始教书，慈母却心血耗尽，撒手归西，外祖父一生都痛感愧负母恩，教书育人最讲"万事孝当先"。我村有孟姓老妪膝下一子一女一孙。其子是我外祖父的学生，因患肺痨身亡，欠下一笔又一笔高利贷。孟老妪哀告无门，打算将寡媳卖给人贩子，还债抚孤。外祖父得知此事，有如孔夫子哭颜回，出面牵头为孤儿寡妇募捐，执笔写出骈俪体的劝养文。其中有"欧母画荻，点金乏术"两句，我至今记得。当时我向外祖父请教，他说欧阳修幼年丧父，家境贫寒，母亲教他识字，只能以苇秆为笔，白沙作纸。所以，欧阳修侍母至孝，热心提携后起之秀。

欧阳修是北宋文坛伯乐，文学革新运动的领袖。他对苏轼的格外青睐，可算极具慧眼。但是，他对曾巩的过誉，便又目力不够准确。

曾巩是欧阳修诗文革新运动的积极支持者，文风也和欧阳修相近，文名在当时仅次于欧阳修。但是，曾巩为人"迂阔"，作品以"古雅""平正"著称，缺乏新鲜活泼和文采优美，盛名大衰，今已无可言。

北宋文人有个仿唐现象。苏轼学李白，黄庭坚学杜甫，欧阳修学的是韩愈。

我曾说过，苏轼学李白是取法乎上，仅得其中；黄庭坚学杜甫是取法乎上，仅得其下。我还要说欧阳修学韩愈是取法前人，学得其半。

欧阳修在北宋文人中的地位和影响，跟韩愈在中唐文人中的地位和影响相似相等。两人都终身从政，久居"高干"级官职。两个人都颇有点"民本"思想（"民为贵，君为轻，社稷次之"），算得上是好官。

然而，韩愈和欧阳修在个人性情和审美情趣上的差异，也就使得他们在具体作品的风格上，各行其是。

儒学名家，有三位大人物我一直心怀不满。头一个就是装神弄鬼的董仲舒。其次便是韩愈和朱熹。韩、朱二人都以儒家"真正老王麻子"的正宗正统自居。除了孔孟，老子天下第三，应该配享孔庙，站在圣人近侧。他们写文章喜欢教训人，我一感觉他们在进行训教就产生逆反心理。

顺便借此声明，我所写的"说古"文字，对于某些古人的评价，只是一己之见，并非故意"误导"读者，而是想引起读者进一步思考的兴趣。有的读者来信，指出我的评价不公平、不公正。例如，对待白居易，就跟陈毅同志的评价不一样。我想，如果是参加孟良崮战役和解放大上海战役，陈毅司令员说什么我得听什么。但是，在对白居易的评价上，我认为可以跟元帅不一致。遥想四十一年前，我在北京大学念书时，系主任杨晦先生教我们《文艺学》。杨晦先生讲授"典型环境中的典型性格"，对关云长十二分地赞美和推崇。我却在课堂讨论中大唱反调。从童年听评书起，我就激烈反对关羽。原因何在？后来我想，我太希望吾家玄德公（刘备）兴复汉室当皇上，而这一切的美好前景，都毁在了关羽身上，所以关羽是最不忠、不义、不情的人。其实，刘备一统天下坐江山，跟我这个姓刘的共产党人有什么相干？然而至今我也不能对关羽产生好感。不过，既然对四化大业无所损害，我也就不必"端正"态度了。

欧阳修与韩愈比较，还算温和宽厚，也就没有"准圣"韩愈那居高临下和先声夺人的雄辩气势。欧文像娓娓长谈，含蓄委婉。写景状物，怀人叙事，都写得摇曳多姿，感情色彩浓郁。韩愈长于以理服人，欧阳修善于以情动人。我读他的《醉翁亭记》《秋声赋》《泷冈阡表》，都感动至极，形于颜色。研读北宋文学，必须得欧门而入。欧阳修以其道德、学问、文章，成为北宋文人之师表，得到公认和受到尊崇。时人称他是"一代儒宗，风流自命"。

欧阳修的诗词，比不了他的散文，在北宋花团锦簇的诗词佳作中，并非位居首席。但是，欧词对于消除花间派和西昆体的颓朽之风，起到巨大作用。正如胡适的《尝试集》，算不上拳头产品；然而，《尝试集》对于建立白话诗和白话文学的作用不应低估。有时，我觉得胡适和欧阳修相似之处甚多，他们都是开一代风气之先的师尊。

我们的文学事业，也很需要今日欧阳修。郭沫若、茅盾能够做到而未做到，惜哉！《文艺报》一九九五年四月十五日有文说郭沫若"长处和不足，坚定和软弱，坦诚与虚假……几乎综合了近代中国知识分子的性格"。此论值得深省。

一九九五年五月

原载一九九五年五月五日《天津日报·满庭芳》

"乡亲"陆放翁

南宋比北宋更不要脸。虽然甘当蒙古人的孙皇帝，最后还是被元朝铁骑灭亡，陆秀夫背着小皇上蹈海而死。然而，家贫出孝子，国破见忠臣，乱世出诗人。陆游便忠孝诗文兼备一身。

我头一回知道陆游的名字，是阅读姚克的话剧剧本《钗头凤》，通过艺术形象的间接认识。姚克是个通晓英文的风流才子，崇拜过鲁迅先生，当过电影明星上官云珠的丈夫，解放前夕亡命海外。解放后不久，毛泽东怒斥他的《清宫秘史》是卖国主义，而刘少奇曾赞为爱国主义之作，毛、刘观点分歧，由此可见。

姚克把陆、唐（琬）的爱情悲剧，写得香艳曲折、缠绵悱恻，赚了我不少眼泪。从此，我对陆游充满同情，对陆游的诗作产生兴趣。至今半个世纪，我对陆游的感情依旧。一九五六年我回乡挂职，随身携带一册游国恩先生和李易选注的《陆游诗选》，与乡亲父老兄弟姐妹们朝夕相处，暇时吟读陆诗，不能不最为他的田园诗所吸引和感动。此时，我确定自己的创作方向是"更写实，更乡土化"，陆游的田园诗对我起到感染和推动作用。亡友鲍昌当时是《新港》文学月刊负责人，《新港》没有采用孙犁的《铁木前传》，而秦兆阳立即刊登在《人民文学》上。鲍昌十分懊悔，他要我写个《铁木前传》风味的中篇小说给他，以表现《新港》并非"收"而不"放"。于是，我给《新港》写出了"更写实，更乡土化"的中篇小说《村姑》，讲定在一九五七年八月号刊出。然而，六月十三日，《文艺报》点了我的名，向我开出"可贵的第一枪"，《新港》没敢发稿。八月以后，我和鲍昌先后划右，这部中篇也就不知去向。三十八年过去，《村姑》的内容，我已毫无记忆，但是却清晰记得在《村姑》题目下，摘录了陆游的《浣花女》一诗："江头女儿双髻丫，常随阿母供桑麻，当户夜织声咿哑，地炉豆秸煎土茶。长成嫁与东西家，柴门相对不上车。青裙竹笥何所嗟？插髻烨烨牵牛花。城中妖姝脸如霞，争嫁官人慕高华。青骊一出天之涯，年年伤春抱琵琶。"因而可以推断，《村姑》一定写的是农村婚恋故事。

一九五八年我被处理回乡务农，这与陆游的"罪虽擢发莫数，而诗为首"的罢官归籍，颇为异曲同工。

落地乌纱帽，风吹鸭蛋壳。陆游只想抗战，并非官迷。他五十六岁被黜还乡，"身杂老农间"，除了因忧国忧民而痛苦，从不为个人的坎坷遭遇而悲伤。他在《蔬园绝句》中写道："百钱新买绿蓑衣，不羡黄金带十围。枯柳坡头风雨急，凭谁画我荷锄归？"他对自己"行遍天涯千万里，却从邻父学春耕"的村居生活，自得其乐。我匿居故里，苟全性命于乱世，也有同感。他"卧读陶诗未释卷，又乘微雨去锄瓜"，我更有此经历，只是卧读的是陆诗。陆游在《读陶诗》中说："我诗慕渊明，恨不造其微。"陶渊明的田园诗给陆游以艺术上的陶冶，也在精神上使陆游逐渐平静。我回乡二十年，一年年"心平气和"，力求宁静致远，或曰吃得饱睡得香想得开，保持良好的精神状态，确实是由于深受陆诗的感染。我曾对很多人讲过，我学的是陆游的另一面，即晚年的老陆诗文，深深渗透了我的整个身心。

我从一九五八年夏到一九七八年冬，在家乡度过二十年风吹日晒、脸朝黄土背朝天的农夫生活；陆游从六十六岁到八十五岁病故，在山阴故土生活十九年。一九七九年我重返文坛已经变成一名梗着牛脖子的村夫，固执地致力于乡土文学，正是晚陆风骨。

在我的心目中，陆游是一位乡土诗人，是乡土文学的老前辈。

陆游作为爱国诗人留名青史，对于他的爱国主战、壮志难酬之作，我从少年时代就阅读了不知多少遍；然而，直到我中风偏瘫，痛失"半臂江山"（半身不遂）之后，我才对这一部分陆诗有了更深层次的理解。

陆诗《十一月四日风雨大作》中写道："僵卧孤村不自哀，尚思为国戍轮台。夜阑卧听风吹雨，铁马冰河入梦来。"诗中的"僵卧"二字，如果不是老、弱、病、残，就是丧失行走能力。

《示子通》诗曰："我初学诗日，但欲工藻绘；中年始少悟，渐若窥宏大。……诗为六艺一，岂用资狡狯？汝果欲学诗，工夫在诗外。"这是陆游对一生创作经验的总结，我也有此体会。

陆游八十三岁《自勉》道："学诗当学陶，学书当学颜。正复不能到，趣乡已可观。养气要使完，处身要使端。勿谓在屋漏，人见汝肺肝。节义实大闲，忠孝后代看。汝虽老将死，更勉未死间。"人活一世，只要一息尚存，就要善始慎终。不可当面是人，背后为鬼；必须保持晚节，防闲守正。

我，亦当如是。

一九九五年六月
原载一九九五年六月二十一日《天津日报·满庭芳》

辛词随想

随、陆无武，绛、灌无文，史家为之憾甚。辛弃疾却真正是文武兼备，不是半瓶醋。

辛弃疾活了六十七岁（1140—1207）。出生在金人统治下的济南，但身在金国心在宋，二十一岁组织两千壮勇，投入耿京领导的二十万农民抗金武装，掌军中书记。后被耿京派往临安（杭州）与南宋建立联系。次年北还，耿京已被叛将张安国杀害，部队降金。辛弃疾率五十名勇士，突袭屯兵五万的张安国大营，生擒张安国置于马背，号召万名爱国士兵跟随他"南归"。

中国文人自古以来有个老毛病（外国文人好像也是如此），那就是对自己总是估计过高，找不准感觉也就自寻烦恼。李白至死也没有闹明白，他只不过是个大诗人，不是自比管仲乐毅的政治家和军事家，在真正的政治家和军事家眼里，李白像个弱智儿童。当官的看不起文人。北宋司马光的《资治通鉴》不收文人入书，对杜甫的"法外开恩"，也只是因为杜甫对大政治家诸葛亮的歌颂，讨得司马光的欢心。南宋的朱熹说得更为露骨："一为文人，便无足观。"然而，辛弃疾文当封疆大吏，武能带兵打仗，忙里偷闲还能填词。当地方官颇有政声，打起仗来英勇善战，填起词来更是"超一流"。

在我看来，南北宋的词人成就，首推辛稼轩。综观辛弃疾一生，他的当官、带兵、填词，都表现出他的难得的品质：清醒。

辛弃疾一生并不得志，但是过得很"潇洒"。应有的（受命抗金）没有得到，该有的（生活待遇）一样不少。我想，这是由于他懂得适可而止，并不"知其不可为而为之"。他二十一岁南归过江时，热血沸腾，气冲牛斗，不知天高地厚地向皇帝和宰相上《美芹十论》和《九议》。但是，只图苟安一隅的南宋小王朝，不但不采纳他的高见，而且把他冷落一旁，有时赏他一个地方小官当一当（辛弃疾到死的最高职务是知府，相当今天的司局级），有时就把他蹲在乡下闲居。失掉兵权，又被罢官，辛弃疾一定也曾心情痛苦，但他在万般无奈中逐渐平静和冷静，才能写出那么多那么好的田园词。他看透了南宋甘当儿皇帝的统治者（赵氏后裔）"总而言之，不是东西"（借用鲁迅先生语），才有后来的"生子当如孙仲谋"之慨叹。

多少年来，我们在古典文学研究上，一讲到进步作家，尤其是评介具有"人民性"的作家，便把他们写得一年四季都忧国忧民，愁眉苦脸。其实，杜甫就写了很多狎妓纵酒的诗篇，并非过着"吃的是猪狗食，干的是牛马活"的日子。

中国古代文人，最讲究的是超脱和闲适，辛弃疾便达到了高级境界。

我偏爱辛弃疾的田园词。他的金戈铁马之作，比不了唐代的边塞诗。本来南宋小朝廷也没有盛唐大帝国的气象。辛弃疾的所有田园词中，我又偏爱《清平乐·村居》：

"茅檐低小，溪上青青草。醉里吴音相媚好，白发谁家翁媪。大儿锄头溪东，中儿正织鸡笼；最喜小儿无赖，溪头卧剥莲蓬。"

有时，我想，我这个乡土文学作家，就是辛弃疾笔下的"无赖小儿"的化身。这可以从我的小说《蒲柳人家》中得到证实。只是我并非满口吴音，而是正宗的京字京韵。

吴侬软语听得多了，铁汉子也会骨酥肉麻。我非常钦佩辛弃疾，但是我敢断定，他的词章气魄，远逊于他的老乡李清照女士。李清照的"生当为人杰，死亦作鬼雄。至今思项羽，不肯过江东"这等悲壮得能使鬼神恸泣的诗句，辛弃疾写不出来，别的词人更写不出来。只有那"待从头收拾旧山河，朝天阙"的岳武穆，堪与媲美。

说一句得罪人的话，现今我们的文学作品，不少是肉肥骨软、游魂少魄。贱骨头、软骨头、骨质疏松、媚态的猫太多。这些人，吹周作人、骂鲁迅先生；无非是为当汉奸张目，彻底毁掉民族魂。他们的居心不言自明，还用谁给他们扣帽子吗？

国民党还懂得以汉奸卖国罪判处周作人十年徒刑，而且驳回胡适等人请求对周作人实行大赦的呼吁书。我们的新潮诸君，却偏要为周作人"平反昭雪"，呜呼怪哉！

当汉奸并不是"开放"。一个文人，没有气节，何来气度、气势、气魄、气象？

在纪念抗日战争胜利五十周年之际，我的这些感慨之言，好像并未离题千里。

一九九五年八月

原载一九九五年八月二十六日《天津日报·满庭芳》

婉约的鬼雄

　　我的家乡有句民谚：不打馋不打懒，单打不长眼。世妇会召开前夕，电视台女记者找我进行录像采访，要我评论当前中国女作家的现状。中国女作家的现状要男作家评论，显然是要男作家当轿夫，给女作家抬轿子。我也不是没有这个自觉性，只是说着说着便难免肆无忌惮，满嘴跑舌头。

　　我对女作家极尽赞美之后，却又说现今女作家与前辈女作家冰心、丁玲、萧红对比，缺少冰心的文明修养，缺少丁玲的革命激情，缺少萧红的本性天然。舌头如脱缰野马，一跑又跑到了宋朝，大发思古之幽情。拿今日女作家与宋代大女词（诗）人李清照对比，我觉得今日女作家缺乏李清照"生当为人杰，死亦作鬼雄"的气魄，也缺乏李清照"凄凄惨惨戚戚"的真情。今不如昔，右派言论，江山易改，秉性难移，攻其一点，不及其余，老毛病斩草未除根。

　　果然，电视台播放这个采访新闻时，赞美之词一句不删，与冰心、丁玲、萧红和李清照的对比之言一字不用，把我塑造成一副高、大、全的轿夫形象。

　　我最初知道历史上有李清照这个女人，不是阅读她的诗词，而是偶然在一本杂志上，看到一篇文章，慨叹李清照改嫁失节，不够完美，更痛骂其改嫁之后又对簿公堂打离婚，妇德大亏。怜才者护短，千方百计为其开脱，力证其并无改嫁和离婚之事。道学家把她骂得狗血喷头，一无是处。护短和丑化，都缺乏历史唯物主义与辩证唯物主义观点，不是科学态度。

正因两种观点黑白分明，水火不容，才引动我阅读李清照的词和了解李清照身世的浓厚兴趣。

我认为，李清照的词，在秦（观）柳（永）周（邦彦）之上，不在苏（轼）辛（弃疾）陆（游）之下，她不但是宋代的一大词人，而且敢说是中国古典文学史上最了不起的女作家。

李清照初嫁赵明诚，赵明诚是太学生出身，又是金石专家，当到四品地方官（地、司、局级），是个学者型官僚。他跟李清照才学、年龄相当，志趣相近，可算佳偶。舞文弄墨者又多加渲染，李清照也留下不少此类作品，遂被誉为天作之合的一桩婚姻。金人入主中原，夫妇逃往江南，赵明诚染病身亡。李清照人到中年，孤苦伶仃，处境艰难，仓促中改嫁旧相识张汝楫。婚后发现张汝楫卑鄙无耻，是个势利小人，忍无可忍而诉讼判离。李清照的这个遭遇，如与丁玲的《魍魉世界》对照来看，便可更加理解和谅解李清照。

改嫁无罪，离婚有理；我只对李清照一时盲目，所嫁非人，感到惋惜。而且，给她造成无法弥补的伤害，从此便未见作品传世。

女作家也是人，甚至比一般女人的七情六欲更多一些，这都无可厚非。李清照作为纯文人，并没有很高的社会地位，但是作为官太太，她的改嫁就触犯了封建统治阶级的尊严与道统，改嫁之后又离婚，就更火上浇油。宋朝是二程（后来又加上朱熹）理学思想统治社会伦理的时代。"失节事大，饿死事小"被奉为最高道德准则。李清照的改嫁和离婚，面对着封建伦理的铜墙铁壁，表现出何等的反潮流精神！她是活着的"鬼雄"。在当时，她也负伤惨重，落得个声名狼藉；离婚后的无声无息，我想可能原因在此。

李清照的名垂千古，并不是依赖她的性别占便宜。丁玲生前，不愿被称为女作家。她说，为什么不称"男作家刘绍棠"？我不沾"女"字儿的光。使用同一杆秤同一把尺衡量，李清照在宋词中的地位，全靠自己的真功夫，高高在上。她没有丝毫的搔首弄姿，顾盼自怜，矫揉造作，撒泼放刁。她的词作中不乏少妇的春意，未亡人的哀伤，却又"从心所欲不逾矩"，因而文学史家公认她是"婉约派"。

婉约就是含蓄，含蓄最能体现东方美。李清照同时又吸取"豪放派"之长，虽然婉约却毫无娘娘腔。

我最佩服李清照的艺术力求专精之论。她在《打马图经自序》中说："专则精，精则无所不妙。"

专、精、妙，字字是真理，我奉为金科玉律。杜甫诗云："不薄今人爱古人"，此论极是。这是因为，古人名篇，饱经沧海桑田的历史检验，如沙里淘金，优胜劣汰，久盛不衰，保持恒值。

李清照生于一〇八四年，死于一一五五年，今年是她逝世八百四十周年。她的作品至今仍然"保鲜"，她也就至今还活着。

一九九五年十二月

原载一九九六年一月十九日《天津日报·满庭芳》

开采辽金

已故辽、金、元史学者翁独健先生，是一位锯掉一条腿的残疾人，但是架着双拐能够走路，比我现在的情况强得多。翁先生是解放后的北京市第一任文教局局长。一九四九年北京市属公立中学只有十一所（男七女四），局长也就常常到市属中学视察。我当时在北京二中念书，二中的校长又是市文教局副局长，所以翁先生常到二中来，我听过他讲话。

翁先生是胡适的门生。在选择学术研究方向时，曾向胡适请教。胡适一向主张学术研究要"钻冷门"，因而，指教翁先生研究辽、金、元史（吴晗先生研究明史，罗尔纲先生研究太平天国史……）。我觉得，胡适给门生指出一条"生路"（挣饭吃和有成就），是来自孔夫子的"因材施教"。孔夫子就说过，子路可以打仗，子贡当外交家，冉有当县长，颜渊"闻一以知十"，可以做学问，曾参品德好，可以"为人师表"当老师。京剧教育家萧长华也是如此。他让学文武场的马连良改习老生，学青衣的叶盛兰改习小生，成就了两大艺术家。

翁独健先生"钻冷门"而"爆冷门"，成为辽、金、元史大家（翁先生当了两年官，很不适应，又重新当起教授和做学问）。可惜的是，在文学史研究上，辽、金、元不足。

由于封建正统史观的影响，辽、金不被承认为"朝"，元朝则被认为是"非我族类"的"夷狄"侵略。于是，汉人仕辽、金、元者，均被视为"汉奸"。这种观点，评价清朝汉臣汉将时，仍然沿用。例如，称洪承畴、吴梅村、侯方域等为变节，晚清的曾国藩是"汉奸刽子手"。然而，对于也是留着辫子称臣的林则徐，却尊称为民族英雄，未免自相矛盾。正因为大民族主义封建正统史观主宰着官书正史的编修，便对辽、金、元更多的是暴露"阴暗面"，不那么公正公平。

契丹族统治者建立的辽国（916—1125），定都于临潢府（今内蒙古巴林左旗一带）。女真族统治者建立的金国（1115—1234），一一二五年灭亡了辽，定都于中都（今北京地区），一二三四年为蒙古族统治者建立的元所灭。我对辽、金怀有特殊的爱好，是因为辽、金三一八年，都曾在我的家乡通州留下历史文字记载和民间口头传说。我在我的小说和散文里，曾有多处叙述。《辽史》中对于通州境内大湖延芳淀的描写，就是一篇优美的散文。一千多年前的延芳淀，是个比当今白洋淀大得多的湖泊。辽、金国主和后妃，以及文臣武将，正月到延芳淀弋猎，入伏到延芳淀避暑，住的都是帐篷，有的死后还葬埋在延芳淀畔。一千年来北京地区超量采水，延芳淀已经滴水不存了。不过，现今的晾鹰台古迹，确实是辽主耶律隆绪弋猎晾鹰之台。此外，如民间传说的为萧太后洗漱专用而凿的"萧妃井"，为萧太后养马驯马的"张家湾萧太后马圈"，可信性也很大。

辽、金沦落民间的文人和艺人，继承和发展了北宋杂剧，称之为院本，大大推动了演唱文学的进步。董解元的《西厢记诸宫调》为元曲的建立和繁荣打下了基础，也为群星璀璨的元曲作家关汉卿、王实甫、白朴、马致远……铺了路。解元是对读书人的泛称，汤显祖说他叫董朗，生平事迹无可考。诸宫调是一种有说有唱而以唱为主的文艺样式。《西厢记诸宫调》演唱的是唐传奇《莺莺传》中崔莺莺与张生的爱情故事，比《莺莺传》曲折得多，生动得多，人物形象鲜明，富有个性。后来王实甫在"董西厢"的基础上，创作了不朽的戏曲文学经典《西厢记》。

辽、金文学成就最高、名气最大的是元好问。元好问是大诗人，他的诗"巧缛而不见斧凿，新丽而绝去浮靡"。他继承自建安至李杜的优良传统，又因己制宜，形成了自己作品的独特风格。元好问又是诗论家，他的《论诗绝句三十首》，受杜甫"戏为六绝句"的启发和影响，对建安以来的诗歌作了较系统的论述。他推崇曹氏（操、丕、植）父子，看不起温（庭筠）李（商隐）新声；他说陶渊明"一语天然万古新"，不满沈佺期、宋之问的因循守旧；他激赏李白的"笔底银河落九天"，不满孟郊等的矫揉造作；他称道陈子昂的扫荡齐梁诗风，认为论功应该黄金铸子昂；他说杜甫的"画图临出秦川景"，是由于"眼处心生句自神"。

总而言之，元好问提倡淳朴自然，反对"作意好奇"的雕琢华艳"，对于疗救当前文学创作弊病，仍可古为今用。

一九九六年十二月

原载一九九六年十二月十八日《天津日报·满庭芳》

元曲偷艺

对于元朝和元曲，我觉得很有进一步深入研究的必要。更多的话我不想说，我最感惊羡的是元曲的巨大生命力，至今雄踞现代的戏曲舞台。

程（砚秋）派名剧《窦娥冤》（或名《六月雪》），源自关汉卿的《感天动地窦娥冤》，关汉卿的《望江亭中秋切鲙鱼》，正是张君秋代表作《望江亭》的母本。此外，《单刀会》《鲁斋郎》《救风尘》《蝴蝶梦》……都是经常演出的京剧保留剧目。王实甫的《西厢记》，有张君秋、叶盛兰、杜近芳联合主演的新编本。而久演不衰的是荀（慧生）派的《红娘》。《赵氏孤儿》《墙头马上》《汉宫秋》……五彩缤纷，不胜枚举。

吸引我对元曲产生强烈兴趣的，开头并不是杂剧本身，而是散曲中的小令。开蒙的是马致远的《秋思》（《天净沙》）："枯藤老树昏鸦，小桥流水人家，古道西风瘦马。夕阳西下，断肠人在天涯。"散曲源出民间歌谣，经过文人艺术加工，雅俗共赏，流传演唱。扩而大之，丰而富之，遂有杂剧的繁荣昌盛。读王实甫《西厢记》，谁不为"碧云天，黄花地，西风紧，北雁南飞。晓来谁染霜林醉？总是离人泪"而伤感。"黄花地"，也有作"黄叶地"的，我喜欢"黄叶地"；"西风紧"也有作"西风起"的，我觉得还是"西风紧"好。鲁迅先生非常欣赏《水浒》中林教头火烧草料场中的"那雪下得正紧"，比"大雪纷飞"高明得多。古典作家的"语不惊人死不休"精神，今日肯学一二者能有几人？以六百字文不加点，一气到底为"创新"，如何能有传世佳作？目前，更有甚者，已经公开将文学创作"改革"为文学制作；而且，据说，制作文学加策划新闻，便能畅销，产生轰动效应。也许我已"古久"，不知为何我总觉得这种生产和营销方式，实在是泡沫经济的暴发手法。

历史证明，元曲百世流芳。京剧不景气，沾了元曲之光的京戏却仍"走俏"：《望江亭》叫座，《红娘》叫座，连改编之后大大削弱了震撼力的悲剧《窦娥冤》，依然是高档上品。

创作商品化，打本子的（编剧）为演员个人写戏，作家失去主体地位，罕有佳作。梅兰芳、程砚秋两大家，个人艺术成就高入云霄，而他们的独家剧本，文学水平都并不高。

元曲作家，当以关汉卿、王实甫为两大"班头"。过去过多强调关汉卿作品的直接"政治性"，对关汉卿作品那雄浑悲壮的艺术魅力研究较少。王实甫的《西厢记》，称赞其艺术魅力，却又认为其只具有间接政治意义，不公平地贬低。其实，窦娥呼天抢地的喊冤，崔莺莺冲破罗网的追求，很难估定谁的震撼力更大。崔莺莺是已故相国之女，窦娥是即将上任的巡按之女，都不是贫下中农，不必有所偏向。关汉卿的刚，王实甫的柔，关、王刚柔相济，元曲风景才更好看。

元朝实行高压统治，元曲却呈现百花齐放现象，是何原因？我以为，元代文人被迫沦落下层，与劳苦大众同呼吸共命运，是主要原因。

如果关汉卿住在五星级大饭店总统套间，哪里还管窦娥冤不冤？我个人二十二年贱民生涯的经历，也可为佐证。

关汉卿祁州五仁村人，即今河北省安国人，因在太医院任职，定居北京。王实甫"名德信，大都（北京）人"。最近，我应聘担任精神文明建设工程《京味文学丛书》主编，邀请专家学者座谈。大家公认，关、王应属京味作家。古有关、王，今有老（舍）曹（禺）；一脉相传，后继者谁？

元代文人中还有一位诗画兼能的王冕，令我敬佩。读《儒林外史》而知此人，我和他同是牧童出身，今人曾照古人月，今月曾经照古人，我早已把他引为"忘年交"。他为避乱而入山退隐，我也为苟活于乱世而匿居乡野。十年浩劫，荒屋寒舍，北风怒吼，传来阵阵造反口号声，如此情景中读王冕诗，能不感慨万千？

文化专制，无书可读，拾到筐里就是菜。我是在"焚书坑儒"的年代里阅读元曲。很多研究我的小说的人，说我运用的是净化美化了的农民口语，同时深受古典诗词戏曲的影响。后者，透底可见，对我影响深刻的是元曲。

请将关汉卿小令《枝花·不伏老》："我是个蒸不烂、煮不熟、捶不扁、炒不爆、响当当一粒铜豌豆……"对照我的小说看，便可看出我很会偷艺。

一九九七年一月

原载一九九七年三月十日《天津日报·满庭芳》

槛　隔

《红楼梦学刊》找我写一篇谈《红楼梦》的文章，我觉得这好比珍馐美馔的大宴上需要一道乡土青菜，添点儿野味。又好像中国京剧院或北京京剧院聘请一位票友的帮场，盛情可感而又有点抓哏。

《红楼梦》我虽然读过十遍以上，但是压根儿没想过在红学界插一腿。我颇有几位师友，已经坐在红学界的金交椅上，我抢不了他们的位置，也不配奉陪末座。那就甘愿留在槛外，连票友也不当。

不过，我还是遵命而写，为的是表达一位写小说的人对《红楼梦》的感谢和崇尚，绝不是想混入红学界，在名片上添个其实难副的头衔。

我读《红楼梦》跟红学家的学术研究是两股道上跑的车，不是一条辙。他们是进行文化开掘和艺术赏玩。我是为了写小说而"偷艺"，说得好听是学以致用。

我把《红楼梦》奉为中国小说家的《圣经》。为了学习语言艺术，为了学习刻画人物，为了学习表现手法……对旁征博引地考证"贾母与张道士通奸""惜春是尤氏与公公贾敬乱伦的产物"之类的学问，毫无兴趣。

我十五岁第三次读《红楼梦》的同时，又第一次阅读《金瓶梅》；从此，我一直喜欢将"金""红"二书对照来看。王熙凤像潘金莲，尤二姐更像李瓶儿，《红楼梦》深受《金瓶梅》的影响，有眼就能看出来，不是我的发现。但是，曹雪芹"五易其稿"，每易一次便摆脱一次《金瓶梅》投射的阴影，使《红楼梦》得到一次净化和升华。现在的这个《红楼梦》传本，可说是出污泥而不染。《金瓶梅》是一部伟大的文学经典名著，在语言生动和描摹世态上，甚至为《红楼梦》所不及；但是，不管出于何种原因，作品写得如此之脏，却说明作者精神境界和思想格调的低下。曹雪芹的思想高尚，使得《红楼梦》达到了艺术完美。

令人不安的是目前某些对《红楼梦》的研究或改编，出现了使《红楼梦》出污泥而再染的消极现象。前文所举的两大"考证"，存心是把《红楼梦》退化为《金瓶梅》。秦可卿之死，曹雪芹已经易得非常含蓄，进行了淡化处理。而今人改成电视剧，却偏要秦可卿半裸肉体，大拍她和贾珍的床上戏。因此，我激烈地认为，对于《红楼梦》的轻举妄动，实在是糟蹋和亵渎民族文化瑰宝。不少名著大可不必进行商品化的"推陈出新"，还是保持原样为好。刮掉周鼎身上的绿锈，擦拭得锃光明亮，摆放在客厅上炫耀"风雅"的浅薄，鲁迅先生早有笔伐。

然而，几种媚俗的"红楼"影剧的顾问，竟有名气不小的红学家，我怀疑他们是否真被"雇"来"过问"。或者他们忙得顾不上问，只不过徒具虚名而已。不过，也不排除由于红学研究和文学创作之歧途，遂使没有搔到痒处。

我觉得，红学研究应为文学创作服务。为促进和繁荣有中国特色的社会主义文学创作而研究红学，从赞叹"好箭啊好箭啊"到有的放矢，也就扩大了红学界的领域，扩充了红学家的队伍，扩展了红学研究的用场。那么，我这个槛外人，也可迈进槛内一只脚了。

于是，学者务实，作家务虚；虚实结合，互助互利。不亦宜乎，不亦乐乎？

一九九二年二月
原载一九九二年三月十三日《人民政协报》

断章取艺

　　我这个人上学早，识字快，七岁就看闲书。开头是因为听评书而想看原著，都是武侠小说。后来，由于连看几出京剧中的红楼戏，又想见识《红楼梦》。那一年，我九岁，两册互不衔接的石印《红楼梦》残本，被我囫囵吞枣，吃进肚里。

　　虽是黄口小儿的浮光掠影，却也水过地皮湿，对《红楼梦》中的某些人物产生了数十年守恒不变的印象和评价：王熙凤，够毒的；贾琏，够坏的；尤二姐，够贱的；平儿，够难的；宝钗，够阴的；晴雯，够俊的；尤三姐，够硬的……

　　我读《红楼梦》不是索隐探秘做"红学"，而是为了从中偷艺写小说。

　　在中国写小说的人不读《红楼梦》，我觉得就像基督徒不读《圣经》一样，可算不通情理，说不过去。有一位"新潮"文艺理论家，拿《红楼梦》跟西方现代派小说比较，说《红楼梦》只够初中水平。这就更加令人忍无可忍，惹得我多次写文和发言反驳他。如今，此人到西方寄人篱下，"比较"来"比较"去，还是靠卖《红楼梦》挣口饭吃。面对西方"蓝眼睛"，大谈《红楼梦》比西方现代派小说高出百倍、千倍、万倍、万万倍，唬得那些"初中水平"以上的蓝精灵如醉如痴，走火入魔。

闲言少叙。且说我向《红楼梦》学习语言艺术，是重点进攻，条块分割，全面推进。

我的重点进攻对象是王熙凤、林黛玉和晴雯。这三位女性的语言最有鲜明特色，个性最为突出。闻其声如见其人，听其言而发人深思。

条块分割便是对各系统（一脉相承的血缘关系）和各单位（如怡红院、潇湘馆、梨香院……）的不同人物进行个别和综合对比研究。贾政、王夫人和赵姨娘的搭配，薛姨妈、薛蟠、薛宝钗一家的组合，真是亏他（曹雪芹）想得出，骂人不吐核儿。

凡在《红楼梦》中有名有姓的角色，哪怕微不足道，一闪而过，我也在"全面推进"中解剖"麻雀"。

深受贾宝玉的精神感染，全盘接受这位"无事忙"先生的高论，我对《红楼梦》中的男性兴趣不大，在女性中对已婚者也不太感兴趣，而对未婚少女，在丫头身上下力多，小姐身上用心少。

通过我对《红楼梦》的阅读和思考，通过我在创作上借鉴和学习《红楼梦》的深刻体会，我写小说是追求以个性语言，来刻画人物的个性和暗示人物的心理活动。又以人物在动态中的准确的细节描写，描绘人物形象。由于个人气质和生活经验不同，我写不出《家》《三家巷》那样跟《红楼梦》靠色的作品。但是，我在我的乡土文学小说中，写过不少"乡土晴雯""乡土芳官""乡土金钏""乡土袭人"……只是没有依样画葫芦，不那么显眼。

《红楼梦》的故事情节和人际关系，我已十分熟悉，这几年便不再通读。出于个人情趣和创作需要，我对《红楼梦》的阅读改为"听折子戏"的方法。也就是将《红楼梦》的精彩片断，分割成若干中篇或短篇，类似《水浒》的宋十回、武十回、林六回、鲁三回……凡以王熙凤、林黛玉、薛宝钗、秦可卿、贾宝玉、刘姥姥、晴雯等为主角的章节，或表现重大事件和复杂纷争的段落，我都节选出来，反复精读和寻思。如"撕扇子作千金一笑"，我节选了两千多字。晴雯那多层次多侧面的心理活动，完全从她那有声有色、泼辣含蓄、丰富优美的语言中流露表现出来。"不肖种种大受笞挞"一段，我前后节选了五千多字。在这五千多字里，或隐或现将贾府男女老幼、尊卑上下、亲疏远近、真假虚实的众生相，暴露无遗。在这些"折子戏"里，每个人物的一言一笑，一动一静，都话里有话，弦外有音，意犹未尽，令人回味无穷。

后四十回的"折子戏"，我只看中黛玉之死和袭人之嫁两节。

不仅对于《红楼梦》我是如此重读，而且对于过去阅读的所有名著，我也是如此复习。

如此如此，我称之为断章取艺。

一九九二年十月

原载一九九二年十二月七日《天津日报·满庭芳》

转　世

　　我的小说中的人物，大多数都有生活原型。在动笔写作之前，必须确定这些人物的名字，才能目中有人、胸中有数、下笔流畅。小说中的人名，也力求跟生活原型的名字近似或靠边。例如，长篇小说《地火》的女主角飘香，原型叫桂香，飘香桂香都是从桂花飘香摘取而来。

　　坎坷岁月，匿居乡里，茅屋寒舍，一灯如豆。土炕上铺着稻草，稻草上罩着苇席，苇席上压着门板。我蜷缩在门板上的被筒里，风吹后背，凉气透胸，创作激情却使我热血沸腾，敢遣春温上笔端。长篇小说《春草》就是在这种冷如冰窖的茅棚中"开工"的。

　　《春草》的主角芳馆儿，名字与生活原型无关。读过《红楼梦》的人，一看就知道偷自"怡红院"。

　　芳馆儿的生活原型，本是我那生身之地的小村里一位贫苦少女：丰满、俊俏、勤劳、善良，是全村年轻小伙子心目中的美神天仙。然而，她的小名却叫臭儿，可谓"名不副实"。我搜索枯肠，绞尽脑汁，也找不到与"臭儿"能够谐音的优美字眼。不能选定恰当的名字，便不能在最佳竞技状态中走笔。谁想，正在我头昏脑涨、无计可施之时，臭儿翩若惊鸿飘然而至，前来我的陋室串门，她有一张鸭蛋脸，一双豆荚眼，眉眼神态很像戏台上的小旦。我那生身之地的小村，夸赞少女俏丽，便说长得像戏子似的。灵机一动，我从唱小旦的戏子，马上联想到《红楼梦》中的芳官。元春省亲，贾府买来十二名少女学戏。省亲过后，贾母下令将买来的这些小戏子拨到各房当丫头。最为俏艳、天真、顽皮、任性的芳官，被分配到怡红院，供贾宝玉使唤。芳官的模样儿、品性和对贾宝玉的纯情，酷似"心比天高、身为下贱、风流灵巧招人怨"的晴雯。

晴雯和芳官，都曾是我少年时代的"意中人"。

一九四八年我十二岁参加革命，一九五一年二月到一个文艺单位工作。这个文艺单位男男女女上百人，我的年龄最小，老大哥老大姐们只当我是个"狗屁不通"的小孩子。在我面前肆无忌惮地胡言乱语，误以为我"一言以蔽之，思无邪"，不解其中奥妙。我住的那间营房式大宿舍，二十九位，除我之外百分之百结了婚，十之八九读过《红楼梦》。每天晚上，就寝入睡之前，大家躺在床上谈天说地，两性生活是固定话题，保留节目。我只配旁听，从不插嘴，没有发言权。有一回，不知是哪位老兄发起，大家举行了一个《红楼梦》卧谈会。研讨的题目："你最喜欢的《红楼梦》女子——跟自己的老婆对比。"我至今还记得，一位老兄说他喜欢王熙凤。因为他的老婆拙嘴笨腮，沉闷枯燥，性情偏执，心眼也少，很需要换上王熙凤的口齿、舌头、开朗、心计。另一位同志则说他喜欢薛宝钗。这位同志是个孝子，他的妻子却是个蛮不讲理的泼妇，时常欺凌、虐待他的老娘；他希望自己的妻子能像薛宝钗那样知书达理，孝敬和顺……大家七嘴八舌，发言踊跃，各抒己见，评头论足。我听来听去，发现没有一个人想要林黛玉型的终身伴侣。原来，不管林黛玉才有多高，貌有多美，但是小心眼病身子；穷门小户要的是柴米夫妻，养不起这个中看不中用的"阆苑仙葩"。

已婚的老兄们问我喜欢谁？想要哪个类型的老婆？我不假思索，答曰："晴雯和芳官。"一言既出，哄堂大笑。大家认为我说的是儿话童言，"竖子不足与谋"。

然而我却是一言九鼎，海枯石烂不变心。事过多年，在长篇小说《春草》中终使芳官倩女转世。不过，把官宦之官改为猪倌、羊倌之倌，乃是为了还其乡土本色。《红楼梦》里写着，芳官原是从姑苏买来的苦孩子，便也是大运河的女儿。

一九九二年十二月

原载一九九三年一月二十一日《大连晚报》

四大名旦

我对京剧迷醉，也听过梅兰芳的戏，却对梅兰芳的表演艺术很少动过脑筋。这是因为，梅兰芳是早有定评、毫无异议的大艺术家；我看梅兰芳的戏，完全依照别人的指引进行欣赏，没有自己的独立见解。我看过梅兰芳的《贵妃醉酒》《宇宙锋》《断桥》《写状》，使我目睹、感受和懂得何谓"完美"。梅兰芳的《舞台生活四十年》我读得非常认真和仔细，他在艺术表演上的"由简入繁繁出简"的七字真言，我在创作小说时，一直在学习和运用。

解放前的老"程（砚秋）迷"，喜欢自称"程党"；那么，我也是解放前加入"程党"的，资格可谓老矣。

我听"程腔"的痴醉，敢跟孔老夫子的闻韶相比。我的家属最知道，不管我正在发多大脾气或陷入多么深重的烦恼，只要打开半导体或收录机，播放程派演员的唱段，我便马上阴转多云、多云转晴。全家人等着我吃饭，饭桌子上摆着我爱吃的烤鸭、涮羊肉，但是不听完这段"程腔"，我宁肯罢宴。

有的朋友对京剧也略知一二，但是只要自认听不懂程腔，我便请他不要再胡吹乱嗙，神聊贼侃，回家补了课再来。

然而，我这个"程腔"死党，却只听过一回程砚秋的戏。

那好像是一九五〇年春，程砚秋在长安大戏院演出《锁麟囊》。我到新民报社领取稿费。那时的《新民报》社址现在已成北京工商银行西长安街办事处，跟长安大戏院（旧址）是近邻。程砚秋的戏票十五万旧币一张，我的稿费十五万元多一点儿，看完了戏刚够买电车票回学校。我记得，看戏之前买了两个芝麻烧饼和两个糖耳朵，便是我的晚餐。这个情节，我稍加变化，写进我的长篇小说《孤村》里。

一九五〇年的程砚秋，身体已经非常发福，他刚一出场我甚至大失所望，高大、魁梧、富态的舞台形象，跟待字闺中的娇而又骄的少女薛湘灵应有的体态，差距太大了。

但是，几句念白之后，在抑扬顿挫的优美伴奏下演唱起来，我就被强烈吸引而身心全部投入。

关于程砚秋的传记和艺术研究，专家写得已经很多，我这个"槛外人"不必硬充行家，以免言多语失，暴露"强不知以为知"的真相。我只想说，程砚秋不具备唱旦角的天赋优势，却能扬长避短，独辟蹊径，自成一家。程砚秋本是梅兰芳收下的第一名弟子，给梅兰芳配演过宫女、丫环。倒嗓变成了"鬼音"，面临绝境而柳暗花明，败中取胜。借鉴西洋歌唱的发声方法，创造了一唱三叹、余音袅袅的程腔，反而一鸣惊人。当年评选四大名旦时，得票接近梅兰芳，位居第二（以得票多少排名次，应是梅、程、荀、尚）。在单项评分上，程砚秋的唱腔、水袖、圆场得分超过了梅兰芳。程砚秋那变化无穷的水袖，婀娜多姿的圆场，都是为了掩饰其身高体胖的劣势。梅兰芳弟子数百，只有越学越不像的程砚秋能与之匹敌；梅兰芳退还了拜师帖子，平等相待。此中道理，颇可深长思之。

我观看荀慧生的戏，远在梅、程之前。那是日伪占领北平时期，我从家乡进城，开眼就听了他的《红娘》。他的唱、念、做、打，悦耳动听，美妙迷人，勾魂摄魄，具有充分十足的艺术魅力。他在严格的京剧程式化制约中，唱得雅俗共赏，念白接近口语，表演生活气息浓郁。我认为，荀慧生是京剧大众化的大师。将古比今，梅、程两大家是美声唱法，荀是通俗歌曲。在京剧名家中，荀派艺术最能为人民大众所赏识。

我喜欢荀慧生的《红楼二尤》，后来还喜欢他的《霍小玉》和《金玉奴》。我觉得，从整体上看，荀慧生的悲剧比起他的喜剧有过之而无不及。只因他的红娘把梅、程、尚（小云）的红线、红拂、红绡都比了下去，又因程砚秋的悲剧实在难以攀比，荀慧生在一般观众的心目中，喜剧成就反倒更为显眼。

四大名旦中，尚小云的艺术影响已不显著。不过，尚派的唱腔被张君秋继承，又博采梅、程、荀的演唱之长，形成了张派。现今京剧界"十旦九张"，也可谓尚派不衰。尚派的表演，比较完整地保存在杨荣环身上。尚小云的代表作《昭君出塞》《失子惊疯》有舞台纪录片，每在电视荧屏上放映，我都不错眼珠儿地从头看到尾，深深沉浸在优美的艺术陶醉中。

四大名旦，是四座艺术宝库。隔行不隔理，写小说的人跨行偷艺，不会一无所得。

一九九四年九月

原载一九九七年版《四类手记》

我也程门立雪

程腔是阳春白雪的高级艺术，程砚秋很少演出，我只听过他的一出《锁麟囊》，如醉如痴，终生难忘。

五十年代，我好像还听过赵荣琛的一出《春闺梦》。时隔久远，印象已经模糊。只觉得他的演唱很像程砚秋，扮相却很不像程砚秋。赵荣琛是名门之后，祖上四代翰林，本人也是著名的师大附中出身，很高的文化素养使他能够高度掌握程派艺术。八十年代，我和赵荣琛在北京市人大常委会共事数年。在我中风左瘫和赵荣琛移居美国之前，差不多每次开会我们都见面。到休息室抽烟，话题不离程派艺术。赵荣琛所写关于程派艺术的文章，我见到必读，加深了我对程派艺术的理解，大有助于我对程腔的欣赏。赵荣琛在艺术上不改师之道，全面保持程派艺术的本色和原味。但是，当我议论"走样儿"的程腔时，他或微笑不语，或"王顾左右而言他"，显然是洁身自好，莫论人非，大有长者之风。自我跟他共事之后，我对他的演出录像和演唱录音，都不漏看漏听，我尊称赵荣琛是程派艺术"原教旨"掌门人。他一直希望我听一听他的弟子张曼玲的演唱，我没有机会到剧场去，只能从收音机和电视荧屏上，听一听唱段，看一看片断。张曼玲亮嗓闷音，别具一格，与乃师不尽相同。赵荣琛因材施教，并不强求一律。张曼玲功力不浅，何以没有走红，我想不明白。

对于王吟秋，我闻名久矣。然而，我却是在看过他的学生迟小秋的演出之后，才认真欣赏和品味他的演唱。

一九八二年春，我应邀到阜新市讲学，与阜新市长老任同志结为"语友"。迟小秋来京演出时，老任同志已退居二线，担任市政府顾问。他是一位老革命，认识很多领导同志和知名人士。他先行到京，给迟小秋打场子，也光临舍下，请我捧场助威。为了感动我这个乡土文学家，老任同志特别强调迟小秋是个农家女儿，父亲担任村党支部书记。我曾受礼遇，难却盛情，更为程派艺术后继有人而高兴，怎能不遵命往观？我连看了三场，对老任同志说："迟小秋够格，我投她一票！"后来听说程夫人也表示认可，足见我眼里不空。老任同志告诉我，迟小秋是在得到王吟秋的"规整"和指教后，艺术上才有突飞猛进。对于程派，我过去一直专注于程砚秋、新艳秋、赵荣琛和李世济的演唱，因此，我要补上王吟秋这一课。仔细观看了他的录像和聆听他的唱段，感到他不愧曾得到程砚秋的亲传，也是恪守"原教旨"的程门信徒和高足。不过，赵荣琛和王吟秋都比程砚秋单薄，力度上有些不足。赵荣琛是以提神壮气增强力度，王吟秋便顺应了自己的自然条件。

李世济更是将自身条件、时代审美要求和艺术上的探索与进取相结合，学习和继承程腔而有所变异，人称新程腔。孔老夫子说："三年无改父之道，可谓孝矣。"看来三年之后"父之道"是可以改一改的。"父之道"可改，"师之道"当然也可以改。二十世纪的今人岂可比两千多年前的孔老夫子还死硬？李世济的新程腔已经取得公认的成就，受到广大观众和听众的欢迎与赞赏，程砚秋曾是梅兰芳的徒弟，他就不墨守成规，对"师之道"大改大革，创立程腔，在唱腔艺术上超过了老师。因而，从这方面看，李世济最守师之道。最守师之道者即是对师之道必有革新也。李世济的演唱优美动人，声情并茂；近年的扮相越发酷似程砚秋的后期神韵，更显大家风范。

程砚秋的早年风采，在李海燕身上得到再现。我看过李海燕的毕业演出，又在国际俱乐部听过她的清唱。那是七年前，北京出版社举行京剧名家代表唱段盒带首发式，社长王宪铨和总编辑田耕别出心裁，请我到会主讲。我发言后，几位名演员和戏校优秀毕业生清唱助兴。李海燕的程腔引起我无限感慨，慨叹北京不见程腔后来人。当时的文化局长鲁刚，想把李海燕留下，希望我也出点力：一个是求河北省放人，一个是李海燕能在北京上户口。谁想，这两个难题都可解决，却因唐山方面不肯割爱，而未调成。前些日子，我在河北电视台上看到转播李海燕的演出，比七年前更为光彩耀人。

我迷上程腔，始自听懂新艳秋的唱片。先入为主，我对新艳秋的演唱具有特殊的感情，非常推崇。可惜，我没有听过现居台湾的章遏云的唱段，实为一大憾事。我的《木秀于林叶盛兰》发表后，接到北京及外地读者的来信、电话转告，说我把章遏云错写成章逸云。我没有错。章逸云是章遏云的妹妹，唱花旦的。章遏云是大青衣，比叶盛兰年长；叶盛兰给章遏云配过戏，章遏云可没给叶盛兰挎过刀。

我酷爱程腔，不仅因为程腔有韵味，有魅力，有学问，是京剧艺术的一大高峰，还由于程砚秋在艺术上扬长避短的自我开发，陷入"绝境"而转败为胜的奋斗，另辟蹊径追求与众不同的创新精神，以及对西洋发声的借鉴和吸收，对我这个写小说的人都大有启示和教益。

我致力乡土文学，便是扬长避短和与众不同。因而，我也程门立雪。

一九九二年七月
原载一九九二年九月六日《戏剧电影报》

进京开眼

　　我在中篇小说《黄花闺女池塘》和长篇小说《孤村》中，都写过一九四五年春我头一回进京，连看许多京剧名角演出的好戏，从此跟京剧结下不解之缘的故事。

　　那时，我父亲在北京经商，住在前门外一个大杂院里。有一位在华乐戏院卖票的邻居，时常带回一些戏票，免费送给邻居看白戏。前门外的戏园子很多，卖票的人在戏票上互通有无。因而，我也跟着沾了光，多次到华乐、中和、三庆、庆乐、开明大饱耳福，大饱眼福。

　　头一回到华乐戏院，听的是荀慧生的《盘丝洞》，好像是张云溪的孙悟空。接演《金钱豹》，给张云溪打下手的张世桐扮演孙悟空，张云溪改扮金钱豹。荀慧生的蜘蛛精没给我留下很深的印象。倒是张云溪和张世桐一个站立三张高桌上，一个仰卧三张高桌下，抛叉接叉，上下翻飞，令人惊心动魄，过目不忘。他们的演出，使我想到我的家乡庙会上的武林豪杰。

　　不久，我又观看了荀慧生的《红娘》，才感到荀慧生不愧为四大名旦之一。他的唱悦耳动听，雅俗共赏，念白接近口语，表演生活气息浓郁。我认为，荀慧生是京剧大众化的大师。我在农村看惯了"蹦蹦儿"，到城里看到荀慧生的戏，只觉得是自然升级，不觉得高不可攀。荀慧生的舞台艺术形象，使我想起我的家乡的小家碧玉，熟悉而又亲切。

那时，荀慧生已经四十多岁，但是他扮演的少妇少女，是那么天真纯情，自然成趣。四十年代，荀派风行，可谓"无旦不荀"。尤其是某些色佳艺差的坤伶，以学荀为走红的捷径。然而，用心不纯，意在媚俗，也就模仿得过了火。过了火便演成了荡妇淫娃。天真纯情变成了妖冶浪态，卖弄风骚；自然成趣变成了矫揉造作，搔首弄姿。荀慧生直到晚年，体态和嗓音都大不如前，表演出来的小女儿态也毫无肉麻之感。五十年代中期，我看他和叶盛兰、尚小云合演《得意缘》，仍能使我为之倾倒。

荀派戏对我的文学创作，颇有影响。

首先，我由于看了荀慧生的红楼戏才想到阅读《红楼梦》。

继《红娘》之后，我又连看了荀慧生的《红楼二尤》《俏平儿》《晴雯》。在农村，我因听评书而从庙会、集市上购买了《三侠剑》《彭公案》。后来，看了红楼戏，又从旧书贩那里，借阅了《红楼梦》残本。当时年幼无知，读《红楼梦》不如看《三侠剑》更有兴趣，然而，我跟《红楼梦》结缘却是从此开始。

其次，荀慧生扮演少妇少女的尺寸，在我五十年代的小说中也可见到这个"规矩"；五十年代我笔下的年轻女子的形象，都是清新俊秀，多情而不放肆。

我还在三庆和中和戏院看过谭富英的《乌盆记》《桑园会》《捉放曹》。我喜欢谭派，爱听谭派"反黄"。一位戏曲文学家说谭富英是老生中最像老生的人，我也跟他有同感。自马（连良）、谭、杨（宝

219

森）、奚（啸伯）以下的老生演员的戏，我看过不少。我敢说以谭富英的扮相最漂亮。我看谭富英的《捉放曹》时，谭小培给儿子打里子，演的是吕伯奢。

四十年代也是谭富英的艺术高峰期。当时的听众有个公论：谭富英的唱工好，马连良的做工好。

都说谭富英不会做戏，但是，他扮演的《桑园会》的秋胡，却在并不刻意求工活中活画出这个老浪子的可恶嘴脸。

以谭富英的天赋和功力，本来可以重振谭派。但是他在家庭桎梏中成长和生活，也就缺乏雄心和魄力，未免随遇而安。他入党后发表的一篇文章，痛述封建礼教对他的束缚，并说如果不是后半生赶上新社会，他只算个废人。这是一个老实人和老好人倾吐真情心声。这几年，种种京剧比赛评奖，老生行中竟无一个正宗谭派演员，不能不令人扼腕而叹。

比起谭富英，马连良聪明而有气魄，能量也大得多。他脱离谭派，自创马派，形成了独具一格的演唱艺术和自成体系的看家戏码。京剧名家中，只有梅兰芳和马连良直到病故前仍活跃在舞台上，雄风不减当年。他俩的影响也最广泛。

一九四五年春我在开明戏院，听过马连良的两场戏。一场是《马义救主》（《九更天》），给他配戏的是张君秋、叶盛兰、马富禄等名角儿。另一场是双出，马连良跟叶盛兰合演《借赵云》，跟张君秋合演《三娘教子》。当时，张君秋二十挂零，叶盛兰也不过而立之年，都是光彩照人，不同凡响，有如马连良的一对金童玉"女"。我至今认为，京剧名角中出场便满台生辉，能够"以下犯上"的只有叶盛兰和张君秋。但是，马连良却不怕配角"欺主"，喜欢跟硬对儿飙着唱，这也是马连良自信、自负和高人一筹之处。在这方面，梅、程两大家也不如他。

叶盛兰也真个是"功高震主"。他在马连良的扶风社里是三牌，又在言慧珠的班里挂二牌。我看了他和言慧珠合演的《吕布与貂蝉》。言慧珠此时正红得发紫，在年轻美貌的坤伶中高居榜首，然而一跟叶盛兰唱对儿戏，却好像头牌是叶，二牌是她。一九五七年春夏，言慧珠应邀来京与叶盛兰合作，两人挂双头牌，我几乎每场必看，五十年代叶盛兰的艺术成就登峰造极，言慧珠就更像"月亮"了。电影《群英会》《借东风》中，马、谭的风采也压不住这位雄姿英发的师弟。可惜，叶盛兰英年坎坷，政治上和艺术上都受到不应有的压抑。即便如此，他戴着帽子跟裘盛戎合演《壮别》，跟袁世海合演《九江口》，跟杜近芳合演《谢瑶环》，虽因身为贱民而不敢不尽力收敛，但相比之下仍是他最为光彩夺目。

一九九二年二月

原载一九九二年四月十九日《戏剧电影报》

木秀于林叶盛兰

我自幼酷爱叶盛兰的表演艺术，随着年龄和阅历的增长，文化水平和艺术欣赏力的提高，我对叶盛兰的表演艺术更为理解和珍视。又由于我和叶盛兰同坐一九五七年"右"字科，因而对叶盛兰的表演艺术具有分外特殊的情感。

细算起来，我看过叶盛兰主演或与他人合演的好戏有：《罗成》《周瑜》《吕布与貂蝉》《木兰从军》《奇双会》《八大锤》《借赵云》《监酒令》《黄鹤楼》《卖油郎独占花魁》《白蛇传》《周仁献嫂》《凤还巢》《红梅阁》《玉堂春》《穆柯寨》《得意缘》……叶盛兰给马连良配戏不但交相辉映，而且有一种兄友弟恭的亲切感。师兄马连良对才华横溢的师弟叶盛兰非常厚爱和赞赏，在合作表演中不知不觉流露出来。叶盛兰唱的是小生，差不多每戏必与旦角合作。我看过他跟张君秋、言慧珠、章逸云、翔云燕、杜近芳、李慧芳的合作演出。叶盛兰和张君秋是旗鼓相当的两强，光彩不相上下，戏路也不合辙，不是最恰当的对子。章逸云和翔云燕在艺术上弱了一些，与叶盛兰的合作难以相得益彰。李慧芳水平不低，但在艺术风格上是南派，跟叶盛兰的合作偶尔为之还是可看的。叶盛兰的最佳合作者是言慧珠和杜近芳。叶盛兰跟言慧珠合作得松弛、默契、合拍，跟杜近芳的合作最有激情，光彩夺目。

　　言慧珠聪明美丽，学梅甚得形似。日伪时期正好年轻，又带点荀派的媚和筱派的妖。梅派正宗有时对她颇有微词。一九六二年六月的一天，在东总布胡同22号老中国作协，徐兰沅给作家们聊戏。当时正值"广州会议"之后，我已摘掉"帽子"，也去参加这个活动，跟冰心和浩然同桌。徐兰沅拿言慧珠的表演跟梅兰芳对比，指出很多毛病，都很切中要害，但话说得未免苛刻。我最初看叶盛兰和言慧珠合作时，叶盛兰不到三十，言慧珠好像比叶盛兰小五岁，都是"青春型"演员。打个不伦不类的比喻，有点像三浦友和与山口百惠。他俩合演的《奇双会》，充分演出了郎才女貌的少年夫妻的闺房情趣。十几年后，一九五七年我又看他们重演此戏，他们都人到中年，艺术上已经成熟，言慧珠的台风深沉凝重多了；两人表演起来，既优雅大方，又有青春再现，十分好看。叶盛兰和她合演《木兰从军》，一个"男"木兰，一个女木兰，那真是各有千秋，谷生双秀。我听过言慧珠反串小生的唱片，够得上叶派味儿。梅兰芳的《白门楼》唱片我也听过，那是姜妙香的味儿。

　　我觉得，叶盛兰和言慧珠合作，是赛着演；叶盛兰跟杜近芳合作，是捧着演。

　　解放前，杜近芳和杜近云在大陆戏院登台露面，我就看过她的戏，已经引人注目。但是，她在艺术上的成长、成功和成名，是由于跟叶盛兰的合作才得以实现。五十年代，叶、杜合作演出，每戏都是京华盛事；《柳荫记》《白蛇传》，可称前无古人而至今尚无来者的杰作。我的观感是，叶盛兰对杜近芳的提携，有如当年马连良提携他。可惜，由于反右，他俩的《南冠草》未能演出，实乃一大憾事。反右毁了叶盛兰，也耽搁了杜近芳。没有叶盛兰在艺术上的引导和照耀，杜近芳的艺术也就无法攀越新的高峰。这真是一荣则荣，一损则损。

叶盛兰唱小生而挂头牌，确实是史无前例；然而也是势所必至，不如此便别无他途。他的艺术高度，已使他很难搭班挎刀。浅水养不了大鱼，谁挑班都不愿有个"欺主"或"犯上"的配角。我看过叶盛兰跟筱翠花合演《红梅阁》，跟荀慧生、尚小云合演《得意缘》；连这三大名家都相形逊色，别人可怎么好？

我说一句并非过头的话：如果没有叶盛兰的艺术成就，京剧小生这个行当很可能被行政命令取消了。解放以来，有多少貌似内行的力笨儿，打算以老生或武生取代小生，都未能得逞，就因为叶盛兰这座丰碑是推不倒的。李少春演过许仙，实在是糟改李少春。

叶盛兰塑造的周瑜、吕布、罗成的舞台艺术形象，给《三国演义》增色不少，更使艺术粗糙的《隋唐演义》"蓬荜生辉"。一个作家一辈子写出个"永垂不朽"的人物便是大作家，一个演员一辈子演出一个"独一无二"的人物便是大艺术家。梅兰芳演出了赵艳容、虞姬、杨贵妃。程砚秋演出了张慧珠、薛湘灵。还有周信芳的萧何、徐策，马连良的诸葛亮，荀慧生的红娘，盖叫天的武松，李少春的林冲，于是之的王利发……叶盛兰也是有自己专利和独占人物的大艺术家。

徐悲鸿说："人不可有傲气，但不可无傲骨。"叶盛兰兼而有之，所以才遭到"划右"的厄运。我也是一傲两得，因此跟叶盛兰有难同当。一九五七年秋，我的全国大批判盛极而衰时，对叶盛兰的批判方兴未艾，我每天都密切注意批叶的动静。在闭门思过、借酒浇愁的日子里，我曾经以叶盛兰为人物原型，写过半篇小说，故事情节纯属虚构，可惜底稿早已不存，否则现在可以续写发表。不过，在我复出后出版的几本书中，如长篇小说《地火》中的主要人物叶菏，《草莽》中的重要人物叶雨，都有对叶盛兰的悼念之意。

叶盛兰划右后偶有演出，我曾破帽遮颜过闹市，偷偷听过几回。也许是我的心理作祟，我看他和张君秋、杜近芳合演《西厢记》，和马连良、谭富英、裘盛戎、李少春合演《赤壁之战》，和袁世海合演《九江口》，都有点束手束脚。待到我看他和雪艳琴合演《井台会》，屈扮咬脐郎，直觉得欺人太甚，愤而"抽签"，从此不再看戏。所以，他参加演出的《金田风雷》和《白毛女》，我没有看过。

我熬到了平反，重返文坛，在创作上"盛况空前"了一下子，出了成果也出了气。令人痛心的是，叶盛兰却"中锋在黎明前死去"，没有看到平反结论，没有再展雄威。呜呼！木秀于林，风必摧之。信夫？

然而，可令叶盛兰含笑九泉的是他有个好儿子。叶少兰有如叶盛兰的"转世灵童"，重振和复兴了叶派小生艺术。

叶盛兰，魂兮归来矣。

原载一九九二年七月十九日《戏剧电影报》

叶之光合作用

今年我的笔更忙，不但要写多卷体长篇小说《村妇》和各种专栏文章，更要编选校订《刘绍棠文集·大运河乡土文学体系》十卷。不过，我早已有言在先，一九九四年梅兰芳、周信芳百岁冥寿，程砚秋九十岁诞辰，叶盛兰八十岁诞辰；国家要为梅、周举行纪念活动，我要写一写程、叶，以免程、叶在天之灵感到寂寞。

一年休整，我也是为了充实一下自己。鲁迅先生在《野草·题辞》中说："当我沉默着的时候，我觉得充实；我将开口，同时感到空虚。"因而，一年来我阅读了解放前后一些名家谈（京）戏的文字，大得滋补。对于解放前评论叶盛兰的片言只语，我格外留意。

一九四九年北平（京）解放时，叶盛兰才三十五岁，但是早已挑班挂头牌，大红大紫，誉满全国，收入很高。然而，他在名演员中却是第一个放弃高收入，首先参加国家剧团挣小米。在他之后，才有李少春等人的跟踵而进。一九五七年叶盛兰被划"右"，某些食狠财黑的人，竟以极"左"的面孔攻击叶盛兰贪名嗜利，所谓大洒狗血。叶盛兰十分委屈，忍无可忍，不得不说明事实，据理力争，反倒被加重了罪名。

叶盛兰一生的成就和坎坷，都有其性格根据和个性悲剧的原因。

就我所知，京剧名家中程砚秋和叶盛兰是两大傲人。程砚秋的清高孤傲，有他的入党介绍人周恩来所写的意见为证。在人际关系上，程砚秋采取"静"而远之的态度，解放后不怎么抛头露面；宁可"脱离群众"也要避免形成梅、程两大家的双峰对峙。政治上"天无二日"，京剧界中的一个行当，一个地域，一个院团，一个班社，也难免"二虎相争"。极"左"政策造成的极其恶劣的政治空气，助长了人性中丑恶一面的膨胀和发展。每次政治运动，都使恶竹长万竿。贬程的人，说程为人太"毒"，即孤独、冷峻，不喜与人交往。我觉得，这正是程砚秋的自我保护良方。然而，叶盛兰却是一九四九年至一九五七年的京剧界热点人物，热得比李少春、张君秋、裘盛戎的温度还高。电影《群英会·借东风》中，叶盛兰的表演，令人有"天下之才一石，子建独占八斗"之感。于是，木秀于林风必摧之。一九五七年叶盛兰被划"右"，何罪之有？我觉得，胡耀邦同志说我的话："什么反党反社会主义？你就是骄傲！"也可以用在叶盛兰身上。

叶盛兰的傲性，也使得他不能不从旦角改唱小生。

他的长兄叶龙章回忆，叶盛兰自幼生得俊秀，所以入科习旦。自从梅兰芳开创了旦角攒底，大大提高旦角地位以后，学旦趋之若鹜。叶盛兰开初学旦，正是势所必然。但是，学了几年，他的父亲叶春善先生认为他个性倔强，缺少温柔，唱旦不宜，改习小生。萧长华很舍不得，非常惋惜。但是，叶盛兰的五弟叶世长的说法有所不同。叶世长说他四哥从小长得漂亮，入科学旦，阳刚之气太盛，萧长华先生因材施教，令其改行唱小生。另有一位喜字科大师兄的说法，是叶春善先生为了使富连成行当齐全，出科攒班也角色俱备，带头让自己的孩子学"三小"（小生、小旦、小丑）；三子盛章学丑，四子盛兰也改变了行当。

不管是何原因，叶盛兰改唱小生，对他本人，更对京剧艺术，都是一大幸事。旦行除了程派，讲究的是美、媚、甜、脆；叶盛兰虽然扮相和嗓子均属上乘，但阳刚之气和倔强个性，使他不具有阴柔之媚。如他唱旦，非但赶不上梅、程、荀、尚四大名旦，也超不过四小名旦中的李（世芳）、张（君秋）。而他改唱小生所取得的高度成就，却是光前启后，无与伦比。

我听过叶盛兰的《木兰从军》，前青衣，中小生，后花衫。我不想对他唱旦的艺术评短论长，但是我敢说，他的小生比旦角唱得好。尤其是中部小生扮演的从军木兰和后部花衫扮演的解甲归田、恢复女儿装的木兰对照，花衫比小生更弱，还不如青衣。我没听过叶盛兰的《秦良玉》，只见过剧照。这出戏是尚小云亲授演，叶盛兰的剧照酷似尚小云风韵。尚小云铁嗓钢喉，又是武生出身；嗓音比梅兰芳高亢却欠韵味，表演又少媚美。本来当初是尚小云傍着杨小楼唱虞姬，后来却被梅兰芳取代而专利了。叶盛兰学尚，做到形神兼备，以假乱真，何如集小生艺术于大成而形成叶派。台湾已故剧评家丁秉燧（1916—1980，燕京大学新闻系毕业）也是如此认为。这位丁先生看过不少叶盛兰的旦角戏，他的评价是"英气有余，妩媚不足"。

叶盛兰对待师父程继先和师母，极尽"终生为父"的孝养之道。他和姜妙香是平辈。姜妙香改旦角而习小生，取得很大成就，叶盛兰甘愿自降一辈，拜姜为师。姜妙香戏德高尚，非礼勿行，不敢越礼收徒，但愿倾囊传艺。叶盛兰后来居上，这位姜"圣人"无比欣慰地对叶盛兰说："老四，你给咱们唱小生的长了脸。"又说："小生这一行出了叶盛兰就绝不了。"俞振飞是票友下海，与叶盛兰同出程（继仙）门。叶少兰对我说，他父亲多次嘱咐他虚心向俞师伯学习，后来他拜在了俞振飞门下。非常有趣的是，叶盛兰生于一九一四年，岁次甲寅，属虎。姜妙香比叶盛兰大二十四岁，又是属虎。俞振飞大叶盛兰一轮，还是属虎。

叶盛兰非常钦佩杨宝忠的胡琴演奏和黄桂秋的旦角演唱，三人结成金兰之盟。杨宝忠比叶盛兰年长十六岁，位居大哥。陈德霖入室弟子、有"江南第一名旦"之称的黄桂秋，比叶盛兰大九岁，是二哥。两位盟兄十分珍贵盟弟的天才，也以各自的艺术濡染盟弟。三位盟兄弟的先后告别人间，竟像桃园三结义的悲壮。叶盛兰和杨宝森也是八拜之交，他赞美杨宝森是"千古绝唱"，大受启发和影响。叶盛兰与梅兰芳、程砚秋、马连良、谭富英等都有良好的合作，博采众家之长而充实、丰富、拓展了小生艺术。叶盛兰在小生艺术上的成就，是开放型的成就，综合性的成就。他登上小生艺术的高峰，也为灿烂辉煌的京剧增光添彩。

对于叶盛兰和叶盛兰的小生艺术，我已经痴迷了半个世纪，但仍然是个外行。张旭观公孙大娘舞剑器而狂草大进，我看叶盛兰的戏，也有如此收益。

小生是京剧中的小行当，但叶盛兰突破小行当的限制而成就为大艺术家，对我的致力乡土文学起着鼓舞作用。乡土文学，在文学领域，也是个小行当。我在九百六十万平方公里国土上，开垦我那九点六平方公里的乡土。一亩三分地土里刨食，也算得"割据称雄"。

四十五年文学创作生涯，我从京剧艺术中汲取了大量营养。文学创作中的小说、诗歌、散文、戏剧等体裁，颇似京剧中生、旦、净、丑等行当。生有老生、武生、小生、红生……旦有青衣、花衫、花旦……分门别类而又多品种。我们的小说却品种单调。老生有谭、余、言、马、高、麒、杨、奚……旦有梅、程、荀、尚、张……流派纷呈，色彩斑斓，百花齐放，百家争鸣。而我们的作家，有自己独特艺术风格者寥寥无几。两相对比，文坛中人难道不该深长思之吗？

　　我之迷（京）戏，实为作文，此所谓"功夫在诗外"的便是。

一九九四年四月

原载一九九四年六月十二日《戏剧电影报》

每日"堂会"

我的行走能力虽然有所恢复，还不是举步维艰，寸步难行，但仍行动慢如蜗爬，又不会左旋右转，进退自如，很难亦步亦趋随大流，今生也就不想进出戏园子了。

不能进出戏园子，我并不觉得有多大缺憾。我是个老派（京）戏迷，以听为主，看不看两可。我有盒带和收录机，还有半导体和电视机，每天都能在家里办"堂会"，且能随心所欲，自己由性儿安排。比如，我常听梅、程、荀、尚四大名旦和张君秋的唱段。听四大名旦唱段的同时，我又不能不佩服当年的观众，多么公正，多么懂行，多么有眼力！二十年代选出的四大名旦，到如今的九十年代看来，仍然不差分毫，准确无误，经住了似水流年的时间检验。张君秋是四小名旦之一，四大名旦的晚辈。他的音质、音色和扮相，无与伦比。张君秋的唱腔艺术，师法梅、尚，兼学程、荀，集大成于一身。我听张君秋的《春秋配》，就听出了程腔；听《望江亭》的四平调，自然想到了荀慧生。四大名旦中尚派的影响已经大为减弱，但是张君秋继承、发展、变革了尚派，在现今旦行中，竟可与梅、程两大家的影响鼎足而三。不过，张君秋也深知自身的突出弱点。一位戏曲文学作家写文，转述张君秋对他的弟子们说：你们就学我的唱，别学我的身上。张门弟子应该谨遵师教。如果未有幼功，一定要努力从梅、程两派的身上取长补短。

我的每日"堂会"，还常听前四大须生余（叔岩）、言（菊朋）、高（庆奎）、马（连良）和后四大须生马（连良）、谭（富英）、杨（宝森）、奚（啸伯），以及李少春的唱段。听这八位名家的唱段有如读唐宋八大家韩（愈）、柳（宗元）、欧阳（修）、苏（洵、轼、辙）、王（安石）、曾（巩）的散文。余叔岩是唐魁（韩愈）宋首（欧阳修）；言菊朋是文章精妙的柳宗元；马连良是王安石变法。其他的人难以一一对号。听奚啸伯我想的却是（孟）郊寒（贾）岛瘦。听杨宝森的《文昭关》而读太史公的《报任安书》，听李少春的《野猪林》而读《李陵答苏武书》，别有一番滋味。我最爱听谭富英的《奇冤报》，那是一首悲凄动人的哀歌，歌唱多，表演少，最能充分展现谭富英的特长和优势。我认为，《奇冤报》应该恢复原名《乌盆记》，可算一出古典魔幻荒诞的"北京歌剧"。跟《李慧娘》（《红梅阁》）一样，也是"有鬼无害"的艺术佳品。谭富英是谭鑫培的孙子、余叔岩的弟子；余叔岩又是谭鑫培的高徒。聆听谭鑫培、余叔岩和谭富英三代的唱段，每一遍都能进一步理解何谓师承、变化和发展。老戏评家说余叔岩是七分师承三分自创。我至今尚未听出这"三七开"，也听不出谭富英的演唱中有多少"余味"。余叔岩的另一名弟子李少春，也是自家路数为主。倒是并未拜过余叔岩的杨宝森，根据自身条件创造性地学余，变化发展而形成杨派。在后四大须生中，杨派影响仅次于马派。严格地讲，大陆号称余派的京剧老生，细听之下主调都是"杨腔"。我偶尔听到台湾余派老生的唱片，余味纯正得多。我主观臆测，这是不是得自解放前夕移居香港的孟小冬的艺术影响？孟小冬学余叔岩，一如新艳秋之学程砚秋，一板一眼都不敢有分毫之差。把余叔岩的唱片，与孟小冬的唱片对照来听，常使我回忆一九五六年孟小冬从香港来京观光，在北京饭店宴会厅的文艺界聚会上，我曾"远视"了几眼。这位杜月笙大亨的遗孀，并不珠光宝气。我生也晚，没有眼福看她和梅兰芳乾坤颠倒、阴差阳错的《四郎探母》；不知可有唱片留存，让我一饱耳福也好。

听言菊朋，我还要听李家载。听高庆奎，当然必须听李和曾。听马连良，我只听我的乡亲梁益鸣；梁益鸣学马下功夫最苦、最深，唱得最像，韵味儿也正，只是嗓子窄一点儿，涩一点儿。听谭富英，不听谭元寿又听谁？听杨宝森，我对叶蓬的《文昭关》最感兴趣。杨宝森和叶盛兰是知音好友，对叶盛兰的长子叶蓬必定有所真传。听奚啸伯，只有听票友欧阳中石了。欧阳中石跟我都是北京大学出身，他又在我的家乡通州教书多年。所以，对欧阳中石的唱我听得仔细。有一回，电视转播他的《白帝城》，荧屏上却写的是陶渊明的《桃花源记》。我怀疑，可能是舞台监督刚听完侯宝林的《关公战秦琼》，便急用先学，立竿见影，给欧阳中石配置了这个道具，把《白帝城》荒诞了一下子。

李鸣盛唱得好，我很爱听。但是，我听他的《李陵碑》，必须搭配张君秋的《春秋配》，才有更加浓厚的兴味。这是因为，当年我头一回听他，他正给张君秋挎刀。把两个人的唱搭配在一起听，我好像又找回了自己的"当年"。

我这个人爱发思古之幽情，有时听唱便意在戏外。比如，我听刘秀荣和张春孝，完全是出于念旧。四十五年前，国民党208师四维戏校的孩子演员，曾到通州大众文化教育馆中山堂演出多场。我当时正在通州城内念高小，"穆桂英出马阵阵到"，哪怕逃学都每场必看。刘秀荣和张春孝都是四维戏校的学员，那时可能也到通州演出。但是，我把他俩视为四维戏校的代表人物，听他俩的唱便想起四维戏校，也想起我的"恰同学少年"。

刘秀荣是王（瑶卿）派传人，全能型旦角演员，功夫和嗓子都与关肃霜不相上下。关肃霜猝然逝世，死于不该死的年龄。但愿健在者自个儿多疼自个儿，珍重呀珍重！

电台的京剧节目还应多讲一点儿学问。例如，为了对比老生"一轮明月照窗前"的各派演唱艺术，就播放了马连良的《清官册》、谭富英的《捉放曹》、杨宝森的《文昭关》各一折，很高级。

艺术欣赏，也要取法乎上；不能桌子底下放风筝，出手就不高。

一九九二年十一月

原载一九九三年一月二十四日《戏剧电影报》

四大坤伶

　　有位比我内行的女同志来信，指出经得住历史考验的四大坤伶是新艳秋、章遏云、孟小冬、雪艳琴。正巧，我读到一篇资料性短文《首席坤伶新艳秋》，才知道新艳秋的艺名为齐如山所取，受过齐如山的栽培。齐如山是梅兰芳在增长学识和提高修养上的师长。他在民国教育部跟鲁迅先生同事，为鲁迅先生跑过宫门口的房子。齐如山的学术著作，至今我常翻阅，大受教益。他的门婿罗大冈和女儿齐香，都是法国文学学者，我也读过他们的译著。雪艳琴解放后加入中国京剧院，是以叶盛兰、杜近芳为主演的一团重要演员之一。叶盛兰对雪艳琴和李洪春两位前辈相当尊敬，每次谢幕，都搀着雪、李的臂肘，一同进退。五十年代的雪艳琴，虽跟二三十年代的"雪艳亲王"不可同日而语，但仍不失大家风采。值得一记的是，一九五八年到一九六一年，我跟雪艳琴后来的丈夫，一位宗教界头面人物，同在京郊铁路和水利工地接受劳动改造。这位老先生明哲保身，终日不发一语。有一回，我看《北京日报》广告，中国京剧院演出新戏《白毛女》，雪艳琴饰黄母。我故意自言自语："雪艳琴是大青衣，扮演黄母怕不对工吧？"果然，老先生绷不住了，叹了口气道："她是历史反革命的老婆，对工，对工。"

这位女同志在信中还说，被我忘掉四分之三的解放前夕"选出"的四大坤伶是：言慧珠、吴素秋、梁小鸾和童葆苓。然而，她的指点，仍不能唤起我的回忆，不敢肯定是不是这四个人。我觉得，跟言慧珠属于同一量级的应是童芷苓、李玉茹和吴素秋。

我已经谈过言慧珠了。跟言慧珠一样，童芷苓也是女学生出身。她的嗓音与言慧珠不相上下，扮相不如言慧珠，表演却要超过言慧珠。童芷苓还是一位当之无愧的电影明星。她跟石挥、周璇、张伐合演的《夜店》，跟魏鹤龄主演的《粉墨筝琶》，都是珠联璧合，星光灿烂。她以古稀之年，与言兴朋同台演出《梅龙镇》，扮演妙龄村姑李凤姐。她的年龄比言兴朋大一倍，是李凤姐的四倍。但是，舞台上童芷苓的表演，令人忘记了她的实际年龄，可谓艺术青春长驻。童芷苓的优点是"多能"，缺点是"一专"不足。相比之下，她的胞妹童葆苓没有达到她的水平。

如果说言慧珠聪明，童芷苓聪敏，那么李玉茹就是聪慧。她扮相优美大方，兼学梅、程、荀、尚，都颇有所得。李玉茹出科曾组如意社挂头牌，后来甘愿给名角大家挎刀，自知之明也有过人之处。她在年过四十之后，排演程派名剧《梅妃》，艺术上成熟而升入高品。李玉茹是程砚秋创办的中华戏校出身，对程派艺术见识得多。年轻时太漂亮，演程派戏不太相宜；进入中年舞台形象适合演程派戏了，却又赶上十年天下大乱，失去了继承和展示的机会，惜哉！

也许，可以聪颖二字概括吴素秋。她的领悟力和模仿力极强。我在北京市文联三楼会议室，听她聊起程砚秋和叶盛兰的表演艺术，以及《坐楼杀惜》中阎惜姣的眼神变化，很受启发。吴素秋学荀（慧生）而又师尚（小云），唱《孔雀东南飞》有程腔韵味。她也是老年还能登台，虽有青年演员比照而毫不逊色。可惜，嗓音的局限性影响了艺术成就。

我爱听谭富英的唱，也就听过不少谭富英和梁小鸾的对儿戏。梁小鸾虽是挂二牌的旦角，但是唱工水平很高，大大超过某些挑班唱头牌的坤伶。

一九九三年三月

原载一九九三年六月十三日《戏剧电影报》，题为《天涯处处有知音》

戏迷点题

一位老戏迷，写信要我采用比较文学方法，分析评论梅（兰芳）程（砚秋）两大家在艺术上的高低长短。这是个非常难写的题目。

解放前，梅、程两大家以最高的艺术水平和最佳的配角阵容，在上海打对台，至少可算民国以来京剧界的最大盛事。不但梅、程两帅各显其能，而且他们的副将们也捉对儿"厮杀"。如梅兰芳的承华社的杨宝森和俞振飞，与程砚秋的秋声社的谭富英和叶盛兰，都是棋逢对手。我当时家贫年幼，不可能跑到上海观战。但是，我每日阅报，报道对台戏盛况的消息，一字不肯漏过，也算得上大饱眼福了。此刻我写这篇文章，同时也在聆听程砚秋和叶盛兰合演的《玉堂春》录音，耳福亦可谓不浅。我认为，应该找一找当年的现场观众进行追思回忆，更为可观。

我心悦诚服四大名旦之师王瑶卿对四大名旦的每人一字之评（梅兰芳的相，程砚秋的唱，荀慧生的浪，尚小云的棒），准确、生动、辩证、科学；知子莫过父，知徒莫过师。

几位离退休的老同志，每周两次听京剧录音。在欣赏京剧老生演唱时，分成谭（富英）、马（连良）两大阵营，各执一词，互不相让，来信请我在"戏言"中给予评断。我曾写过，谭派的唱我最爱听；但是，我又说，马连良有如"唐宋八大家"中的王安石。已故的谭、马各有千秋，现今的谭（元寿）、马（长礼）也难分上下。曹丕在《典论论文》中反对文人以己之长轻彼之短，京剧演员亦应如是。

万里之外的一位读者来信，指解放前夕那个"新四小名旦"，毛世来并没有落选。在张君秋、毛世来之下，许翰英之上，第三名是陈永玲。这位读者的记忆比我正确。当时这个名单刊布，我便认为第三名应是杨荣环，陈永玲可名列第四。毛、陈、许都兼学荀（慧生）、筱（翠花），太靠色了。

杨荣环的戏，我可听过不少，有些观感。杨荣环精通梅、尚两派，不但是个"歌唱家"，而且身上也棒。自他离开谭富英、裘盛戎的太平京剧团调到天津以后，我多年未见杨荣环的演出。前两年他来京示范演出梅、尚两派名剧《宇宙锋》和《失子惊疯》，我通过荧屏鉴赏，激动得击案而呼：当今天下谁与匹敌？

我认为，陈永玲最得筱（翠花）派神髓，只是个子高了点儿。

一九九三年三月

原载一九九三年六月十三日《戏剧电影报》，题为《天涯处处有知音》

后起三秀

本文仍是纸上谈程（派）。

在我的写字台的玻璃板下，压着一份剪报，每天都要顺便看上几遍。这份剪报的内容，便是抄录六十七年前四大名旦在评选中的得分一览表。评选共分六项，全优是六百分。最后，梅兰芳得五百六十五分，为四大名旦之首。程砚秋得五百四十分，为四大名旦之亚。荀慧生得五百三十分，为四大名旦之季。尚小云得五百零五分，为四大名旦之尾。当时，梅兰芳三十四岁，程砚秋二十四岁，荀慧生和尚小云二十八岁。六十七年后的今天看来，评选依然准确无误，可谓恒值，与我们今天的京剧、影视、文学评奖的严重含金量不足对照，难道不该有所醒觉吗？

近读李世济文，讲到学程派是事倍功半。说白了，唱程派是费力难讨好。然而，京剧萧条，程派不衰，无后继乏人之忧。此所谓"是真名士自风流"者也。程砚秋之后的程派，已成五大支脉，即赵荣琛、王吟秋、李世济、南方的新艳秋、台湾的章遏云。程砚秋不收女弟子，新艳秋和章遏云是私淑。李世济虽得过亲授，但并无师徒名分。赵荣琛是函授生转正，又得面授，王吟秋在程家门里长大，赵、王是正宗门生。

新、章八十开外，赵荣琛年届八旬，王吟秋也七十大几，黄金时代已过。李世济六十刚出头，艺术上日趋成熟，更加五十岁之后的扮相酷似程砚秋显灵，在舞台上光华四射，她的"新程派"竟有成为程派主流之势，这使我想起谭富英之"新谭派"的光宗耀祖。李世济将程腔普及化、大众化，使当代听众为之倾倒，给程腔注入了新的活力。纪念翁偶虹逝世一周年演出时，李世济中场晕倒台上，令人深感年岁不饶人，期待后来者。

新、章远在京都之外，暂且不论。赵、王、李都已有接班人。她们是：赵门的张火丁，王门的迟小秋，李门的李海燕。我称她们是程派后起三秀。

赵荣琛是书香门第之后，祖上四代翰林，本人有较高学历，功底深厚，气质文雅；对程派的学习和继承，能得神髓，不走样子，我称为"原教旨"程派。他所著《论程派艺术》，具有很高学术价值。在京剧界，赵荣琛是一位学者型的演员。也许正因如此，他虽然唱的是旦角，但阳刚气盛，演悲剧，唱苦戏，更为见长。他继承的是程派大青衣的主脉。

张火丁很年轻，天资好，悟性高，极有发展前途。但完全走大青衣的路子，事倍却未必能够功半。前些日子，火丁在我的一位学弟陪同下，来到舍下看我。谈话中，我说今年是抗日战争胜利五十周年，也是《白毛女》演出五十周年纪念。《白毛女》正在重排，有所增删。我又谈到，一九四九年程砚秋随贺龙元帅进军大西南，同时考察西南地方戏曲艺术。程砚秋在军中看到演出《白毛女》，群情沸腾、同仇敌忾，曾经表示，他很想演《白毛女》这出戏。《白毛女》改编成京剧，程派最对路。当时，战事激烈，程砚秋已四十五岁，又是男性，而且体重超过一百公斤，主客观条件都难以实现程砚秋的这个愿望。十年之后，向国庆十周年献礼，杜近芳、李少春、袁世海、叶盛兰合演的《白毛女》是急就章。杜近芳不擅长表演悲苦之作。李少春饰演大春更为恰当。黄世仁不是鸠山，大花脸来演是"大材小用"。所以，只留传了李少春和杜近芳那段扎红头绳的对唱。

张火丁和我的学弟，对我的这些谈话很感兴趣，都觉得火丁若要有所创新，应该继承太老师程砚秋的遗愿，将《白毛女》改编成京剧而按程派路子演出。他们想等赵荣琛先生八月份从美国回京，请示过后再采取进一步行动。我说，还可请几位程派艺术研究专家和爱好者（我是老"外"），开个小型研讨会，听听论证可行性和操作性的高见。

我又对他们讲，京剧不但是文化，而且是文物，程派更具有文物性。国家关于整理文物的方针是"整旧如旧"。我觉得，对待京剧的整理与革新，也应持此态度。几十年来我们在京剧整理改革上的种种失误，就由于一直找不准感觉。过去，是强加阶级性，一定要整旧如今才是古为今用。现在，又十分荒唐地把霹雳舞、健美操、流行歌曲乱七八糟引进京剧。女演员甚至薄、透、露。迟小秋的《祝英台哭坟》，半裸仙女伴舞，有伤大雅，文不对题，令人扼腕而叹。李世济在改革上取得了成就，但也不是没有失败的教训。文章千古事，李世济应该著书传世。

程派后起三秀，迟小秋知名度最高。三十而立，她的演唱和表演都在进入更高档次。因而，迟小秋需要在风骨上升华一步。在商品大潮冲击下，万万不可流俗，当然更不应媚俗。程派艺术有一股精神力那就是清高。金奖大赛亏待了迟小秋，国人有目共睹。嗤之以鼻可也，千万不可随波逐流。

迟小秋出自王吟秋门下。王吟秋学程派，阴柔较重，花衫路数，戏演得很细。他与赵荣琛各有所长，相映成辉。迟小秋扮相丰满，台风凝重，正是大青衣风韵。我认为，迟小秋应该兼学赵荣琛。与此同时，年轻可塑性强的张火丁，也应该兼学王吟秋。赵、王虽是两户，但都出自程门，理当互通有无。

程砚秋和李世济，在个人感情上亲如父女，但是程砚秋却不同意李世济吃"戏饭"。程腔难唱，女性缺乏气力，更难唱好。这是原因之一。程砚秋的悲苦经历，深知"戏饭"不好吃，女演员更难吃得好。我想，这才是他反对李世济下海的主要原因。然而，李世济非要从艺不可，表现了她的自强自立的心胸意志。李世济音色很美，但音质、音量不如男旦条件优越。然而，历经半个世纪的奋斗，用汗水和泪水换来了成功和荣誉。此中滋味，也应向弟子李海燕倾囊相授，使后生晚辈能够"一粥一饭，当思来之不易"。几年前马少波同志就向我夸奖李海燕聪明，《状元祭塔》颇具青年时代程砚秋之形神。祝愿她沿着老师踏出的"新程派"之路，进一步有所发明，有所发展。

振兴京剧，首先要有好角儿。一个篱笆两根桩，一个好角儿三人（众）帮，我愿抬轿子又兼吹鼓手。

一九九五年八月

原载一九九五年十一月十日《戏剧电影报》

棒槌·戏说

从一九四五年到一九五七年十二年中，我听过不少于一百四十四场京戏（平均每月一场）。四大名旦梅兰芳、程砚秋、荀慧生、尚小云，后四大须生马连良、谭富英、杨宝森、奚啸伯，以及叶盛兰、李少春、裴盛戎、张君秋等"国宝"的拿手好戏，我都听过。几十年后，这些便成为我的一门"学问"。不但在文人圈子里能够"说"戏，而且在艺人堆里也不是"张不开嘴"（无话可说）。

因而，才有报刊请我开个《蝈笼戏言》专栏，写了几篇竟欲罢不能。戏言也者，不过是对京戏姑妄言之，万万不可认真。我也不想靠这门"学问"带硕士或博士生。而且，我一直自认是个"棒槌"（外行），也就从不讪笑某些侈谈者的荒腔走板。

然而，最讲认真二字的北京市委研究室的几位同志，偏要跑到舍下，逼我对京剧不景气问题"戏说"一下子。

都说京剧不景气，卖座率低，我也看见了。原因何在？其说不一。我的一孔之见认为，一是没有或缺少好角儿，二是有进无出扎堆子，不解决这两大难题，京剧振兴绝难出现。

几十年前我就见过，杨宝森只卖十来个座，奚啸伯甚至不如杨宝森。何以如此？当时的北京听众分为马（连良）、谭（富英）两大阵营。一山难容二虎，四虎又怎能争食？最后，杨宝森转移天津卫，奚啸伯远走石家庄，马谭联袂合作；这才各得其所，各善其事。

四大名旦差不多也是这样。解放前，梅兰芳久占上海，程砚秋长驻北京（平）。荀（慧生）、尚（小云）来往京沪或到外埠演出，避免抢饭吃。

京朝、海派口味不同。南麒（麟童）北马（连良）各"霸"一方。我就亲眼得见，麒麟童率童芷苓、李玉茹等来京演出，才卖三五成座。

解放前的戏园子比解放后多，解放后的京剧演员却比解放前多得多。僧多粥少，怎不挨饿？现在不忙盖戏园子，更不可盖大戏园子，还是学一学韩（愈）、柳（宗元）的"复古"，恢复京剧演员的自由职业者身份。长痛不如短痛，彻底打破大锅饭、铁饭碗。给每个京剧演员办理养老保险，然后解散京剧院、京剧团，建立京剧艺术联谊会（同业公会），下设演出公司（经励科）。有艺术水平和经济实力的挑班，愿当配角的搭班，接受文化局、工商局、物价局、劳动局的监督和指导。

自然法则，优胜劣汰，目前庞大芜杂的京剧演员队伍，便会在物竞天择中消肿，唱不了戏的可以经商、做工、从事服务业……良禽择木而栖，改行也能大展鸿图。

我是个老（京）戏迷，如果问我何以迷戏？我毫不掩饰地坦白供认：听好角儿的最佳唱段。那不可抗拒的艺术魅力，使我如醉如痴中了魔。

我因病致残，行动艰难，但每日闭门家中坐，聆听京剧名家名段录音是我的一大精神享受。程砚秋的《窦娥冤》我至少听过三百遍，敢比孔夫子的闻韶之雅嗜。一九五〇年春，我在北京二中读书，每月靠稿费糊口上学，还要帮助父亲养家。某日，程砚秋在长安大戏院演出，一张戏票卖到十五万元旧币（相当一百市斤小米或二十五斤猪肉）。我到与长安大戏院相邻的新民报社领取十五万元多一点儿的稿费。当时我们的伙食费，每月六万六千元，这笔稿费是我两个多月的"嚼裹"。然而，"程腔"诱人，戏瘾发作，我也就不顾死活，把稿费全部掏出来交给长安大戏院，换取一张精神美餐券（戏票）。由此可见，没有好角儿，振兴京剧只不过是空谈空想空对空。

目前这个文艺团体机制，难出好角儿，出好角儿难，也就是生产关系束缚了生产力。革命或改革，就是为了使生产力得到解放和增长。我们的文艺团体是战时体制和苏联模式的混合物，与有中国特色的社会主义商品经济已不适应，那就应该下定决心，不怕牺牲，排除万难，争取改革的胜利。所以，我认为京剧不景气，或曰走到了穷途末路，是好事而不是坏事。穷则思变，天堑变通途。文学也是如此。文人下海经商，文学爱好者减少，都不必忧虑。文艺队伍自然减员，帮了国家"精兵简政"的大忙。家鸡打得团团转，野雀不打满天飞。既要成名，又要发财，还要升官，古今中外，我没见过三全其"美"或二者得兼的超福之人。李后主（煜）和宋徽宗（赵佶）倒是曾经兼而全之，不过他们的下场，实在难以令人艳羡。当然，如果为了"过把瘾就死"，即便给大款当个宠物也值得。

一九九四年十月

原载《戏剧电影报》，具体日期不详

含金量不足

一九八〇年春，我就引用当时的党中央秘书长兼宣传部长胡耀邦同志《在剧本创作座谈会上的讲话》的论点，激烈反对文学评奖，这可惹恼了掌握评奖大权的长官和大亨们。他们先说我是由于没有得着奖便"吃不着的葡萄是酸的"。后又给我扣个政治帽子，说我是反对突破禁区，极"左"。一两年以后，我接连吃葡萄，自以为取得了反对评奖的资格，可以充当反对派了。谁知，掌握评奖大权不肯撒手的长官和大亨们，又说我是自己得了奖不许别人得奖，嫉贤妒能，压制人才。好家伙！他们的嘴横竖都能使，我却是里外不是人。

这种文学评奖，纯属"苏联模式"，是从苏联趸来的"瞎指挥"型过时产品。当年，苏联官方，以计划经济方式控制和主导创作，对文学艺术家采取威逼利诱的手段，评奖便是其中的一个主要手法。历史证明，苏联的文学评奖绝对算不上成功。获得最高荣誉斯大林文学奖的作品，能有几部当得起"保留节目"？

中国粉碎"四人帮"以后，通过适当的评价表扬，推动作家从思想桎梏中解放出来，很有必要。但是使用评奖这个法宝，动之以名，诱之以利，贯彻长官和大亨意志，即便起意良好，却同时种下了后患。

并非"世人皆醉我独醒",明白人有的是。越来越多的作家醒悟,文学创作早已不需要注射评奖这个兴奋剂,然而手握评奖大权的长官和大亨却上了瘾。待到有的明白人当了大官和大亨,又发觉评奖实为御下和树威之妙方,不但不再厌恶,而且爱不释手。于是,江山易改,积弊难除。

中国文学史上,汉魏有建安七子,晋初有竹林七贤,唐初有四才子,唐宋有八大家,明代有前后七子……据我所知,好像都不是官方组建评委会照顾配给的。而且,倘有半点官方干预,那个被曹操杀了头的孔北海(融),就不能进入七子之列。同样如此,被晋武帝司马炎要了命的青白眼嵇康,也就"贤"不起来了。假如一切由长官和大亨们评定,唐宋八大家是由唐朝组建评委会,宋朝组建评委会?还是由唐宋两朝混合编队?那岂不是成了关公战秦琼?

其实,这些四呀七呀八呀,都是经过时间检验和众口品评,自然形成的。唐初四才子,明代前后七子,本来就是只"火"一时,如今知名度越来越差。我曾有诗云:"历史无情却公正,盖棺未必已定评。"

文学如此,艺术亦如是。

京剧的"同光十三艳",虽都侍候过太后老佛爷,太后老佛爷却没有颁旨成立评委会,满汉大员各半:"请评委亮分!"亮出一绝又一绝。"老生三鼎甲"是不是殿试钦点的?也没听说过。

街谈巷议,众口一词。由此得来的荣誉,才似水流年不褪色,陈年老窖味更醇。

至今声名不衰的余(叔岩)、言(菊朋)、高(庆奎)、马(连良)和马(连良)、谭(富英)、杨(宝森)、奚(啸伯),被称为前、后四大老生，也是经过不知多少懂戏的听众品头评足，吹毛求疵，分歧纷争，对比观照，才逐渐趋于一致，取得共识。

四大名旦梅、程、荀、尚是票选的，但是选得精密，周到，细致，严格。除了全面评分，还有各种单项评分。总分第一名的梅兰芳，在某些单项得分上，就低于第二名的程砚秋。正因为相当科学与民主，所以选定至今六十五年，仍然准确无误。

前四小名旦李（世芳）、张（君秋）、毛（世来）、宋（德珠）也比较恰当。只可惜李世芳盛年凋谢，毛世来和宋德珠在艺术上也好景不长。只有张君秋一花独艳，取得了不亚于四大名旦中的荀、尚的成就。

但是，解放前夕，北平选举新四小名旦和四大坤伶，可就巧取豪夺，乌烟瘴气了。

那是在蒋介石"当选总统"以后，北平一些无聊小报为增加销路，将这出政治闹剧改头换面，在梨园界中搬演。选举新四小名旦和四大坤伶便鬼叫狼嗥地炒卖起来。当时，我一边念中学一边当报童，一张报纸便是一张票，亲历目睹了这出闹剧的开场和闭幕。

新四小名旦，张君秋轻取榜首。毛世来和宋德珠落选。入选的其他三人，我现在只记得一个许翰英，也看过他的荀派戏。对于许翰英的评价，跟他在青岛攒过混合班的新凤霞最能一句话抄百总：比女孩儿还像女孩儿。许翰英青年亡故，而在宋长荣身上重放光芒，两人的台风一个模子。干面胡同有个阔太太，为了把许翰英捧进新四小名旦，每天打发老妈子黎明即起门口站街，恭候我的光临，把我手中印着选票的报纸包圆儿。四大坤伶之首言慧珠。"言迷"中有个跑交易所的买办（男，胖子，秃头，镶金牙），干脆从报把头手里把所有印着选票的报纸都包下来，害得我们这些报童无光可沾，生意萧条。

然而，闹剧尽管热闹，闹过之后也就灰飞烟灭。今日还有几个记得，新四小名旦和四大坤伶为何物？

解放以后，四十多年没有这个举动了。

所以，为纪念梅兰芳诞辰一百周年，有关方面正儿八经推出梅兰芳金奖赛，宣称要评出"八大名旦"（老四大名旦的双倍，四大名旦和四小名旦的总和），虽然四大名旦已作古，四小名旦中硕果仅存的张君秋还健康长寿。如此超张赶梅的盛举，没有开锣已经产生"轰动效应"，我怎能不拭目以待，刮目相看。

因此，开赛以来，我坐在电视机前，聚精会神不错眼珠儿，每一场都从头看到尾，每两人的双出我都不敢漏过一字一板、一招一式。但是，越看越犯嘀咕，这个格局，这个水平，别说赶超梅、程、荀、尚、张，就是比起杜近芳、李世济、梅葆玖、刘秀荣……还差老大一截子哩！

杜、李、梅、刘等人，是中华人民共和国成立以后培养造就的第一代京剧名角，他们的艺术成就世所公认，至今仍领菊坛风骚。只因他们超过了五十五岁便不带玩儿，或由于他们不屑参赛便排斥在外。那么，宁可不参不评，或暂缓评选，也不可草率行事。我要说，这个活动的主谋（时髦用语为策划），大大失算，也大大失职。

五十五岁这一刀，砍得当不当，正不正。即便增一分显肥，减一分显瘦，砍得倍儿准，请问五十五岁限内的李炳淑、杨春霞……怎么不见？她们不露面，也"八大"不起来呀！

待到评选揭晓，三岁幼儿都看出了破绽：

入选的八位，最大的五十五，最小的四十六，不公布选票多少，享受"正式中央委员"待遇。八名之外的八名，以得票多少排名，享受"候补中央委员"待遇。

我可见过选、审四大名旦的资料，人家并不藏着掖着，所以我才知道程砚秋的唱腔比梅兰芳高五分。但在扮相、做功、台风诸方面梅都高于程。四大名旦选、审结果，完全符合王瑶卿的一字评："梅兰芳的相，程砚秋的唱，荀慧生的浪，尚小云的棒。"

京剧艺术讲究的是唱、念、做、打、舞，这次评选的"八大"，偏是唱上最差。梅兰芳金奖竟没有唱梅派的入选，而旦角唱腔艺术最高水平的程腔，却被闭门不纳划为等外，奇哉怪也，令人不能不兴蒲松龄的司文郎之叹。

"八大"的年限是够不够四十六。公布得票第一名的迟小秋二十八岁，还得排班坐等十八年（王宝钏苦守寒窑之年数），才能进位。然而，程砚秋名列四大名旦第二位时，才二十三岁多，不到二十四周岁。

好个金奖，你……你……你叫我说什么好？我……我……我就是个哑巴，也让你们挤对出一句话：含金量不足！

一九九三年二月

原载一九九三年二月二十八日《戏剧电影报》

以土为荣，割据一方

我从小就是个戏迷。主要迷的是京剧，其次是评剧、昆曲、梆子；可谓雅俗共赏，兼收并蓄。我听过的戏不少，但是至今一句也不会唱。我把听戏的收获所得，都使在了写小说上。我写小说时，常常情不自禁挂上一点戏曲。有一位研究我的作品的人，还以这个特点为题，写过一篇论文。

不是我故意将小说和戏曲攀亲，实在是我的家乡盛产戏曲艺人，吃开口饭也是一条活路。因而，说书唱戏在我的家乡流风甚广，也出息了不少有名的演员。唱京戏的第一名坤伶杨翠喜，曾被段芝贵重金买做升官的敲门砖，送给小庆亲王载振为妾，换取了署理黑龙江巡抚一职。朝野舆论大哗，惹得西太后"天颜大怒"，降旨将杨翠喜逐出王府。杨翠喜就是通州人。赶上了那个时代的杨玉清先生，在全国政协文史资料选辑中曾有详细忆述，应有权威性。顺便说一句，新凤霞也曾向我自认是通州人，我们在一起聊天喜欢论"姐儿们"，后来吴祖光先生给我写信，认为可以存此一说，但不必确定。

唱京戏有些名气的梁益鸣、纪玉良、杜元田、张宝华，他们的原籍，都是通州人；祖居或出生的村庄，跟我那生身之地的儒林村相邻。

纪玉良是车屯村人，车屯村距离儒林村十二里。我没有看过纪玉良的戏，只从"话匣子"里听过他的唱段，而且唱的是现代戏，那就难知他的功力深浅和水平高低了。杜元田是杜柳棵村人，杜柳棵村距离儒林村八里。对于杜元田，我只知其名，不识其人，也未闻其声；不但没有看过他的戏，也没有听过他的唱片。张宝华是耿楼村人，耿楼村距离儒林村也是八里。我看过他的武戏，也看过他的文戏，给他的评价是"真敢卖块儿"。听说他后来师从孙毓坤，艺事大有长进，可惜我没有机会观看他的演出。相比之下，我对梁益鸣略有了解，也较有感情。梁益鸣是沙古堆村人，沙古堆村距离儒林村只有半里；如果不是有一条小河相隔，两村便首尾相连，浑然一体了。我小时候到沙古堆村上学，每天往返都从梁益鸣家门前路过，跟他那瘦小枯干的老爹，人高马大的妻子，面目姣好的妹妹，都是熟脸儿。梁益鸣的亲伯父的女儿，嫁到儒林村杜家，我管她叫二嫂子。我跟梁益鸣是乡亲平辈，但他比我大得多。他自幼出外学戏唱戏，我从没有见过他。一九四三年中秋节，梁益鸣"衣锦还乡"，给他老爹买了十五亩地，又把老房用青灰花秸泥抹了一遍。当时，北运河东岸已是抗日游击区，八路军县支队和民主县政府的领导，请梁益鸣在姓田的大地主的打谷场上演唱。在一轮明月下，由民主县政府的一位工作人员操琴，梁益鸣演唱了《逍遥津》《法门寺》《文昭关》的选段，我听着甚感悦耳动人。后来，就把这个印象写进我的长篇小说《豆棚瓜架雨如丝》里。在这部长篇小说中，我还以梁益鸣一家为原型，描写了一个乡土戏曲艺人的辛酸身世。当然，虽以事实为依据，但更借虚构以丰满，人物也改了名字。十年浩劫，梁益鸣惨死，一辆卡车把他的棺木运载还乡，就葬在儒林村后的树林里。我正在树林里给生产队放牛，亲眼见到下葬，心里十分难过。关于梁益鸣，我想另写专文评论。他给我的教训，恰合焦裕录那句名言：吃别人嚼过的馍没有味儿。我是不赞成梁益鸣"削足适履"模仿马连良的。文学评论家研究我的小说，说我的小说兼有孙犁、赵树理、老舍的特点。我承认我在创作中深受这三位前辈的影响，但我却从没有存心要学他们，更没有打算模仿他们。如果我画虎不成反类犬，当今文坛就没有我这一号了。

　　小时候在乡下，我还间接地接触过京剧。儒林村有些人在北京经商，其中有几位对京剧十分迷醉，常到票房里清唱或彩唱。商人每年夏季回家歇伏，冬季回家过年，便在村里串一些人垒（土）台演出。村里人管这种临时拼凑的自乐班叫"狗打架"班子，并且编了个顺口溜："有钱去听梅兰芳，没钱就听狗汪汪"，虽是讥笑戏谑，却也贬中含情。"狗汪汪"中也有"好角儿"。比如一位在瑞林祥布店当瞭高掌柜的孟三爷学龚（云甫）派老旦，颇有音似之处。还有一位在杂货店当伙计的赵大叔，学筱（翠花）派泼辣旦，极有"人妖"之媚态，令我齿冷肉麻，头皮发乍。孟三爷有一部手摇留声机，几十张唱片，夏夜在门口大槐树下摆阔，放唱片给乡亲们一饱耳福。时间过去已经久远，我记不清都听过谁的录音；但从此也就知道了梅、程、荀、尚和马、谭、杨、奚等名演员。孟三爷和赵大叔见我如醉如痴地"入戏"，便想教我学几段唱。此时，我在家乡的小学，年年月月考第一名，已有"神童"之誉。然而学唱京剧却一没嗓子二没灵性，百分之百的"孺子不可教也"。我的嗓子天生没有音量、音质、音色，祖师爷不赏饭，所以不但唱不了京戏，而且也唱不了歌曲。我是个有四十多年党龄的老共产党员，但是每唱《国际歌》都只张半个嘴。我醉心程（砚秋）腔，也喜爱叶（盛兰）派的小生唱腔。偷学了三五句，只敢关上门轻哼，孤芳自赏；一听有人走动，便戛然而止，我怕损伤别人的耳膜。

我对京剧入迷，是我九岁进城以后；生活在家乡运河滩的童年时代，迷的是蹦蹦戏和梆子。

我白天爱看蹦蹦儿，夜晚喜听梆子。

天黑，繁星满天，月色朦胧，田野起了风，回荡着禾香水气；高亢激越的梆子唱腔令人心弦震颤，精神兴奋。鲁迅先生在小说《社戏》中描写他夜听野台子戏的情景，使我每读都产生共鸣和同感。我至今坚持这个己见，那就是：梆子和评剧，离开乡土，离开野台子，便会失去本味原色。

我主张，梆子要有野味，评剧要有土气。不能模仿京剧，也不要向歌剧靠拢。解放后的北京评剧改革成就不小，但我总觉得土气越来越少，歌剧味儿越来越浓，力气花在为城里人服务的"上档次"了。

我小时候赶集逛庙，每一回都要听撂地演出的"蹦蹦戏"。演员和观众距离很近，感情也很亲。评剧创始人成兆才本来就是扛长工出身，评剧演员与广大农民有着亲密的血缘关系。我记得，有个小戏班就曾在我家的打谷场的棚屋里借住，跟他们同住的还有山东的打铁匠。蹦蹦戏女演员卖艺而又卖身。我虽是个孩童，也对她们充满同情。几十年后我在中篇小说《蒲柳人家》中，将女艺人云遮月描写得十分美好，正是把我童年的感情再现出来。

评剧的出路在哪里，前途在何方？我认为，在乡土，在农村，因为评剧的真正知音是农民。

不要以为一沾土字儿就被人瞧不起。我刘绍棠从来以土自居，以土为荣，在文坛不是也被公认有此一家吗?

野到尽处，土到极致，便出了高雅。

是神归庙，是鬼归坟；割据一方，各走一路。如此才能百花齐放，争奇斗艳。

一九九一年十二月

原载一九九二年一月十二日《戏剧电影报》，题为《蝈笼"戏言"》

京侯卫马

五十多年前，我还是个乡村顽童，来到日寇铁蹄下的北平，住在前门外。每晚到华乐、中和、三庆、庆乐、开明听京戏，白天到广德楼、新罗天看杂耍儿。

那时，二十出头的侯宝林正后来居上，不但小蘑菇败走天津卫，就连头号大腕儿高德明也黯然失色。

相声讲究说、学、逗、唱，说、学、逗三方面，侯宝林都比不了小蘑菇。然而，侯宝林有一条相声界无与伦比的好嗓子，又自幼学过京剧，具有相当的唱、念、做功底。更兼侯宝林悟性极高，一点就透，举一反三。我头一回看他表演，留分头而不油头粉面，穿大褂儿挽白袖口，却是"洋学生"风度。开口很讲卫生，不像高德明上台就卖大五荤。侯宝林不但嗓子圆润脆亮，而且很注意说话吐字的节奏感，轻重缓急都让听众的耳朵跟得上。小蘑菇哑嗓子，嘴皮子利索蹦字儿快，我紧追慢赶也免不了耳漏。

侯宝林、小蘑菇唱对台戏，我只赶上个尾声；此时小蘑菇败局已定，且战且走向天津卫转进。

高德明傻大黑粗，整个儿是我家乡走村串镇的江湖艺人，我感到很亲切。高德明是侯宝林的老前辈，也是马三立、小蘑菇的前辈，他保存着老相声的原汁原味儿。现在听起录音，深感珍贵。但是，他为人作艺，都未能推陈出新，有所改进和升华，也就变成了时代落伍者。解放后，我在迎秋茶社听过他几回，依然故我。高德明败给侯宝林，主要是失掉了"衣食父母"（侯宝林对听众的尊称）的民心。

侯宝林改革开放了相声表演艺术，将京剧、电影、话剧、流行歌曲的艺术手段吸收融化到相声表演中。他的"柳"活儿，登峰造极而又恰到好处。我听过他学唱周璇、李香兰、白光的流行歌曲，像而传神。

当时北京的小报，时常刊出戏曲、曲艺演员的花边新闻，肆意进行人身污辱，挑拨离间。马三立到北平演出，小报便说是前来跟侯宝林比个高低上下，为小蘑菇"报仇雪耻"，抢占北平码头。

我在新罗天，头一回听马三立的《开粥厂》。林红玉挂头牌，马三立挎刀，演倒二。林红玉比小彩舞（骆玉笙）年长，小报上称她为"林老红玉"或"老大红玉"，她给我留下的记忆是中年妇女风韵，女中音。马三立出场一亮相，就令我耳目一奇。高德明一身俗气，侯宝林一身帅气，马三立一身书气。我觉得他很像邮局门口替人写信、法院门前替写状纸的代笔士，整个儿是落魄文人形象。他当时不过而立之年，比侯宝林大不了几岁，相与声的条件都不如侯宝林优越。然而，开口一说，大段背诵《阿房宫赋》和《铜雀台赋》，一下子就表现出说功比侯宝林高得多，正如"柳"活儿侯宝林高得多。听主儿都是行家，掌声、笑声震动新罗天。我当时虽然不通古文，但我母亲有一本夹着鞋样花样的样册儿，正是我那教私塾的外祖父，给我母亲带到婆家的《古文观止》，我常翻阅浏览，也就知道了阿房、铜雀两赋。随后，马三立从高雅转入大俗，鼓点一般的贯口，吹嘘顺义县马坡村黄土马家的豪富，四时八节的施舍，口吐莲花，妙语连珠。顺义县跟我的家乡通州是紧邻，对于马坡村我早有耳闻，开粥厂和过节的礼俗，我都熟悉，笑得我前仰后合，笑得我泪流满面，笑破了肚皮，笑断了肠子。马三立的表演自然天成生活化，正是艺术的极致。我的乡土小说，常有古典诗词的高雅和农民村话的两厢使用，很可能跟听多了马三立相声有关。

解放后，马三立不顺。进入改革开放新时期，年过七旬，才老来俏夕阳红。京侯卫马，侯宝林身居首都，近水楼台先得月，占上风影响大。然而，北京的不少相声演员学其一点不及其余，专以"柳"活儿哗众取宠，把说相声变成了唱相声，实属歪门邪道，为侯宝林始料不及。

一九九三年三月

原载一九九五年四月二十一日《戏剧电影报》；同日登载《天津日报·满庭芳》，题为《兼听则明》

如是我说

勿忘通州城

一九四五年日本鬼子投降前夕，我这个京东北运河边儒林村的抗日救国儿童团团员，常常站在河堤土牛上，面对山海关外方向高唱："东北四省三千万同胞，好似囚犯坐监牢。忍气吞声十四年了，思想起来好心焦……"唱着唱着，情不自禁淌下滚滚热泪，声音呜咽，心如刀割。

这是因为，我的家乡京东地区，跟东北四省有着相似的苦难命运。

一九三三年，也就是东北沦陷两年之后，日寇又入侵关内。国民党不抵抗，屈膝乞和，签订了丧权辱国的《塘沽协定》，允许日寇在北宁铁路沿线驻军。从此，我的家乡便遭受日寇的铁蹄蹂躏。又过了两年，一九三五年十一月，大汉奸殷汝耕在日寇卵翼下，以我的生身之地通州为首府，建立了国中之国的伪冀东防共自治政府，自任行政长官，宣布脱离中央政府，拥有自己的军队、货币、外交、报纸、教科书、广播电台……伪冀东自治政府的西部边界，就在现今北京市朝阳区大黄庄，界碑尚存。今日的年轻人可以设想一下，日寇竟在距离天安门十公里之外，制造了一个"二满洲"，这是何等的奇耻大辱！我认为，为纪念抗日战争胜利五十周年而进行爱国教育，应该凭吊卢沟桥，也勿忘通州城。

我的整个童年，是在烽火连天、兵荒马乱的抗日战争中长大，我对侵略者充满深仇大恨，永远不会宽恕这些毫无人性、杀人如麻的野兽，我也无比痛恨奴颜婢膝、为虎作伥的汉奸卖国贼。因而，我看到某些借改革开放之名而崇洋媚外的人，不但十分反感，而且忧其后患，倘不及早针砭救治，一八四〇年（鸦片战争）后遗症的软骨病，又要传染流行。所以，我主张在纪念抗日战争胜利五十周年之时，应该大声疾呼宣扬没有丝毫奴颜与媚骨的鲁迅精神，振作鲁迅先生的民族魂。

抗日战争中，我的村庄是共产党八路军的堡垒村，从小接受党的教导走上革命道路，敢说一辈子腰杆不弯，脚步不乱。

我的乡土小说，很多是以三十年代的抗日救国活动为时代背景，长篇小说《狼烟》更整个是抗日战争题材之作。写大学生和江湖儿女同仇敌忾，共赴国难，对抗日战争题材有所拓展。过去，我们写抗日战争，多是以阶级斗争为纲，而把民族矛盾放在次要地位，这就与党的抗日战争路线和方针（阶级矛盾降为次要矛盾，民族矛盾上升为主要矛盾）不大符合，不能不影响"工农兵学商，一齐来救亡"的爱国主义艺术魅力。

抗日战争，写得不足，写得不够，还应从多方位、多层次、多角度大写特写。

一九九五年六月

原载一九九七年版《四类手记》

非框即诓

我主张新时期的文学创作，不管怎么千变万化，都不要忘了中国特色，丢了社会主义。然而，反对我的主张的人，却咬定我是给文学创作划框框。

据说，思想解放就是要打破框框，不要框框。

果真如此吗？

我看解放口号喊得最响的人，框框最多最死，最没道理可讲。

比如一位名气颇大的新潮文艺理论家，以西方现代流行或曾经流行的文艺观点为"准绳"，将小说创作划分为高、中、低三等，并且据此给古今中国小说明码标价：《水浒》和《三国演义》，讲故事，重情节，属于低等。《红楼梦》有了心理描写，介于低、中等之间。鲁迅先生的小说心理描写比重加大，勉强可算中等。那么，中国有没有高等小说呢？在他看来，只有极个别的新潮作家的极个别尖端之作，完全淡化了人物和情节，心理流程和主体意识居于主导和首要地位，初步达到了高等水平。

这种划分算不算框框？且不说它如何荒谬绝伦。

然而，却有那么多的人自觉入框，甘当信士弟子，一时在文坛上形成了一个小气候。

但是，框得了广大人民群众吗？

广大人民群众怎么能容忍和同意如此欺师灭祖地糟蹋《水浒》《三国演义》《红楼梦》和贬低鲁迅先生？

我还要问一问，那些被这位理论家赐以殊荣的个别作家，你们真的以为自己的作品压倒了《水浒》《三国演义》和《红楼梦》，超过了鲁迅先生吗？

天地万物，尽在框中，非框即诓。

一九八九年八月

原载一九八九年九月二十日《北京日报》

一字中的

鲁迅先生称诺贝尔奖金为诺贝尔赏金。赏与奖虽只一字之异，却入木三分，洞穿实质。

近几年，在顶礼膜拜西方文化的热昏中，对于形形色色光怪陆离的洋奖，如醉如痴得几乎是见着坟座就磕头。

对那位握有诺贝尔文学奖金一份投票权的某洋人，大献殷勤，百般取悦，连英国人和新加坡人都觉得咱们的低声下气太过分了，写文章劝咱们自尊自重。这使我想到被诺贝尔文学奖选中而拒领赏金的萨特，傲气中更见傲骨。我们的萨特崇拜者，好像不怎么喜欢谈论这个大煞风景的故事。

诺贝尔文学赏金一时拿不到，外国一个小城的文学奖也是好的。花了几千美元差旅费，大老远的去领那一纸奖状，后来才知道，该城是为增加旅游业吸引力而设此奖，耍花招变着法儿掏傻瓜的腰包。尤有甚者，连得到伊梅尔达·马科斯夫人那个名声不佳的电影奖，居然也大开特开庆功会。这就很难不使人想到鲁迅先生的《拿来主义》，比《红楼梦》中的风月宝鉴更应人手一面。

没有丝毫奴颜与媚骨的鲁迅先生，不但反对讨赏和求赏，而且不要"送来"的东西。因为"送来"的东西只能照收不误，无法挑拣选择。

鲁迅先生主张"运用脑髓，放出眼光，自己来拿"。也就是只要那些对我有用，能为我用的东西。洋人的汽车跑得快，性能好，不是坏东西，但是我们没有那么多硬通货，而且还要保护民族汽车工业，买多了洋汽车便要祸国殃民。对物质产品中的洋货应该如此，精神产品中的洋货更应如此。因为对于后者，还有阶级性、民族性和国情民意问题，不能不审慎处之。

通读《鲁迅全集》，谁能否认鲁迅先生倡导对外开放？然而，与此同时，他却提出了另一个著名论断："现在的文学也一样，有地方色彩的，倒容易成为世界的，即为别国所注意。打出世界上去，即于中国之活动有利。可惜中国的青年艺术家，大抵不以为然。"

五十五年前的老人旧话，多么切中当前时弊！

据我所知，当年"大抵不以为然"者早已"以为然"，取得了累累硕果。

今人又当如何呢？

一九八九年八月

原载一九八九年十月二十四日《北京日报》

触　电

　　我老、弱、病、残集于一身，无人扶助便寸步难行。所以，如果没有必须出席的重要活动，我便"大门不出，二门不迈"；坐家而"作"，自得其乐。

　　一台电视机，常年相伴，离不了它，却又不怎么喜欢它。特别是电视剧，我差不多都是白眼相看。

　　众口难调，品味各异，我的意见只算一家之言。在我这双千度散光近视眼看来，目前一些电视剧，缺乏生活气息和自然成趣，矫揉造作和胡编滥造之作更是屡见不鲜，较少艺术价值和文化品位。

　　这些年，不断有影视界的朋友想把我的长、中、短篇小说搬上荧屏，但都没有成功。

　　一位编剧，是个改编能手。他要改编我的中篇小说《蒲柳人家》，给我写信说：您的小说好比小河流水哗啦啦，我得给您推三个高潮。我复信给他：改编是二度创作，加减乘除悉听尊便。半年之后，他又来信，一个高潮也推不上去，只得放弃。文学、影视不完全是一条道上跑的车，如何殊途同归费思量。

一位导演跟我可算半熟脸儿，他坐在我的蝈笼斋书房，掏心窝子说："您的小说乡土气息浓郁，像一幅风俗画，人物栩栩如生，都有性格，读起来很有兴味，可就是不出戏。全得靠导演把您的小说的乡土味儿导出来，演员把您的小说的人物演出来。弄好了，是我们沾了您的光，弄不好，就会骂我们把您的小说改糟了，演砸了。"他本来抢占了我的中篇小说《小荷才露尖尖角》的改编权，最后还是单方面毁约，知难而退。

确实如此。我的中篇小说《碧桃》《瓜棚柳巷》改编、拍摄、放映后，观众都说跑了味儿，我也不满意。《地火》《草莽》《渔火》《蛾眉》等小说的改编，也都半途而废。

近年来，影视界更出现一种令人头疼恶心的怪现象。我的乡土系列长篇小说三部，有人想合三为一改编为二十集电视连续剧。每集拍摄经费初步估计五至八万元，总需一百六十万元。但是，如果拉来的钱多，还可以把电视连续剧押长。这叫有多少馅儿，包多少面儿。一听我就皱了眉，他们却又要求我帮他们拉钱。这叫什么事儿，这是怎么一回事儿？如此下去，电视剧能有多大出息？

听说，拍个床上男女活动镜头，洗浴游泳的女人半裸镜头，拥抱、抚爱、接吻镜头，还要另索高酬。于是，为了迎合某些观众的口味，不管应该不应该，必要不必要，统统加上女人的滚床、半裸和啃咬镜头。长此以往，电视剧还有什么艺术可言？人不要脸，电视剧哪里还有品格？

我是个重病老残之人，生不了气，更折腾不起。无可奈何，只有门上高悬谢客牌。上写：我不触电！

　　盗亦有道，文人岂可无德?

一九九三年十二月

原载一九九四年一月六日《大连晚报》

贵　相

我毕生从文，深深知道，文坛清一色，百花必凋零。京剧"样板"戏"红光"普照下的文坛惨象，令人不堪回首。

对照当前文艺现象，我觉得三十年代的"京派""海派"之争，颇有温故知新的价值。尤其是鲁迅先生在《花边文学》一书中给我们留下的《京派与海派》及《北人与南人》两文，仍然有所谓"针砭时弊不留面子"之功用。

对于京派和海派，京剧又称京朝派与外江派。京朝与外江的理论界定，可以其说不一，但是艺术表演却能一目了然。比如猴戏，京朝派是猴演人（猴子充大王，学人样儿），外江派是人演猴（人脸上粘毛，学猴样儿）。谁优谁劣？各有千秋，各吃一方。自然界中的猴子有千百种，舞台上的猴子至少也应该在两种以上。样板猴子违反自然规律和艺术规律。

我对官方评奖，而且与提级、升官、评职称、分房子挂钩，一向不以为然。强制与利诱，一手"硬"一手"软"，都对文学艺术的发展繁荣不利。我觉得，还是鼓励艺术流派的自由竞争，省钱、省心、省事而又公平。当年，观众评选四大名旦，梅兰芳五百六十五分，程砚秋五百四十分，荀慧生五百三十分，尚小云五百零五分，第五名的徐碧云，第六名的筱翠花，都在五百分以下。今天验看，依旧准确无误，可谓恒值。今人不比前人傻，何以今人偏爱办蠢事？很值得深入研究和深刻反省。

京派与海派，并非北京派和上海派。

被称为京派文人的名家，从周作人、朱自清、俞平伯直到沈从文，以及他们的学生，都是外省人氏。他们不过是身居京华，文风相近。鲁迅先生说："北京是明清的帝都，上海乃各国之租界，帝都多官，租界多商，所以文人之在京者近官，没海者近商。……但从官得食者其情状隐，对外尚能傲然，从商得食者其情状显，到处难以掩饰，于是忘其所以者，遂据以有清浊之分。"以鲁迅先生六十一年前的分析观照今日文坛，仍能产生启蒙作用。鲁迅先生对京派所寄予的厚望，使我这个北京作家（京派文人）每读都深受感动，不敢懈怠。他说："但北京究竟还有古物，且有古书，且有古都人民。……研究或创作的环境，实在是比'海派'来得优越的，我希望能够看见学术上，或文艺上的大著作。"

鲁迅先生在《北人与南人》中写道："北人的优点是厚重，南人的优点是机灵。厚重之弊也愚，机灵之弊也狡。"他主张，北人与南人"缺点可以改正，优点可以相师。相书上有一条说，北人南相，南人北相者贵。我看这并不是妄语。北人南相者，是厚重而又机灵，南人北相者，不消说是机灵而又能厚重"。如此，"那就是做成有益的事业了"。

不过，鲁迅先生也早有远虑。他很忧心，南方的顾影自怜，"倘和北方固有的'贫嘴'一结婚，产生出来的一定是一种不祥的新劣种！"
此类新劣种大火特火了好几年，我们都已见识和领教过，好不令人
作呕。

一九九五年六月
原载一九九五年七月十九日《中国艺术报》

五色土与北京文化

北京文化，是多民族多地域文化所合成，如百川之汇为大海。

民国以前，共有辽、金、元、明、清五个王朝在北京建都。其中，女真人（满族）当皇上的就有两个王朝：金和清（原称后金）。契丹人当皇上的辽，蒙古族当皇上的元。汉族人只在明朝当过一回皇上。所以，北京文化的多民族混血特征，十分显眼。

今年八月，我和启功等先生被聘为北京师大二附中国学班顾问。在开班典礼上我也讲了话。说到北京文化时，我从启功先生谈起。现当代的北京文化有五座高峰，即文学领域的老舍、绘画领域的溥儒（心畬）、书法领域的启功、京剧领域的程砚秋和曲艺领域的侯宝林，他们都是满族人。京剧界和曲艺界的两大名家马连良和马三立，都是北京回民。但是，我又说，启功写的是汉字，讲的是汉话，不会写满文，不会讲满语。老舍、程砚秋、侯宝林好像也不会。溥仪在《我的前半生》中说他对满文满语一窍不通。他的远房堂兄弟溥儒也未必能通多少。

通过汉字汉语表现的北京文化，杰出的代表人物却是满族同胞，这很耐人寻味。

一九五六年我亲耳听到周恩来同志讲过：北方汉人，恐怕大多数是混血（郭沫若当场插话：杂种）。要不然，五"胡"乱华的匈奴、鲜卑、羯、氐、羌到哪里去了呢?

我因此而进行"大胆假设，小心求证"，多次宣称我是匈奴人，也有可能是鲜卑人。这是因为，从大漠进入长城以内的匈奴人，自称是汉朝外甥后裔而姓刘，先后在临汾、幽州、太原建立成汉、后汉、北汉王朝。唐代大诗人刘禹锡，就是汉化匈奴人。北魏孝文帝酷爱汉文化，敕令所有鲜卑人改为汉姓。他是老子天下第一，姓了元。独孤氏改姓刘。隋炀帝的老娘独孤皇后，很有可能是刘家祖姑奶奶。那么，我跟大运河就更是亲上加亲，砸断骨头连着筋了。

《红楼梦》是北京文化的旗帜，京味小说的鼻祖。虽然关于曹雪芹的祖籍问题吵成一锅粥，但他本人是北京汉旗，应该无可争议。被胡适评为白话小说的"样板"的《儿女英雄传》，京味语言更足。署名燕北闲人的作者，本是满族名士的文康。因而，我常想起鲁迅先生《未有天才之前》一文（一九二四年在师大附中的讲演）中所说，要有好花必须先有沃土。正是满、回、蒙等北京少数民族文化化成肥美的土壤，才开出以汉文表现的北京文化之花。北京的文化土壤是五色土，开出的是赤、橙、黄、绿、青、蓝、紫的花团锦簇。

谁都知道京剧姓京，然而它却是地地道道的"外来户"，并非"原住民"。徽班进京标志京剧开始形成，湖北的"汉调"是京剧的"主旋律"。京剧界的三大世家，都不是北京人。谭家祖籍湖北，叶家祖籍安徽，梅家祖籍江苏。

文学界也是如此。

三十年代，以安徽人胡适和浙江人周作人为代表的京派文人，包括朱自清、俞平伯等先生，无一不是"外江"，而非"京朝"。目前，京味小说最享盛名的邓友梅，其实是山东"小力笨"，解放前没有在老北京生活过。所以，北京文化或京味小说，绝不是"北京人用北京话写北京事"，而应是"中国人用中国话（普通话）写北京事"。

　　北京文化是开放的文化，"拿来主义"的文化。不但要"拿"全国五十六个民族的，"拿"三十一个省市自治区的，还要"拿"外国的。然而，这个"拿来"必须是鲁迅先生说的，放出眼光运用脑髓的选取，概不拜领赏赐和"送来"的。否则，只能产生殖民地文化。

　　　　　　　　　　　　　　　　　　　一九九五年十一月
　　　　　　　　　　　原载一九九五年十二月一日《北京晚报》

痛　感

今年，我六十岁整。

五十年代的这一茬作家，个顶个儿的都已年过花甲。是神的入庙，是鬼的进坟，应该老有所归，各得其所。出不了四大名旦、四大须生，也该各自在艺术上有点自己的特色，多少有自己的几出看家戏，才不枉"人活一世，草木一秋"。于是，每个人的思想境界，志趣情调，文化修养和艺术功力便显现、暴露、展览出来。子曰："六十而耳顺，七十而从心所欲不逾矩。"这不仅因为人到老年比较心平气和，而且更由于每个人的作品经过几十年的检验，能够比较准确地鉴别和评价。是珍珠，还是鱼目？是朱砂，还是红土？经过几十年的筛选和淘汰，也就差不多真相毕露了。

其实，一部作品只活了几十年，仍然是个短命鬼。但是，现在的文学创作，能活几十年便是高寿了。想一想，曾几何时，那些被大吹大擂而红极一时之作，如今安在哉？

对于文学作品，我一向反对以时价论高低，时价并不等于实价。

封建社会，统治阶级只重视"代圣立言"的八股文，以八股文开科取士；八股文写得好，便可以中秀才、举人、进士，步步高升当大官，此即所谓"学而优则仕"。而文学，在统治阶级眼里，不过是雕虫小技，旁门左道。即便在文学领域，也是等级森严。诗词散文受到敬重，小说为人鄙视，因为小说属于下里巴人、引车卖浆者流，不能登大雅之堂。

"五四"新文化运动打倒了封建糟粕八股文，小说在文学领域也取得了与诗歌和散文的同等地位。

但是，新文化运动也有矫枉过正之处，那就是把中国小说的传统文体，甚至把中国诗歌的传统格式，都加以排斥和反对，并且以文体的新旧作为划分新旧文学的标准。凡新必优，凡旧必劣，这种偏见有增无已，于今为烈。

以形式取文，正如以衣帽取人，是非常浅薄的观点，轻浮的态度。事实上，并非中国没有便是新的。穿牛仔裤在中国可算时髦，而在美国早已是"古装"。同样，也不是凡是新的便是好的。一块钱一尺的新布做出的新衣裳，比起百元钱一米的毛呢料子制作的旧衣裳，哪个更好？

作家和作品的脱离群众现象，是诸多问题中的最大问题。

在社会主义的中国，作家是人民的公仆，没有人不认这个理儿。但是，是不是都心口如一，言行一致呢？

人民的公仆应该写人民，为人民而写，服从人民的意愿，满足人民的需要，这是最起码的要求，不算强人之所难吧？然而，哪怕睁一只眼闭一只眼，也会看见不少公仆已经骑到主人脖子上了。

我们看见了某些作家，一面抨击某些干部从人民的公仆变成了人民的老爷，一面却不顾人民群众的艺术欣赏习惯，把自己的作品写得只供少数人赏玩，而为大多数人难以接受，并且傲慢无礼地讥讽人民群众在艺术欣赏上低能，大言不惭地声称自己的作品是走向世界，属于未来，这又是什么态度呢？

为人民大众喜闻乐见，是中国小说的民族传统和革命传统，也正是小说创作的中国特色。可惜，我们的某些小说却是文人写给文人看，走不出文人圈子，不想走出文人圈子；某些言过其实的评论，也并不倾听群众的呼声、尊重人民的意见，只在文人圈子里自卖自夸，不少还是互相串通，有如"倒儿爷"之与"托儿"。跳出文人圈子向老百姓打听，老百姓并不知道这个是何许人，那个是怎么回事。

如果是真正的而不是口头的承认人民是文艺工作者的母亲，那就应该用人民创造历史的奋发精神哺育自己，同人民保持血肉的联系，不能忘记、忽略或是割断这种联系。如果是真正的而不是口头的承认文艺属于人民，那就应该使自己的创作自觉地在人民生活中汲取题材、主题、情节、语言、诗情和画意。

这些年我说了很多话，这些话变成文字发表出来，竟有上千篇之多，挑挑拣拣印成了十本书。我早已感到说累了，一再宣告就此打住。只因"明知不对，少说为佳"的人越来越多，报纸杂志便常找我站出来直言不讳。我的观点和言论始终如一，并无大逆不道之处，但是却得罪了不少人。究其原因，只不过由于我说了"这孩子将来是要死的"。至于国外别有用心的报刊骂我，那是因为他们错翻了眼皮，刘某不是那种为悦己者容的小贱人。

一九九六年四月

原载一九九六年二月九日《中国文化报》

骡子不嫌多

六十年代，毛泽东同志漫谈美术音乐，要古为今用，洋为中用，就像马配驴下骡子。我是农家子弟，乡土作家，最知道骡子的可贵和可爱。骡子虽没有马的俊美，却也没有马的娇骄二气，短跑不如马，长跑比马有耐力，力气也比马大。骡子没有驴的迂拗和劣性——胆小，耍赖，怕水，虚张声势，好色成癖，却充分继承和发展驴子的优点：健壮与坚韧。

我的一位师姐（北京大学外语系毕业），五十年代我进北大，她出北大。师姐是一位有名的外国文学学者和翻译家。退休之前，她没有时间读中国当代小说，外文原版小说还读不过来。退休后，她可以随意支配自己的时间了，便请我们共同的一位师弟（北京大学六十年代毕业生）到舍下，点名要我的两本小说看。我送她一部中篇小说集《蒲柳人家》，一部长篇小说《京门脸子》。读毕她又请这位师弟转告我，她的感觉是："刘绍棠深受马尔克斯影响。"我一听笑起来，在我写《蒲柳人家》和《京门脸子》时，马尔克斯的《百年孤独》还没有翻译过来。不过，她又说："绍棠的小说语言很像《堂吉诃德》。"这却被她说中了。《堂吉诃德》的译者杨绛先生，读过我的长篇小说《豆棚瓜架雨如丝》，给我写信："绍棠，你可真会说故事。"这个"说"，也就是语言的运用和运用语言的艺术。确实，塞万提斯对我的影响很大。

茅盾的《子夜》与左拉的《金钱》，周立波的《暴风骤雨》与肖洛霍夫的《被开垦的处女地》，曹禺的《王昭君》与莎士比亚的《哈姆雷特》，我看都有所借鉴。虽未做到不露痕迹，却绝非皮毛模仿，因而可谓"骡子艺术"。

当然，还是以悟而化之，变为己有最好。这也就是我常说的吃羊肉变人肉，不能吃了羊肉变成羊。

现在，我们的文学创作，骡子作品只少不多，讨厌的是皮毛模仿的假、冒、伪、劣之作有增无已。我们的"新潮"作家一见洋作家和洋作品，便吓得头晕目眩，魂飞魄散，东施效颦，亦步亦趋，一心要将中国骏马彩焗染色，改头换面，包装广告为洋驴，有如市场上的洋商标洋招牌，泛滥成灾。这些被殖民地文化心理所昏迷的人，应该以人为镜而明得失。

人镜何在？在亚特兰大。

亚特兰大奥运会开赛以来，我们的优秀运动员，面对强手如林的外国同行，腰不弯，腿不软，胆不怯，志不短。数风流人物还看今朝，一心要更快、更高、更强，超越他们，战胜他们。王军霞在五千米比赛的竞争行列中，奔驰如飞一往无前，胸有成竹从容不迫，充分表现出东方神鹿敢为天下先的大智大勇。

哪年哪月，我能看到，中国作家皆如此。

一九九六年七月

原载一九九六年八月二十六日《沈阳日报》

条陈改随笔

我十二岁参加革命，不到十五岁进机关吃供给制。吃了七八个月，粥少僧多，吃紧了财政，为了次年实行工资制而裁汰冗员。

那是建国以后的第一次精兵简政。

虽已过去了四十多年，我还依稀记得，当时区委级的待遇每月一百八十斤小米，县委级待遇每月二百四十斤小米，区、县级待遇干部吃大灶。地委级待遇每月三百六十斤小米，吃中灶。省委级待遇每月五百二十斤小米，吃小灶。我们那个系统享受省委级待遇的只有两个人，一个是首长，一个是他的炊事员。炊事员做得饭，只能他们两个人吃，连首长夫人也不能染指。

我是区委级待遇，每月一百八十斤小米中，九十斤是伙食费，四十五斤是津贴费，四十五斤作为发放香烟、毛巾、牙膏、牙刷、澡票、理发票的费用。秘书长告诉我，只要我不犯错误，七年之后就会被提升为县委级待遇；如果立功和工作表现优异，还可以提前晋升。不过要想结婚，县委级待遇必不可少，也还要熬够了七年的年资，不能超前。值得大书特书一笔的是优待儿童。不管是县委级、地委级或省委级干部的孩子，每个孩子都享受县委级待遇（我得规规矩矩熬上七年才能得到这份"皇粮")。于是，机关大院的干部接二连三生个不休，儿童多如过江之鲫。我在全机关年龄最小，每位大姐生孩子，我前去道喜，进门头一句话就是："让叔叔看看新出世的县委级小首长。"这些多子女的父母，都把小米折成现款领回家去，自起炉灶，雇老妈子，伙食比省委级的小灶还好。机关中的领导干部，主要来自老解放区，还有一些是地下工作者。工作人员由两大部分组成，一部分是我这一类的革命青年，一部分是留用的旧职员。对留用的旧职员在政治上"内控"，物质待遇完全平等。旧职员差不多都拖儿带女，一窝八口，在享受供给制上最得实惠。当时有"早革命不如晚革命，晚革命不如反革命"之牢骚，此亦一例。

这口供给制的大锅饭，要供这么多饭碗分食，如何得了？军事共产主义不得不改弦更张，这便是精兵简政，实行工资制。

与此同时，开展审干运动，又称忠诚老实运动。我的历史不但清楚，而且清白；不但清白，而且透明；不但透明，而且是个透明的"红玛瑙"。因此，不但免审，而且免简。但是，我却第一个自动请求清退。秘书长莫名其妙，找我谈话，一再说明，我是党组和他重点培养名单的首位，不在精简之列。被精简的是那些有严重历史问题而又不肯坦白交代的"内控"旧职员。然而，我去意已定，死活不听劝阻，秘书长只得开恩把我放生。回家乡上高中。我这个行动，曾被指斥为"脱离革命当逃兵"，也有人说我是"个人主义，自由主义"，还有人说我是"想回家娶媳妇"……

其实，我就是嫌我这个单位"鸡多不下蛋，龙多不下雨，人多不干正经事"，不如回学校念书长点学问，免得浪掷光阴虚度年华。

我们那系统的大院,人越来越多,家属也都赖着不走,只怕要胀破了院墙。每天飞短流长,鸡吵鹅斗,搬弄是非,争名夺利,不得一日安宁。秘书长比我大二十多岁,却跟我约为口盟兄弟,肯向我诉说真情吐苦水。他一天到晚被这些烂事缠身,难有片刻解脱。气得他拍着桌子跟我吼叫:"我他妈的算个什么东西!一个星期干不了一件正经事,每天糟蹋人民的小米亏心不亏心?"我笑问道:"那又何必把这么多人包下来?"他瞪着牛眼嚷道:"你不给他们饭吃,他们能服你管吗?"见我还不开窍,又进一步揭底:"端人家碗,受人家管,懂不懂?"

我仍然难解其妙。直到一九五七年我被划了右,被夺了能拿稿费的写作权利和挣一份皇粮的公职,才恍然大悟。

一九七九年春我的冤案平反,过了一年到我原来吃供给制的那个大院旧地重游。老秘书长在"文革"中自杀,到车站迎接我的是新秘书长。一把手跟我是五七年同科的老友,他不来接我,我脸色不悦。秘书长忙说:"书记正给各家各户分煤气罐,被缠住分不开身,叫我给你作揖道歉。"我勃然大怒,说:"这是总务科的活儿!他这个党组书记为什么事必躬亲?"秘书长苦笑道:"谁看得起总务科?我这个秘书长说话也是狗屁没味儿,只有党组书记赤膊上阵才管点用。"

大院还是那座大院,扒了几处平房,盖了两座有暖气没煤气的楼房,干部和家属却比当年增加了五倍。

我算了算,当年全国人口号称四点七五亿,一九八〇年说是九亿,增加了一倍。我这个老单位却超额百分之四百。此地党委和宣传部门的领导,还有分煤气罐的一把手,劝我留下来当这个单位的大锅饭的锅主,一把手情愿给我"挎刀"。我正喝得半醉,拍桌子怒吼道:"待着吧！你们这是哄秃丫头上轿，害我老不正经（老来干不了正经事），我才不钻你们拴得的绞索。"

一九八四年七月下旬，我给胡耀邦同志写信辞官，同时建议改革作家协会。当时作协四百多人，我认为五十人就够用。目前，作协已经八九百人。中国作协的正业是创作，一九八五年我被委任为创作委员会的负责人之一，主任是丁玲。至今九年，创作委员会从没有开过一次会。丁玲同志过世也已七年，遗缺没有另委新官。一九八六年我被聘为中国作家协会体改小组六名成员之一，但是八年来体改小组也没开过一次会。过去，我对鲁迅先生的那个"金事"和杜甫老那个"拾遗"极感兴趣，也喜欢上条陈。现在，已经无此癖好。把条陈改写成随笔交给《民主》的《如是我说》专栏，可换稿费。

一九九四年一月
原载一九九四年第三期《民主》

恢复本色

中央关心中国作家协会的改革和改进，特派中宣部一位副部长出任党组书记。在他之前，中国作家协会及其前身中国文学工作者协会，曾经有过八任党组书记。他们是丁玲、冯雪峰、邵荃麟、刘白羽、李季、张光年、唐达成、马烽。我和他们八位都认识，他们都是纯文人。

作协正式成立四十一载，我入会三十九年，这八任党组书记我都有些认识，但并无私交。他们有的是我的前辈，有的是我的同辈，有的为我崇敬，有的我并不佩服。文人性格和文人性格中的感情用事，他们都在所难免。管业务难以避免个人创作观点的影响，管党务又常被个人好恶所左右。对某些作品评价不公平，对某些作家态度不公正，就会结下怨怼和产生纷争。

所以，我说，中国作协自一九五三年成立到目前，证明文人管文的失败。毛泽东同志说过，从来都是"外行"领导"内行"。他本人没有专门学过军事，日常不带枪，枪也打不准。然而，他"掌上千秋史，胸中百万兵"。蒋介石可算是军校科班出身，应属标准军人，百分之百的"内行"，却被文人出身的"外行"打败了。何也？周恩来同志有言，蒋介石只知战术而缺乏战略眼光。也就是说，蒋介石是个见子儿就吃的臭棋篓子。

文人大多在自己的专业领域"能不够"，一出这个地界便差不多都是"臭棋篓子"角色。可悲的是文人又常因缺少自知之明而犯官瘾。李白自比管仲、乐毅，杜甫为了想讨个一官半职身心交瘁。"文而优则仕"的老毛病于今为烈，必须痛下决心，刮骨疗毒。

对于中国作家协会，我主张"拆庙"。话虽如此，我也明知绝不可能。这是因为，稳定是第一位，拆庙会引起国内外议论纷纷。所以，目前打算"拆大改小"我是赞成的。不过，我对精简一向存疑。君不见"文革"斗、批、改中的"灵宝经验"，压缩机构和裁汰冗员达三分之二以上，有兴致的人现在到那里看看，便知早已"由简入繁"。郑板桥说："删繁就简三秋树。"中国作家协会的繁中之繁是官本位，不把副部级衙门建制宣布作废，正式行文撤销，简不了多久便"春风吹又生"。应该从即日起凡调入作协工作的干部，都是聘任制，不可继续授予官级，党组成员、书记处书记、各部主任、中层各单位负责人都不应列入司局级官员序列。所有到达离退休年龄的人都必须严格遵守国家的离退规定，及时自动离退。提前离退也应允许。今后增添工作人员，要实行双向选择合同制，万不能"请神容易送神难"，或是"一入衙门口，九牛拽不出"，解聘和跳槽都应两便。

我这个人喜欢法古而不泥古。中国现代文人团体，本来有个优良传统。成立"左联"，并没有请鲁迅先生当主席。抗日战争时期的"文抗"，负责人是中间立场的老舍，他的职务是总务部长（相当秘书长），不设主席一职。中国作协从苏联趸来一套模式，又加上我们的封建特性，那就比苏联作协更具有官衙门的作风习气。苏联作协曾选高尔基为主席，不设副主席；高尔基死后，就只由书记处集体领导。前些年非党老同路人作家费定被抬出来当了几年主席，他死后又不设这个荣誉职务。中国作协出于"苏"而胜于"苏"，不但设主席一名，而且还有副主席十几名（官话叫若干名），屋上架屋，床上叠床，完全是为了荣誉和待遇。中国作家协会（中国文学工作者协会）四十五年，也是两位主席，茅盾羽化，巴金九十，大可不必再立"三世"了。主席之名不存，副主席之称焉附？今后的中国作家协会有中央任命的党组，遴选聘用的书记处，以及创研部、创联部、外联部，层次分明，清清爽爽，气象一新。同时，还应把附设的专业委员会如创作委员会、编辑委员会、军事文学委员会、外国文学委员会、青年作家工作委员会……以及挂靠在中国作家协会的各种学会、研究会的积极性调动起来，使中国作家协会表现出"回归自然"——恢复群众团体本色。

中国作协各部门负责工作人员，都应该年轻化，我看应以四十岁的人为主。我们"黄埔一期"（建国第一批）的作家，除了我都已六十开外，我也眼看六十，且已病残，大家不但不要贪图主席、副主席，也不要死乞白赖要当成员、书记……应该像鲁迅先生所说的：记起了自己的年龄，要赶快做，抓工夫多写作品。

建设和繁荣有中国特色社会主义文学，要成为所有作家团结奋斗的共同目标。

为人民服务，为社会主义服务，在"二为"上求同；百花齐放，百家争鸣，在"双百"上存异。运用正确的创作自由，才能实现真正的繁荣。

一九九四年十二月

原载一九九五年第一期《民主》

何日可见三秋树

一位官职不算小的朋友，神情沮丧地对我说："去年口口声声要精简百分之十八行政官员，一年下来不但没有减少，反而增加了百分之几。"我听罢哈哈大笑，脸上表现出"老诸葛"的神气（我现在的年龄，比诸葛亮"死而后已"时大好几岁），说："这早在我的意料之中。我在《民主》杂志的《如是我说》专栏磨破了嘴皮，喊干了嗓子，呼吁废除'人民团体'官本位。据我所知，'人民团体'的官体更加强化了。不过，我虽然慷慨激昂，心里却明知其不可为；如是我说也者，其实是不说白不说者也。"

我这位朋友所领导的衙门，去年也是有增无减。我跟他不敢说是无话不谈，却也"透明度"较高。他有官瘾，爱当官，但不是昏庸无能的官僚。他精明强干，手不释卷，讲求效率，不端官架子。然而，他在自己领导的衙门口，也不能删繁就简而只能由简入繁。官本位机制，使得他身不由己。

我们的每个衙门，都各有官级。比如，部级单位用人多少，"编委会"（编制委员会）有个限额，设立多少司、局级机构也有规定；在这个限额和规定之内，进人和封官可以攀比。突破限制和规定，还能够申请"特批"加码，因而大多数衙门都超标。所超之标岂止百分之十八。以我之管窥拙见，行政官员精简百分之六十，官本位衙门减少百分之七十，不能谓之"左倾盲动"。现在，某些地方官儿竟然恬不知耻地自称是人民群众的"父母官"，我真想指着他们的鼻子，每人赠以一声"国骂"。在北京通县人代会上，我说："各位代表，今后有谁敢称自己是'父母官'，你们就说：'你是你爹你妈的父母。'"我又说："各位领导，你们是通县人民的'子女官'，自称父母官是乱伦，天打五雷轰！"所以，只要官牧民的封建思想不挖根，行政官员不但精不了百分之十八，而且增加百分之六十、七十也不够用。

可笑的是，草台班子的纯"民办"社会团体，也要戴一顶官本位的纸冠。我挂名当"首长"（傀儡）的这个学会那个研究会，暗中都有个正局或副局级的"爵位"。有关部门要求建章立制"正规化"，申报设立处级机构，给工作人员确定处、副处、科级职衔。这些团体，都是"虚君共和"，"首相"负责，即秘书长掌握实权。一有官品，麻烦就来了。光当秘书长是正处，加副会长衔才是副局，这就要开会商议，七嘴八舌，议而不决；一而再，再而三，浪费时间。草台班子，尊卑上下并不严格，有时唱头牌，有时跑龙套。"正规化"起来一分正处、副处、科级，可就争官抢位，分工而不合作。本来打扫卫生一齐动手，区分官品之后是正处旁观，副处动嘴，科级以下才苦力的干活。我十分腻味这一套，可是又不能由于建制不全"而导致学会或研究会被撤销。我那可怜的"反潮流精神"，只能表现于声明自己"无级"和没瘾，知足常乐无所贪求。

官瘾大于财迷，甚于色欲，烈于吸毒，也严重污染了知识分子。

我的一位以"准院士"自居的老同学，跟我点名谈起目前的几位政要，慨而叹道："当年你们都是青年团的明星，人家现在都比你地位高。"言下之意，我最没出息，作家应该在官长面前自惭形秽。此君跟我同年同月同日入党，党龄已四十二年有余，怎么脑瓜子比孟轲老夫子的头颅还不开窍？人家两千多年前的孟老先生早就说过："民为贵，社稷次之，君为轻。"皇帝跟老百姓相比，只算贱货。这条"孔孟之道"，很值得社会主义的中国广泛深入普及，使家喻户晓，人人皆知，官本位观念便失去了存在和生长的土壤与温床，删繁就简才有群众基础和社会氛围。虽然官本位是一块难拌（办）的冻豆腐，但是只要观念更新，机制变法，郑板桥的"三秋树"，就会比他的竹、兰和难得糊涂卖得还火。欲速则不达，心急吃不了热豆腐，二十世纪还剩五年，恐怕难见此景，那就二十一世纪出门见喜吧！

一九九五年三月

原载一九九五年第五期《民主》

毁于一旦

我的老父亲一辈子经商。他从一九三〇年到一九五四年，在私营商店当过伙计、掌柜、账房先生。一九五五年到一九八〇年，在国营商店当过售货员、保管员、验收员。一九八〇年从国营商店退休，又被街道开办的商贸公司聘为顾问。他这一生，可算是个全方位多层次的商人。

所以，我虽然生长在农村，却又是货真价实的商人之子。对于经商之道，我没吃过猪肉，可见过猪跑。

文人下海淘金，炒得贼火，热得发昏，叫得震耳欲聋，吹得天花乱坠。地震八度，风力十二级，我却岿然不动；就因为我对照老父亲这面人镜，认清自己只能摇笔杆儿，拨不了算盘珠子。

我曾对许多人讲过，如果我和老父亲每人拿一百元钱上街采购，花得一文不剩；三天之后上街出售，老父亲的一百元商品，至少能卖到二百元，我那一百元商品能卖到五十元便吉星高照，谢天谢地。

人各有长短，必须扬长避短才能有所成就。不可自以为无所不能，贪心不足蛇吞象。

我经不了商，却没少听老父亲讲说经商之道。他说，做买卖对亲爹都不说实话，但是宁赔千金也不能失信。

宁赔千金不失信用是商之德。商人应如此，商品更必须如此。

如此商品才能成名牌。

我脚下穿着四块钱一双的处理布鞋，上身穿的是七块钱一件的处理尼龙衫，下身穿了条十三块钱的处理裤子，整个儿是一尊处理品商店的活广告。然而，我这一身行头，本来均非"无名之货"；有的还坐飞机乘轮船到过外国，转了一圈儿又原路而回，巧立名目叫"出口转内销"。只因质量低劣，式样陈旧，才不得不降格减价，忍痛牺牲大甩卖。所以，我同时又是不合格的"名牌货"的活广告，堪称反面教材。

早年我在鲜鱼口进秋茶社，听一位老演员说单口相声：有个卖柿子的小贩，为了招揽顾客，大声吆喝："买来呗，喝了蜜！"有人买了一个柿子，咬了一口涩得伸出舌头缩不回去，他要求另换一个，小贩要赖狡辩。那人气得买了一把刮舌子，蹲在卖柿子小贩的车边，每有顾客问津就大刮舌苔。顾客见状，无不望而却步。小贩半天开不了张，只得向那人赔礼道歉，退换了涩柿子，还偿付了那支刮舌子钱。

商品能成名牌，积土成山非一日之功。但是，只要功亏一篑，眨眼之间就砸了牌子。

我是文学界中人，文学界中的作家和作品也讲名牌。一个作家和一个出版社被广大读者信得过，就由于这个作家写的都是佳作，出版社出的都是好书，声名才与日俱增。倘或有一天作家和出版社"财俗难填鬼画符"（引自杨宪益先生打油诗。下同），哪怕拥有"报纸猛吹壮声威"，金字牌匾也会被自己稀里哗啦砸得粉碎。

谓予不信，请看文坛接二连三上演的一出出闹剧，无一不遭现世报。

一九九三年十一月

原载一九九三年第十二期《民主》

赶　快

鲁迅先生说："记起了自己的年龄，要赶快做。"

李尔重同志来京开会，亲携他的长篇巨作《新战争与和平》八卷，当面赠我，我深为感动。

我是中国国史学会《新战争与和平》专门委员会顾问之一，理当认真研读。《新战争与和平》是抗日战争文学的一座丰碑，是抗日战争文学发生量变和质变的转折点。目前的创作界和学术界，对其价值和意义还认识得不够，应该进一步发掘开采。

尔重同志是我的老乡亲（我们都是冀东人）、老学长（我们都在北京大学读过书），也是我的革命老前辈（他比我入党早二十年）。他以八十二岁高龄，完成这部四百八十万字的巨著，令人不能不想起杜甫的千古名句："庾信文章老更成，凌云健笔意纵横。"

古稀之年的李尔重同志，从"封疆大吏"的湖北省省长岗位上退下来，潜心十年，创作巨著，《新战争与和平》的完成，实现了他的人生再度辉煌。他的这个重大成就，应该引起更深层次的思考，将会对社会生活和政治生活起到广泛影响。

中国正在进入老龄化社会，首都北京已经进入老龄化社会。老有所养，老有所乐，也要老有所为。我病残七年多，无可挽回地成为残疾人，因而被一致推举为中国残疾人作家协会主席。最近，一些老年朋友忽然发现我即将取得老年人资格，应该"天将降大任于斯人也"，鼓动我挂名承头操办老年人文学团体和杂志。这也怪不得他们强加于人。早在我"老龄化"之前，我就多次向出版社和报刊呼吁，努力发现和培植"老"作家。与此同时，我给几位老同志的回忆录作序，希望他们写完回忆录再写小说。门球可以打，围棋可以下，搓麻和跳舞要减少，节省时间在白纸上留点黑字。

这些日子，我出席几个纪念抗日战争胜利五十周年座谈会，每次都大讲开发"五老峰"的必要性和重要性。勿忘国耻，振兴中华，必须对广大年轻一代进行绝不能淡化处理的爱国主义思想教育。要使他们知道，日本侵略者的阴魂不散，"田中奏折"的贼心未死，我们跟日本侵略者的国仇远没彻底清算，对《国歌》中的"中华民族到了最危险的时候"应有切肤之痛。前些年崇洋迷外横行，某些新潮二毛子恶毒辱骂"五老"。即一笔抹杀老主题（革命和爱国）、老题材（历史）、老人物（革命家和爱国者）、老故事（革命与爱国史实）、老手法（民族传统写法），这其实是要求中国人自动解除思想武装，为政治、经济、军事、文化侵略者铺平道路。因此，我们要坚决反对新不抵抗主义的妖言惑众。

养尊处优并非颐养天年，真正的革命者要为革命而长寿。

流水不腐，是因为"逝者如斯，不舍昼夜"地流动。宝刀想要不老，就必须常有所用。我的家乡老百姓有句大实话：没人，你的房子坍得快。在过去那不正常年代的政治术语中，我最头疼的是"挂起来"和

"养起来"。挂起来就是刀搁在脖子上不砍头,如同斩监候。养起来就是被视为废物,赏一口饭吃。时至今日,挂起来已不多见,养起来的思想仍未完全消除。某些老同志或夫人有时计较待遇,我就听见负责这方面工作的人讲怪话:"这也是一种赎买。"五十年代对私营工商业进行改造,对私营工商业者实行赎买政策。所以,赎买便为资本家所专有。把老同志比为资本家,当然是大不敬。然而,如今是市场经济(初级)商品社会(初级),精神文明又是一手软,重利轻义已成普而遍之的社会现象。老同志当年"过五关"的老本,也便随着通货膨胀而贬值。倘不再立"新功",那就难免遭到冷遇。我也是此"界"中人,深有体会。

故此,无论公私两面,老同志都要自我增值。

值如何增?不是提高"老本"的利率,而是不断增加"本金"。民谚有云:老将出马,一个顶俩。我想,这并非要求老将一人充当两个劳力使用,而是将虽老却能有所作为,便具有双倍的价值和意义。赵云"老卖年糕"(老迈年高)而力敌五将,尽管韩氏父子不过是将中乏货,却颇使"赵老"在临终之前辉煌了好大一下子。苏沃洛夫大元帅率军翻越阿尔卑斯山脉时,拔出指挥刀高呼:"老兵们集合,跟我来!"这位统率千军万马打了一辈子仗的老帅不会不知道,须发皆白的老兵爬山比不了年轻士兵手疾脚快。但是,他更知道,老兵一马当先,小兵便会万马奔腾。

"要赶快做,不然就来不及了。"鲁迅先生说。

一九九五年九月

原载一九九五年第十期《民主》

以书为镜知进退

中国古典文学，有个短而精的民族传统。五言绝句，一首诗只能使用二十个字，充分表现中国语言艺术的精确奥妙。

我自幼深受古典诗词和六朝散文的熏陶，向往和追求语言运用上的"吝字如金，用字如凿，句式简洁，词汇优美"。《刘绍棠文集·大运河乡土文学体系》十卷中有九卷是我几十年来所写的主要长、中、短篇小说，语言艺术的变化进展历程，脉络清晰可见。我的小说语言，来源于京郊北运河东岸的农民口语，又以古典诗词美文为镜观，进行刀尺润色。

读小说写小说，必不可少的是感情激动和浮想联翩。但是，人到晚年，激情和精力都大为减退，对短小精悍、余味无穷的笔记小说更感兴趣。

清纪昀（晓岚）的笔记小说《阅微草堂笔记》，我自幼至今，读过不知多少遍；鲁迅先生对《阅微草堂笔记》的评语，也不知反复研读多少回，直到花甲之年，才略有所懂，若有所悟。

清乾隆时代《四库全书》总编纂官纪昀（晓岚）业余创作的笔记小说《阅微草堂笔记》，共有《滦阳消夏录》《如是我闻》《槐西杂志》

《姑妄听之》《滦阳续录》五辑，一千一百二十七则。纪昀自称这些笔记小说不过是"聊以遣日"的小玩意儿，却使他在文学史上留名千古。

鲁迅先生高度评赞纪昀《阅微草堂笔记》："虽'聊以遣日'之书，而立法甚严，举其体要，则在尚质黜华，追踪晋宋；……惟纪昀本长文笔，多见秘书，又襟怀夷旷，故凡测鬼神之情状，发人间之幽微，托狐鬼以抒己见者，隽思妙语，时足解颐；间杂考辨，亦有灼见。叙述复雍容淡雅，天趣盎然，故后来无人能夺其席。"我结合自身条件，择善而从，概括为二十四字诀："人间幽微，尚质黜华。襟怀夷旷，隽思妙语。雍容淡雅，天趣盎然。"

出版了《刘绍棠文集·大运河乡土文学体系》，我已进入老年。创作长、中、短篇小说的激情和精力不如过去，应该及时转轨变线，开发经营新产品，改写笔记小说最为方便。

我所居住的北京市，老年人口已占全市总人口的百分之十一，进入老龄化。全国人口比例，也跟北京差不多，十二亿人口的百分之十一便是一点三二亿。我的笔记小说供应老年读者阅读，使一点三二亿老年人"时足解颐"，不亦乐乎？

目前，制衣业开发了不少中老年人服装，医药食品业也开发了形形色色、名目繁多的养生精、长寿液、保健丹。文化娱乐生活，更是自己动手，丰衣足食，办起票房、舞场、合唱团……在我居住的和平门红帽子楼下，每天傍晚，锣鼓一响，不一会儿就有百八十位老哥老姐，为了一个共同的目标从四面八方聚拢而来，手舞足蹈大扭乡土秧歌，馋得我这个"半倒体"也下楼给他们站脚助威。因此，文学创作也应急起直追，迎头赶上，开拓老年读者市场这块"处女地"。

学得文武艺，货与帝王家。顾客是上帝，比对"帝王"更应恭敬从命。

一九九四年六月

原载一九九四年七月二十日《中华读书报》

副刊与文学

　　鲁迅先生的《阿Q正传》，是我国新文学的伟大丰碑，在收入《呐喊》一书出版之前，曾在《晨报》副刊连载，全国轰动。鲁迅先生那些千古不朽的杂文，大多数都发表在报纸副刊上；郭沫若的《女神》，茅盾的《腐蚀》，巴金的《家》……也是在报纸副刊上发表或连载之后而名震全国。所以，报纸副刊真可谓是新文学的发源地之一。文学之与副刊，恰似鱼之得水。

　　五十年代初期，副刊文学仍然繁荣昌盛。孔厥、袁静的《新儿女英雄传》，数十万字从头至尾在《人民日报》副刊上连载。孙犁的长篇小说《风云初记》，也是整个连载于《天津日报·文艺周刊》。我的早期代表作，多数发表在报纸的文艺副刊上。

　　一九五七年以后，副刊文学萎缩。全国成千上百家中央的、地方的和专业的大报或小报，副刊办得好的不多。主要表现为一没有优秀作品，二没有自己风格。千刊一面，固定模式；互相观望，墨守成规。症结所在是急功近利，只求短期效应。

　　温故知新，我且叙一叙旧。

　　解放前，我勤工俭学，当过报童，对旧社会的报纸副刊略知一二。

那时，办一张报，广告是财源；报纸要靠副刊招揽读者，读者多才能广告多，所以副刊是财源之源。因而，各家副刊千姿百态，争奇斗妍，重金礼聘名家为主编。鲁迅先生以及众多文化界知名人士，都编过副刊。由于主编思想、情趣、学识和衡文标准高低上下不同，一个副刊常有各种面目。如《申报·自由谈》。周瘦鹃主编时，主要发表风花雪月文字。主编改为黎烈文，受到鲁迅先生等左翼作家支持，便以针砭时弊的杂文为主。

五十年代，副刊在报纸中的地位仍很重要，主编也常是名家。如《天津日报·文艺周刊》的主编是孙犁，《中国青年报》的文艺版主编曾是柳青。我的小说《红花》，一九五二年元旦以整版篇幅在《中国青年报》上发表，当时柳青正主编此版。此后，柳青虽调动工作，我的小说仍在《中国青年报》以整版篇幅刊出。《天津日报·文艺周刊》整版发表我的小说更多。

我并不是提倡各种报纸的副刊都发表整版小说，而是在推崇这种大气魄。长远计算，并不吃亏。《中国青年报》和《天津日报》都把我曾受他们的扶植写入社史。历史证明，当年此举功德无量。

目前，相当多的文学杂志发行量仅有几千份，而各种报纸的销售量要大得多。作家们当然希望自己的作品能有更多的读者，因此报纸副刊正对作家逐渐具有吸引力。发展副刊文学的大好时机，已经到来。

我一直认为，各种专业报纸的副刊，是最可开垦的园地。这是因为，专业报纸的发行若想从系统之内延伸到社会上去，起到更大的作用，不在副刊上想办法是不行的。即便各方面都局限于本系统，副刊办得大放异采，也能使报纸更加吸引本系统职工争相阅读。

要办副刊，就得与众不同。雷同是办刊之大忌，也是作文之大忌。我不认为自己的小说写得多么好，但我全力经营乡土文学，因与众不同而自成一家，便是例证。领异标新，特立不群，严肃从事而不浅尝辄止，实为成功之秘诀，取胜之高招。

如何与众不同，风格独特呢？一要有个雅俗共赏的旨趣；二要有个阵容齐整的作者集群；三要有个胸有成竹、运筹帷幄的主编；四要有个腿勤嘴甜、全力以赴的助手。众人拾柴火焰高。生、旦、净、丑珠联璧合，唱、念、做、打相得益彰，才能演出一台好戏。

我多么想看到一个副刊一个样，百花齐放好风光啊！

马年应有新气象，哪家副刊敢争先？

一九九〇年二月

一九九〇年三月十四日《中国劳动报》

副刊不可小看

一九八六年夏，我被请到人民日报社，大谈对于该报版面改革的意见。由于这是个"独唱"会，一人讲大家听，我畅所欲言两个多小时。

出语惊人，文人习气。我越谈越激动，竟大声疾呼道："副刊不可小看，副刊并不次要！副刊不是二房，副刊并非侍妾！"听众掌声雷动。

我这是为副刊争级别，争地位；有了级别和地位，才会有相应的待遇。否则便名不正而言不顺。

副刊原名附刊。附者，附带之意也。即在报纸正张之外，夹带一页非新闻性的各类文字。鲁迅先生主编的《莽原》，便是一面在报纸中夹带，一面又自印若干份独立发行。附刊移位到正版上，亦名副镌，从附带而变为副产了。

过去办报，要靠耳聪目明的独家新闻，也要靠五花八门的各色副刊，尤其是文艺副刊最能招揽读者。所以，副刊虽副，但重要性并不低于正版。谓予不信，请向《申报》《大公报》《文汇报》的老报人打听，也可向延安《解放日报》和重庆《新华日报》的老工作人员请教。

不求有功，但求无过的平庸办报，不必对副刊动脑筋，就是对头版也用不着下功夫。等因奉此，敷衍塞责，满可交差。然而，如果想把一张报办得神完气足，光彩照人，最少不了副刊的锦上添花，增光生色。

我喜欢把副刊主编比作戏班的班主，或曰拴班儿的。作者要有生、旦、净、丑等角色，作品便是文、武、昆、乱的戏码。班主要礼贤下士，善于邀角；也要有眼力有心路，精于戏码的安排。

副刊作者要有群众性，但也不能忽视相对固定性。这就有如班主要有自己的班底，不能铁打的营盘流水的兵。同时，隔三岔五，也要请名家露一露，以壮声势。名家不见得下笔便字字珠玑，但毕竟姜是老的辣。而且，名角出场，还可以带动班底抖擞精神。

作品的安排，戏码的排出，不能清一色，或如北京土话所说的"一顺腿"。不能从头到尾都是文戏或武戏，也不能满台全是喜剧或悲剧，一篇甜蜜的小说，应该配上一篇辛辣的杂文，一首充满豪情的诗歌，一段妙趣横生的知识小品。赤、橙、黄、绿、青、蓝、紫，喜、怒、哀、乐、悲、恐、忧，排列组合，搭配合理。

前些日子，我写一篇文章，声称现在正是副刊与作家亲密合作的大好时机，本人就是例证。我重病疗养，去年三月恢复写作以来，已在三家报刊开专栏。即：《北京晚报》"五色土"上的《留命察看》；上海《文学报》"世纪风"上的《自我表现》；《江西日报》主办的《天下》杂志上的《旧京生活杂记》。三报深感兴趣，我也乐此不疲。每月给每个专栏交稿一篇，风雨无阻，准时不误。

副刊上发表的作品，贵在短小精悍，生动活泼。我给副刊写文

章，未必精悍却一定短小。这一篇已经突破一千字，适可而止，到此
结束。

一九九〇年四月
原载一九九〇年四月二十六日《中国地震报》

深远与广泛

郭沫若先生与世长辞时，胡愈之先生尚健在，正南游闽地。惊闻老朋友病故，夜难成眠，写出悼念故友文章，刊登在《人民日报》上。文中评论鲁迅先生和郭沫若。他说，鲁迅先生对中国新文化具有深远影响，郭沫若具有广泛影响。一个深远，一个广泛，其中大有学问，可谓用字如凿，准确无误。

郭沫若在诗歌、戏剧、史学上的贡献和影响是巨大的。但是，他在治学上的不够严谨（《李白与杜甫》），近十年来已遭众多后学的非议。论者甚至对他的政治品质也指出瑜难掩瑕，被认为是一代文化人性格悲剧的典型，值得反思和深省。

去冬今春纪念梅兰芳、周信芳诞辰一百周年活动中，武汉一家戏曲杂志慨叹，武汉本是麒派艺术盛地，现在却没有人学习麒派了。我跟一些人谈起这篇文章，说艺术也是物质不灭。麒派虽显衰微，但是半入江天半入云，已经融入和保存在其他艺术门类中。周信芳也如郭沫若，对京剧艺术起过广泛影响，而且泛到话剧、电影等表演领域。大家都知道，高百岁等人属麒派老生。高盛麟说他的关公戏是"摆架子"，这个

"摆架子"（造型）正是麒派艺术的一大特征。裘盛戎被称为"裘派"铜锤，袁世海被称为"郝（寿臣）派"或"袁派"花脸，我私下却喜欢称裘、袁二人为"麒派"名净。《红色风暴》中金山的施洋大律师，《林则徐》中赵丹的林则徐，分明是把麒麟童的宋士杰、徐策、萧何搬上了舞台和银幕。

周信芳的大幅度动作和静态造型的表演方式，从三十年代到七十年代前半期，都很盛行。江青骂周信芳是咬牙、跺脚、扭腰、放屁，说赵丹在《烈火中永生》中表演许云峰走下茶楼的做功讨嫌。然而，她对"样板戏"的艺术指导，比周信芳和赵丹的动作与造型更为形式主义，充分表现了这位三十年代的三流明星的艺术修养，真正是桌子底下放风筝——出手就不高。

进入改革开放新时期，观众的艺术欣赏趣味和审美取向趋于生活化，喜欢技巧归于自然的不露痕迹，对周信芳的表演方式便觉得做作、斧凿。周信芳的影响虽然大大减弱，但是他仍然可作培育好花的土壤。这是鲁迅先生在《未有天才之前》一文中所讲的至理名言。正如郭沫若在诗歌、戏剧、学术研究方面的精华，仍然得到公认和珍视一样。

鲁迅先生的思想、成就、气节所达到的高度，至今无人超过。毛泽东称鲁迅先生是"共产主义的圣人"，而且反复强调："圣人不是我，我不是圣人。圣人是鲁迅，我是鲁迅的学生。"毛泽东同志对马、恩、列、孙（中山）都有评论，唯有对鲁迅先生从来都是恭恭敬敬的。所以，胡愈之先生说鲁迅先生是影响深远，也可谓是深远之论。鲁迅先生是民族魂，是最硬的硬骨头。今天的中国人，尤其是当官儿的，只要不是魂不附体，必要时骨头较硬，国民百姓便会齐呼幸甚至哉。

一九九五年八月

原载一九九五年九月八日《中国艺术报》

在过去和未来之间

　　中国新文学，从五四运动算起，每十年左右便产生一代作家集群。一九一九年"五四"运动到一九二七年大革命失败，产生了新文学的第一代作家。大革命失败到一九三七年抗日战争爆发，产生了第二代作家。抗日战争爆发到一九四九年全国解放，产生了第三代作家。这三代人，被约定俗成称之为现代文学作家。一九四九年建国以后的当代文学和当代作家，可分为一九四九年到一九五七年的第一代，一九五八年到一九六六年的第二代，十年浩劫和三年徘徊时期产生的第三代作家，一九七八年十一届三中全会到一九八〇年末期产生的第四代作家，一九九〇年到目前，正在产生着的第五代作家。

　　当代文学各个年代的作家作品，各有其时代特色和不同特点，很值得全面深入研究，而且对二十一世纪有中国特色社会主义文学的开展会大有好处。

　　九十年代新起作家，尤其是青年作家的动态和趋向，非常引起我的注意和关心。因为他们将是二十一世纪有中国特色社会主义文学的主力军。二十世纪即将过去，中国文坛数风流人物，还看明朝。

　　九十年代新起作家，目前大多在三十岁以下，念过大学的人颇多，而且多多少少懂一点外文。与我那一代作家比较，五十年代作家目前都在六十岁以上，当年念过大学的人很少，懂一点外文的更少。所以，九十年代作家比五十年代的起点高。然而，却缺少五十年代作家的新旧社会生活经历和革命斗争的洗礼，甚至比不了八十年代作家"经风雨，见世面"的十年浩劫的体验。我常说这一代人的灵气很高，底气不足。因而非常希望他们重视深入生活，到人民大众的生活中去充电和补给。

我的这些观点，比我年轻三四十岁的同志，并不认为陈旧过时，我当然十分高兴，也就结为忘年交。

不过，一切还是顺其自然为上。坚定正确的方向，找到准确的感觉，也就必然得到正该属于自己的位置。二十世纪"小荷才露尖尖角"，二十一世纪"映日荷花别样红"。他们不会让我失望。

一九九六年八月

原载一九九六年八月二十三日《北京晚报》

忆念怀旧

人格与艺品

　　砚秋同志在旧社会经过个人奋斗，在艺术上获得相当高成就，在政治上坚持民族气节，这都是难能可贵的。解放后，他接受党的领导，努力为人民服务，政治上积极要求进步，这就具备了入党的基本条件……

　　　　　　　　　　——入党介绍人周恩来

　　程砚秋同志，经历了几十年旧社会的生活磨炼，具有较强的民族意识和正义感。解放后，在党的影响和教育下，拥护党的主张，接受党的领导，积极要求进步……

　　　　　　　　　　——入党介绍人贺龙

　　砚秋不仅在艺术上精进，在人格上也努力精进。砚秋一生不迷茫，不自欺，不虚伪，他虽有过不被人理解的苦闷与孤独，他明知有些人对他非议，而他对那些对自己执偏见的人的宽容，却使他赢得了友谊。

　　　　　　　　　　——主祭人郭沫若

　　程砚秋同志……在歌唱和表演方面刻苦钻研，勇于革新，形成了独特的艺术风格，在中国的戏剧艺术上，获得了卓越的成就……

——八宝山革命烈士公墓程砚秋墓碑

这几年我越看越有信心，京剧复兴，必定无疑。复兴的重要标志之一，便是一般的京剧虽不景气，但是程腔和程派艺术，却大受欢迎。

程腔和程派艺术是阳春白雪，京剧中的上品。周恩来、任弼时、邓小平、贺龙、邓颖超等革命领袖，陈叔通、郭沫若、张奚若、焦菊隐等大学者，特别喜爱与重视程腔和程派艺术，绝非为了一般的娱乐消闲。周恩来同志是被毛泽东同志称赞为最有"自知之明，识人之智"的人，一九二七年大革命失败到一九五七年的三十年间，只主动做程砚秋的入党介绍人。贺龙同志看重程砚秋的为人清高和程派艺术的奥妙精美，竟想跟程砚秋结拜为盟兄弟。邓颖超同志会唱程腔的名段。此中道理，非常值得探讨。

周恩来不但是一位伟大的政治家、军事家、革命家，而且是一位伟大的文艺理论家。我把他的文艺思想归纳为一、二、三、四。即：文艺创作是"长期积累，偶然得之"；革命文艺应该"以革命的现实主义为基础，以革命的浪漫主义为主导"；对待各类文艺作品的三种态度是"提倡、允许、反对"；文艺应具有"教育、认识、审美、娱乐"四大功能。教育与娱乐作用要对立统一，实现"寓教于乐"的结合。这些见解，完全符合艺术创作的科学规律，是鉴赏、衡量、通晓所有艺术品种的科学准则。周恩来又具有高度的民族文化和西方文化造诣，青年时代曾严肃热情地从事革命戏剧活动，这使他充分认识程腔和程派艺术的文化价值，高度评价程腔和程派艺术的艺术成就。他对生母的伤悼和孝情，更使他最为理解和同情封建社会中国妇女的悲苦命运。于是，他对程腔和程派艺术的爱好，就因个人遭遇的感受而更情深。一九四九年三月，周恩来与毛泽东、朱德、刘少奇、任弼时到达北平，万千军国大事系于一身，竟赴程宅渴望一晤。夏末秋初，在西山养病的任弼时，也趋访程砚秋的城外农舍。我想，五大领袖中的两大领袖，如此尊重程砚秋，不仅是对程砚秋艺品人格的尊重，更重要的是对作为国粹的京剧的珍视。程腔和程派艺术是京剧中的高品，程砚秋也就受到格外的礼遇。

我时常聆听京剧名角名段，听得最多的还是程砚秋和他的传人的录音。在聆听程砚秋、杨宝森合作的《武家坡》时，想到这两大名家在录音之后，几个月内先后谢世，当时程砚秋才五十四岁，杨宝森还不到五十，不禁念天地之悠悠，独怆然而涕下。也更怀念程腔和程派艺术的最大知音周恩来同志。

程腔和程派艺术博大精深，我从文学借鉴角度进行开掘，深感取之不尽。冷戏《春闺梦》在艺术表现手法上的现代化，演唱发声和舞蹈身段的"中学为体，西洋为用"，将太极拳和交际舞的结合化为至美，令人叹为奇绝，举一反三。

只盼程派门人，学习程腔和程派艺术，首先要学到程派精神，讲气节，有风骨，清高处世，洁身自爱。没有高尚的人格，学不到程派的真谛，唱不出程腔的正味儿。

一九九四年七月

原载一九九四年十一月十三日《戏剧电影报》

怀念耀邦同志

"再也见不到耀邦同志了……"

重病中的我，呆若木鸡，坐在床沿上，哭不出声也说不出话。我的妻子儿女怕我再一次中风，吓得劝不敢劝，哭不敢哭，七手八脚保护我不要一头栽倒。

我的心中只是一遍又一遍念叨："再也见不到耀邦同志了……"

人活七十古来稀，耀邦同志享年七十三岁，不算短寿。但是，他在我的心目中永远年轻，永远是三十七岁，我从没有想过他会死。因而，他的逝世，使我十分震惊，非常意外，极为伤痛。

一九五二年冬季，耀邦同志第一次找我谈话时，他三十七岁，我十六岁，三十七年恍如隔日。现在，他与世长辞，我身患重病，人生短促而又无常。

半身偏瘫，足不能出户，我的儿子替我到耀邦同志家中吊唁。我的儿子三十三岁了，儿子的儿子也已经四岁。当年我给党组织写的请求批准结婚的报告，许多词句是耀邦同志教给我的。一九五七年对我进行大批判，也批判了我的结婚报告，重点正是耀邦同志教给我的那些话。我和我的妻子白头偕老，儿孙满堂，更加感念耀邦同志。

在我的成长中，耀邦同志给我的影响极大，主导着我的作文和为人之道。

几十年来，我把耀邦同志作为自己心悦诚服的导师，从没想过他是大官和首长。我在他面前百无禁忌，畅所欲言，一点也不感到呼吸困难。

他找我谈话，都是他说我听，只是在他点烟时我才能插嘴。他的谈话生动风趣，发人深思，从不打官腔，也不使用训诫口吻。他待人平等，绝无做作，他与人坦诚相见，更是出自天然品性。人们都说他容易感情冲动，这正是他的纯真和本色。他说他最讨厌低级趣味，矫揉造作便是他讨厌的低级趣味之一种。

我第一次去见他时，还是个混沌初开的半大孩子，他就向我谈起他的童年、上学、参加革命和恋爱婚姻。他说他也曾想当作家，只因天性喜欢行动，才扔下了书本，拿起枪杆子。

耀邦同志只读过初中，但是他天赋聪慧，好学不倦，日积月累，知识渊博。他说除了医学和数学书籍，任何书籍他都能读得下去，有所收获。有一回，我跟他谈起孙犁的小说，他没有读过，马上拿起电话把工作人员叫来，吩咐他立即到王府井新华书店去买孙犁的作品。还有一回，我谈起美国记者根室在《非洲内幕》引用丘吉尔描写坦噶尼喀维多利亚瀑布的一段文字，真是大手笔之作，他便问我丘吉尔的散文有没有中文译本，我说不知道，他说要查一查，如果没有也要读一读根室的引文。耀邦同志酷爱名人传记，特别嘱咐我阅读几种《拿破仑传》。他跟我谈起拿破仑的一员骁将（手头无书，名字忘记了），屡建奇功，封为亲王。此人在米兰战役中大败奥地利军，班师回国，拿破仑亲自到凯旋门迎接，二十万民众夹道欢呼，此人却面无喜色；拿破仑问他为什么不高兴，他答道："真正的骠骑兵不应活过三十岁，我现在已经三十四了。"耀邦同志谈起此人，激动地挑着大拇指说："这个家伙，才算个英雄！"耀邦同志谈起话来兴之所至，海阔天空。有一次不知怎么谈起孟子的"不嗜杀者王"。他便结合中国和外国的革命实际，讲了很多痛心的教训。耀邦同志对人宽容，待人宽厚，不记仇，不整人，讨厌打击报复；他认为故意整人和打击报复也是"嗜杀"的一种表现。

耀邦同志对文学是很懂行的，他少年时代很喜欢蒋光慈的小说《少年漂泊者》。五十年代初，他担任川北军区政委时，写过一篇论塑造英雄形象的文艺论文，发表在《解放军文艺》上。他跟我谈话时，从没有专门谈论过文艺问题，但是有时谈论其他话题，他忽然联系到文艺创作，感慨颇多。记得他谈到毛主席和徐帅都是个性极强又感情丰富的人，便慨叹道："我们的文艺作品把领袖写得像木偶。"他批评我的小说《摆渡口》："为什么非要出现一个党支部书记呢？没有他也可以嘛。"又说："不是每篇作品里都要写一写党员或党员干部，才算表现了党的领导。"他的这些卓越见解，我在一九七九年以后的创作中才逐步运用。

满腔热情地爱护青年，保护虽有严重缺点但仍有可取之处的年轻人；耀邦同志一生如此，我是深有体会的。我不认为耀邦同志多么喜爱我，他一直说我最大的毛病是骄傲。所以，他从没有当面夸奖过我，但是也许照顾到骄傲的人最爱面子，他也从没有严厉地训斥过我。一九五七年我被划右，处分之后他找我话别，给我以激昂的鼓励；一九六二年我摘掉帽子，他在跟我谈话时要我像司马迁那样发愤写作；二十年后他主管平反，找我谈话，寄予厚望。我想，在他眼里，我的可取之处可能一个是创作上努力进取，一个是从没有向他开口谋取私利。十年来，我出版了三十多本书。本来我每出版一本书都要寄呈给他。我知道他不爱看小说，也没有时间看，寄给他是为了以实物汇报我的情况。后来文艺界的情况越来越复杂，我便不再给他寄书了。

关于文艺问题，耀邦同志留下了《在剧本创作座谈会的讲话》一书，这是继毛泽东、周恩来之后，党的领导人对于文艺问题的第三部专著。真正尊敬和热爱耀邦同志的文艺工作者，应该常常翻阅这本书，就像和自己的知己亲密对话。

五十年代和六十年代初耀邦同志给我的信，在一九六六年的八月红色恐怖中被家人烧掉了。我手中保存的只有他六十多岁时写给我的一封长信，这封长信仍然不失为一篇激扬文字，但是也流露出进入老年的苍凉。他说他注定看不见四化的实现了，希望我为实现四化多多工作，这使我想起陆游的"但悲不见九州同"。

全党全国有多少人从耀邦同志身上得到温暖和动力，人人都知道他热心肠儿，好心眼儿。人民感谢他，亲近他，人民也觉得命运亏待了他。因而，人民在他逝世后，以最深情的方式给他以殊荣。

我也在进入老年，又因病身残，倘若化悲痛为力量不是一句空话，那么今生我还有多大作为呢？我从耀邦同志身上强烈感受的两大优点，一个是革命激情，一个是手不释卷，虽在病痛中也是能够学习的。于是，我又想到，耀邦同志比较欣赏我的小说语言，但一直说我的小说胆识不足。有一次他突然问道："你能不能写一部哈代《苔丝》那样的小说？"不等我回答，他又谈别的事情了。

虽然事隔多年，但是只要我的病情进一步好转，我是要做出回答的。

病痛折磨苦不堪言，我这篇意识流式的怀念文章只得结束。然而，这绝不是到此为止。

一九八九年五月

原载一九八九年第八期《报告文学》

秀才人情纸半张

一九八九年四月，胡耀邦同志逝世时，我虽已出院回家，但是只能瘫卧床上，不能下地走动。我的儿子代我到胡耀邦同志家里吊唁。五十年代在共青团中央工作过的老同志，共同决定每人写一篇回忆和敬悼胡耀邦同志的文章，编成一本纪念文集，交给出版社尽快出版，寄托哀思。家里人把我从床上架到窗前的写字台，我强忍着心里的悲痛，头脑的昏沉，半身僵麻的痛苦，花了几天时间，停歇喘息十几回，写出《怀念耀邦同志》一文：心里仍旧堵得慌，挣扎奋起又写了《难忘的谈话》。谁想，齐稿之后出版社变了主意，我只得交给《文艺报》和《报告文学》发表。一年半后，有个出版让找我编个集子，我当然要把这两篇纪念文章编进去，他们也没有表示不同意。但是，书出一看，这两篇文章却被抽掉了。现在，士华决定出版《如是我人》，我首先提出收入纪念耀邦同志的文章，他不但一口答应，而且问我是否保存耀邦同志给我的信件，在此书公开，更有意义。从五十年代到十年浩劫之前，耀邦同志给过我几封信，可惜在天下大乱中被家里焚烧。只有粉碎"四人帮"之后的一封信，原件保存在北京通州"刘绍棠文库"。于是，由文库工作人员复制此信原文，在本书中附录。

我认识耀邦同志三十七年，记不得他说没说过夸奖我的话。这封信里他称赞了我几句，是对我的更严格的要求。一九六二年四月他找我谈话。引用司马迁《报任安书》中的一段话："文王拘而演周易，仲尼厄而作春秋，屈原放逐，乃赋离骚，左丘失明，厥有国语，孙子膑脚，兵法修列……"激励我发愤埋头写作。因而，在一九六六年天下大乱的血雨腥风十年里，我写出三部长篇小说《地火》《春草》《狼烟》；虽不能比演周易，作春秋，赋离骚。著国语，但毕竟留下了小小的文字成果。我中风偏瘫，丧失正常人的行走能力，比不了孙膑刖脚也有类似之处，修不了兵法也还能写一写小说、散论、随笔。所以，耀邦同志对我的影响，数十年后仍在我的身上起着主导作用。

我从没有把耀邦同志当大官、首长和伟人，只把他当做我的老师。

民族传统的"天地君亲师"观念，深入我的脑髓。天就是自然规律，地就是生养活命之土，君就是人民大众，亲就是父母和长者，师就是一切教育、培养、引导过自己的人。我跟我的小、中、大学老师一直保持经常联系，逢年过节祝拜问安。因而，我对耀邦同志，更不会忘记。他已作古，无权无势，沉默不语，我对他的感念也就超脱了利害。如果他还活着，我不会写我跟他的交往，也不会把他给我的信公布于众。他活着的时候，我不能不提到他，只称他是"当时的团中央负责人"，从不说起和写出他的名字，这有我发表和出版的作品可证。

《如是我人》者，我就是这个样子也，正是以这个样子存在世上，才可算没有白认识耀邦同志一场。

一九九三年三月

原载一九九三年三月十三日《文艺报》

感怀茅公

鲁迅先生奠基和开拓的中国革命文学，我看茅盾是第一代大作家中的第一名。他在文学创作的总体成就上，高于郭沫若。鲁迅先生的短篇小说，至今是无人超越的高峰；中篇小说《阿Q正传》更是永垂不朽的经典和丰碑。但是，鲁迅先生没有写过长篇小说，革命文学的长篇小说成就，主要是茅盾以他的《子夜》做出巨大贡献。茅盾说他的短篇小说都写得不好，但是被误认为短篇小说的《春蚕》却是中篇小说的杰作。《林家铺子》也是中篇小说。茅盾在中篇小说的成就上也是辉煌的。他的《追求》《动摇》《幻灭》，虽然号称是长篇小说《蚀》的三部曲，其实是三部相对独立的中篇。瞿秋白在临终前所写的《我的自白》中，说他多么想再读一遍《动摇》，可见《动摇》的艺术魅力令人难忘。

茅盾的人生经历，无比复杂丰富。他念杭州两级学堂时，跟胡愈之先生是同龄而不同班的同学。鲁迅先生没有教过茅盾那一班。但鲁迅先生是胡愈之先生的级任老师（班主任）。所以胡先生一生恭恭敬敬执弟子礼。茅盾和瞿秋白都是鲁迅先生的晚辈，由于没有直接的师生关系，也就"斯世当以同怀视之"，待之如弟。说几句题外的话：鲁迅先生待人很讲礼法，对于长辈，如孙中山、章太炎、蔡元培，他在文章中尊敬而不失礼。对于平辈，如秋瑾、梁启超、陈独秀、钱玄同、刘半农，他有时开一点谑而不虐的小玩笑。以弟礼相待的茅盾、瞿秋白、林语堂等人，他倍加爱护。对于林语堂的批评，是因为林语堂闹得太不像话了。

现在的年轻同志大多不知道，茅盾是中国共产党的创始人之一。建党之前，他就是上海共产主义小组的成员，一九二一年他是五十三名第一批党员之一。国共合作，汪精卫、毛泽东任中宣部正副部长，茅盾和周佛海是正副主任秘书。武汉时期，茅盾是国民党中央机关报《民国日报》总主笔。茅盾的青年时代直到三十而立，是个编辑家、翻译家、党务工作人员。他是"五四"时代的重要作家。但是他的鼎盛文名是在一九二七年大革命失败之后。

大革命失败以后，茅盾疏离了革命，改为以写小说为业，作为一个"政治化"的人，他陷入极大的思想感情痛苦中（亡命日本的郭沫若也是如此），茅盾自取笔名矛盾（他的老朋友叶圣陶给矛字加了个草头），也正是表现了他的真实心态。

我觉得，茅盾一生都为矛盾所苦，他的学识非常渊博，理论水平很高，人又十分理智，然而，他过于明哲保身，他看出很多问题，常常隐忍不发，不敢明言。一九五八年，他指出郭沫若、周扬主编的《红旗歌谣》，陈词滥调太多，浮夸不是浪漫主义，是他解放后最有胆识的言论，但是受到指责之后便更不说话了。一九五六年九月他在写给当时一位中学生的信中说："中国地大物博，大有人才在，通县不出了个刘绍棠？他的《山楂村的歌声》，我看不见得比苏联那个差。""解放后的中国农村新生活被他描写得风光旖旎、栩栩如生！笔下的人物写一个活一个，洒脱脱犹在眼前！"谁知一年之后我被划右，他连写三篇批判文章，把我贬骂得一钱不值。粉碎了"四人帮"，他还把这些文章收入论文集。党的十一届三中全会以后我平了反，这位当时已经八十二岁的老前辈托人给我捎话："我想不到党会给右派平反呀！"他病危时，想到自己曾长期脱党，给党中央的请求信中，只希望死后被追认为共产党员。党中央全面高度地评价他的一生功绩，追认他为创建中国共产党的第一批党员。我认为，对于茅盾在历史上的地位，应以党中央的评价为准。

现在，文艺界和学术界有一股浊流，他们不讲原则，不讲科学，不讲历史唯物主义和辩证唯物主义，否定鲁迅先生，否定郭沫若，否定茅盾……鲁迅先生是伟大的圣者，他们蚍蜉撼树谈何易，便转而以"重写文学史"为借口，公然要把郭沫若、茅盾从现代文学上抹掉，这不能不引起人们警觉。在茅盾诞辰一百周年的时候，我不能不站出来说话。

一九九五年十一月

原载一九九六年第二期《北京政协》

北京作家的一代宗师

——纪念老舍先生

老舍先生是我们北京作家的一代宗师。我们满怀崇敬的心情纪念他的八十五周岁诞辰，更要深刻全面地学习、继承和发展他的文学成就，以建设具有中国特色的社会主义文学，建设具有北京地方特色的社会主义文学。

他对中国和北京的文学事业的贡献是伟大的、不朽的。我觉得应该将《北京文学》优秀作品奖升格，改为老舍文学奖；这将更大地调动北京作家的创作积极性，更快地提高北京的文学创作水平。

解放前，我读高小和初中的时候，就读过老舍先生的《骆驼祥子》《我这一辈子》《月牙儿》等名著。当时，我读书的学校坐落在东城一条五行八作、三教九流混居杂处的胡同里。我亲眼目睹老舍先生笔下描写的人力车夫、旧警察和暗娼们的生活情景，深感老舍先生的作品淋漓尽致地写出了旧北京下层社会的人情世态。新中国成立以后，老舍先生从美国归来，我参加了在米市大街基督教青年会礼堂为他召开的欢迎大会。老舍先生领衔建立大众文艺创作研究会，我是大众文艺创作研究会的年龄最小的会员，从此便经常参加北京市的文学活动，多次聆听老舍先生的讲话。一九五六年初春，为筹备召开全国青年创作会议，团中央负责同志要我到老舍先生府上听取意见；至今我还记得，当时老舍先生穿一双老头乐毡靴，皮坎肩，怀里抱着一只猫，这是我平生仅有的一次和老舍先生直接接触。一九五七年对我进行批判，老舍先生也在大会上批判了我，并在《人民日报》上发表了《论才子》一文。虽然，一九五七年对我的批判已经改正，但是老舍先生这篇文章对于今天的青年作家仍然具有教育意义。近年来，我和比我年轻一辈的作家交往，经常引用老舍先生这篇文章中的许多论述，婉言劝告他们不要妄自菲薄，崇洋迷外。后来，我听说在第三次全国文代会上，丁玲同志戴着右派帽子，无人理睬，只有叶圣陶先生和老舍先生跟她握手谈话；良言一句三冬暖，有如雪里送炭，令人感佩。这几年读新凤霞的文章，更知道他对厄运中的吴祖光和新凤霞一家扶危济困，倾注了大量的关怀，使我更加崇敬他的人格。一九六六年老舍先生不屈而死，表现出"生当做人杰，死亦为鬼雄"的壮烈精神和崇高气节。一九八二年夏，我应邀到青岛开会和讲学，下车之后，立即拜谒了老舍先生在黄县路十二号的故居，那是老舍先生当年写作《骆驼祥子》的地方。虽然楼上楼下住上了许多人家，我都恳请各家的主人，允许到每个房间瞻仰一遍，并且在雨中照相留念。我致力乡土文学，力求小说创作民族化，从老舍先生的作品中汲取了很多营养。老舍先生是我的文学前辈，又是我的乡亲长辈，我和他都是北京人。虽然在老舍先生生前我和他并无深交，但是在他死后我却感到更理解他，深深怀念他。老舍先生的儿子和我是同学，我本来可以有机会向他多多请教；但是当时的年轻人都怕涉攀附之嫌，我对他反倒敬而远之，现在后悔也晚了。

我觉得，我们对老舍先生的作品研究得不够，学习得不够，继承得更不够。我们纪念老舍先生八十五周岁诞辰，应该更有具体的实际行动。

我们要学习和继承老舍先生在创作上的革命激情。他在新中国成立以后，写遍了工人、农民、军人、城市居民、商业人员、戏曲艺人、民族资本家和历史题材，可说是上下纵横，包罗万象。前几天我从电视里听到魏喜奎演唱老舍先生的《柳树井》，感到这部曲剧对于今天反对歧视、虐待妇女，维护妇女合法权利，仍然很有现实意义，而且不减当年感人至深的艺术魅力。

我们要学习和继承老舍先生为人民服务，为社会主义服务，写得快、写得多而又写得好的劳动态度。老舍先生自新中国成立到他不幸辞世，既写出了丰富多彩的鸿篇巨制，也写出了琳琅满目的短小精悍的作品。正是由于他永葆旺盛的创作活力，才留下了《龙须沟》《茶馆》《正红旗下》等不朽的传世之作。老作家在解放后开创新局面，在创作上超过或不亚于解放前所取得的成就，老舍先生是首屈一指的。

在中国新文学史上，老舍先生是鲁迅先生之后造诣最高的语言艺术大师。他一辈子重视和强调文学的第一要素——语言问题。他谈创作，时时处处都讲语言。我们现在的创作，不重视语言艺术已经达到令人忍无可忍的地步，老舍先生地下有知，将是多么痛心！我建议有关方面将老舍先生论述语言艺术的讲话和文章编成专集，广泛发行，至少全中国的中青年作家和文学爱好者人手一册，使老舍先生的教诲深入文心，深入人心。

一九八四年三月

原载一九八四年第五期《北京文学》

一个有风格的作家

    孙犁同志在《近作散文的后记》中写道："惭愧的是，鲁迅先生的思想、感情、文字，看来我这一生一世，只能望尘莫及，望洋兴叹，学习不来了。"这些话发自内心深处，充分表现出他对鲁迅先生的无比敬仰和深情。

    十三年前，我收到孙犁同志寄赠的《晚华集》，读后给他写信，说他进入老年所写的随笔文字深得鲁迅先生神髓，是紧步后尘，望尘可及。

    不是我戴着有色眼镜看人料事。我敢说，一九四二年以来的共产党员作家，孙犁同志的人格和文品，最具有鲁迅精神。因而，他的水平最高，成就最大。他是真懂"讲话"的作家。

    时间能沙里淘金，历史无情却又公正。孙犁同志的短篇小说，大多数可以传世。长篇小说《风云初记》记录了抗日战争的历史风貌，富有强烈的时代气氛和浓郁的地方色彩。正如鲁迅先生的《田军作〈八月的乡村〉序》所说："作者的心血和失去的天空，土地，受难的人民，以至失去的茂草，高粱，蝈蝈，蚊子，搅成一团，鲜红的在读者眼前展开，显示着中国的一份和全部，现在和未来，死路与活路。"孙犁同志的中篇小说《铁木前传》，是中国社会主义文学的一大丰碑，至今无人跃过这个高度。土地改革以后，五十年代之初，北方农村和农民是个什么样子，活灵活现地保存在《铁木前传》里。这是一部用四万字写成的史诗。

写出《铁木前传》，孙犁同志病患缠身，不再以写小说为主。古稀之年"故技重演"，《芸斋小说》引人注目。这使我想到《聊斋志异》和《阅微草堂笔记》，也想到鲁迅先生的《故事新编》。

孙犁同志的老年作品，达到了"七十而从心所欲不逾矩"的化境。品味他那些怀旧忆往的散文，有如拜读鲁迅先生《朝花夕拾》所得到的感受。他也写了不少议论文坛、社会、世态的文章，字里行间常常流露出忧虑、愤懑和愠怒，这也像鲁迅先生对国家和民族命运那"灵台无计逃神矢"的深沉忧患。

我在创作上深受孙犁同志影响，但是个人往来上并无深交。我热爱、敬佩他的作品，但绝非盲目崇拜，也并不为长者讳、贤者讳。我敬重他的党性原则和艺术规律不可分割地结合成浑然一体。一九七八年六月二十六日他写道，对于党性原则，看得比生命还重要。我还要补充一句：对于文学艺术创作的科学规律，他也视如生命。正因如此，他超过了许多杰出卓越的同辈作家，也为跟踵而至的晚辈树立了典范。孙犁同志一向不露锋芒，从不口出狂言。但是他在为文集所写的序里曾说道：几十年来他所写的作品都可以原有的姿容，原有的队列，通过严峻的历史检阅。熟悉他的作品的人都公认这些话毫无夸张之意。

我曾听说，一位伟人称赞孙犁同志"是一位有风格的作家"。这个评价，可谓知遇之言，准确无误。孙犁同志是当之无愧的。

一九九三年五月

原载一九九三年五月二十七日《光明日报》

是真学者

三年前（一九八三年），八十三岁高龄的王力先生，登上黄山天都峰，赋诗抒怀，充满老当益壮的豪情。当时我想，王先生至少能像马寅初校长一样长寿，活到一百岁。

这一年来，我虽然感到王先生的面容明显地见老，可是怎么也没有料到，王先生竟在五月三日上午九时三十五分与世长辞。

一九五四年我考入北京大学中文系，王先生也在那一年从中山大学调来北大任教。在迎新联欢会上，我和王先生认识了。王先生那时五十四岁，我十八岁。

从王先生八十大寿起，我每有新书出版，都敬呈王先生教正。王先生收到我的书，必有复信，语重心长，诸多勉励。王先生也多次把他的著作送给我，都是亲自包装，粘贴纪念邮票，挂号邮寄，精心周到。《龙虫并雕斋琐语》一书送过我两种版本。新版十二万字，竟有一百多错讹之处，王先生都用蝇头小字一一订正。现在这是最有纪念意义的珍本了。

我和王先生见面的机会极少，交谈更少。但是，有两次难得的谈话，我至今不忘，于心不安。一回，王先生谈起对当前文学创作的印象：题材广泛丰富，表现手法多样，可惜语言水平降低了。他希望我呼吁作家们重视语言艺术问题。还有一回，王先生对我说，他那一辈的留学生，无论是在国外期间，还是回国以后，都是保持中国气质和民族精神的，言谈举止和生活习惯并不洋化。鲁迅先生笔下的"西崽相"的人物是极少数，而且当时即为人所不齿。现在，我们的某些文艺作品，似乎把"西崽相"作为正面人物的模样加以描写，他看着很不舒服。王先生又对我说，你上大学的时候，我们这一辈还是中年人，直接给你们讲课；当时学生少，人际关系单纯，师生之间来往较多，互相比较了解，你可以写一写我们这些人（朱光潜先生也曾向我提出过这个希望）。我表示畏难。先生默然。

三十二年前，我认识王先生的时候，觉得他像一位农村小学老师；王先生八十岁以后，我更觉得他像南方田舍翁。

郭绍虞先生在《了一先生像赞》中称赞王先生"是真学者，是好风格"，再准确不过了。

一九八六年五月

原载一九八六年六月七日《北京晚报》

我与民进《民主》

四十年前我在北京大学读书，中国民主促进会主席马叙伦先生是当时的高教部长，副主席周建人先生是副部长之一。马叙伦先生也是一位大学者，他的考证、研究老子的学术专著《老子覈诂》，是我们的必读参考书。周建人先生是鲁迅先生胞弟，北大老一辈教授尊称他为三先生。一九五四年十月一日建国五周年，周建人先生陪同一位外国元首到北大生物系教学楼参观。庆祝活动期间，学生中的共产党员都奉命参加徒手警卫工作（黑夜带枪巡逻）。那天下着小雨，我在生物楼外的秋雨中站岗，眼镜被雨水浇得模糊不清，恍恍惚惚看到周建人先生的身影。听我的老师魏建功先生说过："三先生长得最像大先生。"我竟觉得站在我面前不远的老人，好像是鲁迅先生复活了。于是，我脸上雨水滚烫起来，那是我淌下的热泪。民进的另一位领导人许广平先生，是鲁迅先生的夫人。一九五六年十月十九日，全国政协礼堂举行纪念鲁迅先生逝世二十周年活动，在东休息大厅，许先生把我们叫到身边问话。我说许先生在女师大的老同学陆晶清女士，曾任我们通州女子师范校长。许先生说陆女士现在（一九五六年）寓居上海。

民进老前辈中，我永远感念叶圣陶先生对我的知遇之恩。念高中一年级时我写出的短篇小说《青枝绿叶》，后来编入高中二年级语文教科书。我进北大学习，魏建功先生告诉我，这是叶先生亲自选定的。当时，叶先生任教育部副部长兼人民教育出版社社长，主管教科书的编纂工作。

我十分尊崇叶先生的道德文章。叶先生的《多收了三五斗》和《倪焕之》，对我的乡土文学创作有深刻的启示。叶先生仁者高寿，辞世时已九十多岁。在八宝山灵堂，我向老人的遗体三鞠躬，又向老人的遗像三鞠躬。

从五十年代至今四十多年，我一直称冰心老人为冰心同志。冰心同志那性本高洁的人品，为我仰慕。最难忘一九六二年六月，我"摘帽"半年多，参加中国作家协会在东总布胡同22号举办的消夏晚会。人们对我或不屑一顾，或避之唯恐不及。我孤零零坐在假山石下，顿感"摘帽"不过是祥林嫂捐门槛，毫无用处。这时，想不到冰心同志悄悄走过来，坐在我的身边轻声问道："刘绍棠，这几年你跑到哪儿去了？"我还来不及回答，工作人员请冰心同志到最前排就座。一九六一年冬我"摘帽"以来，除了胡耀邦同志找过我长谈，只有冰心同志给我这一个好脸儿。我这辈子忘不了。所以，我对民进一直怀有深深的感情和敬意。民进的《民主》杂志创刊五年来，我可算是它的老关系户。社长楚庄学兄（一九五七年同科）拨出宝贵篇幅，为我设立专栏，约法三章：来稿必登，文责自负，稿酬很低。我也以我的实际行动，做到了"肝胆相照，荣辱与共，互相监督，长期合作"。这也是共举风雅之事。

一九九四年七月
原载一九九四年八月七日《北京晚报》

为萧军同志送行

萧军同志走了，到鲁迅先生安息的那个世界去了。

他活了八十一岁，比起五十五岁便与世长辞的鲁迅先生，可算长寿。但是，想到今后再也看不到这位我所崇敬的文坛老将，心里仍然堵得慌。

萧军同志的一生，大半辈子遭遇坎坷，受到种种误解和歪曲。直到党的十一届三中全会后，强加在他头上的不一而足的罪名才得到平反和消除。此时，他已经是七十二岁高龄的老人。萧军同志的坎坷，固然有其性格悲剧的原因，但更主要的是我们对这位进步的、爱国的、革命的，从青年时代便追随党的作家和战士，过于强求一律。

要知道，当年鲁迅先生喜爱他，就因为他身上具有与当时上海滩的某些脂粉气文人完全相反的"匪气"——男子汉性格。

三十年代在上海滩，为戳穿张春桥的丑恶面目和险恶用心，不惜决斗。四十年代在延安，他和王实味本无私交，但是在王实味问题上敢于挺身而出，给毛主席写信，舌战群儒六小时。解放前夕在哈尔滨，耳闻目睹苏联在东北的大国沙文主义行径，仗义执言，诉诸报端。如此有胆有识，当时能有几人？

"文革"中，萧军同志一身铮铮傲骨，不畏强暴，宁折不弯，在人品上有多少人能与他相比？

　　他不愧是鲁迅先生栽培和教养的学生，他继承和体现了鲁迅先生的硬骨头精神。

　　我在一九四七年读到他的长篇小说《八月的乡村》和《第三代》（《过去的年代》），以及他和鲁迅先生的通信。我曾多次谈过和写到，他的作品对我致力乡土文学创作的影响。他也曾半开玩笑地对我说："乡土文学，你可别忘了我呀！"我说："您，萧红和当年的东北作家，从总体上看都是乡土作家。"

　　九年来，我和萧军同志在北京作家协会同事。萧军同志比我年长二十九岁，比我的父亲还大几岁；我们之间不但没有代沟，而且常开一些谑而不虐、无伤大雅的玩笑。一九七九年五月我在哈尔滨做报告，把萧军同志的复出比作殷墟出土；七月他到哈尔滨访问，有人告诉了他，他非常高兴，所到之处便自称"出土文物"。后来我们见面，他点着我的鼻子，眨着眼睛笑道："你这一高抬我，人家都管我叫萧老啦！我哪儿老？一点也不老。你要是也管我叫萧老，我就不跟你好了。"

　　专业作家的工作性质使我们见面机会不多，我和萧军同志只在八年前应邀到唐山讲学时有过一次长谈。他向我谈起他的家庭、童年、祖母、父亲、母亲和婚姻。他说他不想写小说了，我便劝他写一部长篇回忆录，那将是对现当代文学史的一大补充。他沉吟了片刻，沉重地摇了摇头，说："回忆往事是痛苦的，不想写了。你到了我这个年纪，就懂得了。"

　　现在我写这篇小文便十分痛苦。所以我不愿称这篇小文是对他的悼念，而是为他到鲁迅安息的那个世界送行。在鲁迅先生身边安息吧，萧军同志!

一九八八年六月

原载一九八八年六月二十八日《北京晚报》

敬悼吴组缃先生

我的老师吴组缃先生辞世了。比起先行早走的游国恩、魏建功、杨晦、王力、王瑶等先生，吴先生最长寿，享年八十六岁。

四十年前我考入北京大学中文系，当时中文系分成文学、语言、新闻三个专业。文学专业一个班，语言专业两个班，新闻专业四个班，我不愿被分到语言或新闻专业，心情忐忑。

恰巧这时中国作家协会有个活动，我那时虽不是会员，也被通知参加。散会后，吴先生因是作协书记处书记，有车送他，工作人员叫我搭车返回北大。在车上，吴先生主动跟我交谈，我吐露了自己的心事。他听后笑道："放心，有我！等你毕业，我还要留你给我当助教。"这是我头一回见到吴先生，给我留下了不可磨灭的记忆。

后来，我听他的"讲座"课。他和中国科学院文学研究所副所长何其芳同讲《红楼梦》。那时中国科学院文学研究所设在北大哲学楼，也受北大领导。何、吴二先生本是同窗友好，又都是红学名家，同时讲学，共讲一个题目，很像梅（兰芳）程（砚秋）唱对台戏。何、吴二位先生的讲座我都听了。何先生对《红楼梦》的政治性和社会意义论述得深刻。吴先生对《红楼梦》的艺术性和文学价值评析得精致。

吴先生很能讲，很会讲，讲得好。相比之下，由于创作态度严肃而写得较少，可谓君子动口不动手。

一九五六年六月，党中央提出"百花齐放，百家争鸣"方针，我和吴先生参加中国作协的一个座谈会。吴先生兴奋慷慨地发言，他要写一部描写四代农村妇女命运的百万字长篇小说，但是至今未能完成，实乃社会主义文学事业的一大损失。

一九五七年吴先生虽然没被划右，却被取消了预备党员资格。一九七九年十月我们一起出席四次文代会，都在北京代表团。许多人心有余悸，噤若寒蝉。吴先生的预备党员资格还没有恢复，竟又大讲特讲起来。茅盾是吴先生的前辈，对吴先生的小说创作多有扶持。但是吴先生不为长者讳、尊者讳。他对茅盾小说的评论与毛泽东同志评论茅盾作品（见一九九四年一月二日《光明日报·东风》）竟惊人相似，可见吴先生多么具有真知灼见。他对文学创作的艺术规律，高论甚多，倘能化为文字，功莫大焉。我盼望《吴组缃文集》早日编成出版。

一九八八年吴先生八十大寿，我曾到北大向老师祝寿。一九九三年吴先生八十五岁诞辰，我因病未能向吴先生当面致敬。现在，我以抱残守缺之躯，送吴先生上路，瞻仰吴先生遗容，师生今世仅此一面了。

我看见，老先生静卧灵床上，像是下课后在闭目养神。辛劳了一生的老人，在长眠中得到安息。然而，如果我能有回天之力，我还是想把老先生从黄泉路上唤回，多讲几次学，多写几本书，把满腹珠玑留给人间，传播未来。

一九九四年一月

原载一九九四年一月三十一日《北京日报》

父　亲

　　我的父亲刘桐九，是个普通的退休商业职工。他活了七十六岁，毫无功业可言，可算微不足道。他对自己一生清清白白做人，老实认真工作，晚年四世同堂，很是知足。但是，我却为他这一辈子过得战战兢兢，感到难过。他十四岁进城学徒，怕老板，怕被打骂；出师当伙计，怕东家，怕失业；解放后他当了商业职工，又怕领导，怕出身好的同事，怕挨整。最使我想起来痛心的是，他还怕我这个儿子。

　　从遗传上看，我的外貌和声音，酷似我的父亲；但是我的智力得自母亲，狂纵的性格更像我那文盲的曾祖父和半文盲的祖父。我的父亲对我的影响极小。童年时代，父亲每年只有歇伏和春节回家两趟，我把他视如生客，并不亲近。后来我进城读书，考取了公费生，课外又当报童，自己供给自己上学。父亲觉得对不起我，就怕起我来。解放后我开始发表习作，稿费逐月增加，又帮他养家糊口。我每月只有交钱时见他一面。我不愿到他当伙计的商店去，不愿见他在老板面前低声下气的屈辱模样。商店倒闭，他改当摊贩，收入更少（比不得现在的个体户）。生意赔了钱，我还要拿更多的稿费替他还债。我越来越小有名气，他也就越来越把我当"少东家"看待。公私合营之前，他就到国营商店当了职工。但是我被划为全国批判的"右派"，他也因受株连而被划为"小业主"，跟资本家同等对待。从此，他干最脏最累的活儿，每天看的是蛮横的脸色，听的是恶言恶语。党的十一届三中全会以后，我被平反，他的成分也改为店员。然而，他已年迈，退休回家了。

儿子成了名人，孙子成了硕士，孙女到美国留学，其他子女也都顺利发展和得到升迁。他虽然仍旧胆小谨慎，却也时常流露得意之色。我每出版一本书，他都要几本送人；我怕他过分炫耀，给我惹来闲言碎语，不愿多给，所以，他每回向我要书，都犯怵。在他死后，整理他的遗物，发现在他的褥下，有我两部作品。我十分悔恨，为什么不许他在生前充分满足"虚荣心"呢？

父亲一生，循规蹈矩，安分守己，只知埋头苦干，挣钱养家。在旧社会，他不曾想当巨商富贾；到新社会，也没想过出人头地。他不会抽烟，也不会喝酒，尽量多节省一点钱，上孝敬父母，下抚养儿女。由于他人品端正，乡亲们都信得过他，常找他代购物品。他受人之托，忠人之事，代购物品精心挑选，力求物美价廉，账目一清二楚，不差分毫。家乡的田大伯和田大妈，是一对舍命不舍财的老绝户，把谁都当贼防，怕被坑骗，却一百个放心地把他们的血汗钱交给我父亲代管了很长时间；老两口儿后来为了盖房，才从我父亲这里取走，钱数却增加了不少，原来我父亲替他们放了债，多了一笔利息收入。田大伯和田大妈逢人便夸我父亲忠厚可靠。

我父亲做摊贩生意时，一位资本家借给他十匹布做本钱，当时言明是友情赠送，不必偿还。但是，父亲一直感到不安，逢年过节都要备上厚礼，登门致谢。即便我被划"右"，他被划为"小业主"，政治压力很大，也照送不误。"文革"开始，这位资本家被红卫兵打、砸、抢、抄个净光，又断了定息，便打发他的子女给我父亲捎信，讨还这十匹布的折价。当时，我的存款被冻结，全家收入很低，衣食也发生困难；但是父亲并不想赖账，想方设法凑够了钱，天黑之后在胡同口交给那位资本家的子女。

在血雨腥风的危难时刻，父亲恪守"借钱必还"的道德原则，虽属凡人小事，却是难能可贵。

他胆小得树叶落下来都怕砸破了头，但绝不乘人之危，落井下石。我的一个堂伯父，是二十九军的一名军官，卢沟桥事变，兵败南撤，临行前把我堂伯母和当时只有七岁的堂兄托我父亲照应。抗战期间，我父亲对无依无靠的母子一直尽心竭力。日本投降以后，堂伯父却仍无消息，我父亲千方百计，四处查询，才知道堂伯父已经病丧军旅。十几年后，我的堂兄在一个县当宣传部副部长，正值"四清"运动，堂兄遭人诬陷，说堂伯父伪装死亡，潜伏下来当了特务。工作队找父亲调查，态度十分蛮横，拍桌打椅逼供，要我父亲参与诬陷而作伪证。胆小怕事的父亲忍无可忍，突然怒吼起来："你们把我抓走吧！我不能昧良心。"诬陷终于未能成立，堂兄保住了职位，后来还升了官。

非礼勿视，非礼勿听，非礼勿言，非礼勿行，父亲终生问心无愧，死而无憾。作为他的儿子，我引以为荣。

一九九二年四月

原载一九九二年五月三日天津《今晚报》

打糊饼

在我的许多长、中、短篇小说中，我写过不少种运河滩的农家饭菜，给我的小说增添了地方特色和乡土风味。

我最爱吃的运河滩饭菜之一，是打糊饼。

打糊饼虽是运河滩农家一年四季最平常的吃食，却不是哪个媳妇都有这门手艺。在我那个生身之地的小村，高手也不过三五位，可算稀有人才。非常幸运的是我有一位表姐，不但是这三五位高手的其中之一，而且在这三五位高手中名列第一，也就使我不但馋吃糊饼，而且常吃糊饼。

堂表姐家是下中农，日子过得很紧，一年难得吃几顿白面，玉米面是主食。玉米面没有白面好吃，但是经过她的巧手制作，却有人愿意拿馒头、烙饼、面条、饺子交换她的糊饼。

出嫁之前，她是一个俊俏的姑娘，性情又很开朗，笑起来连绵不断，清脆悦耳，像春风送来蓝天白云间的鸽哨声。只要她一出门，不管是穿街过巷，还是赶集上庙，都非常引人注目。

她打糊饼，我帮不了忙，她却喜欢把我按坐在门槛上袖手旁观，跟她贫嘴。

我歪着头，手托着腮，不错眼珠儿地凝望着她。只见她把调拌得匀溜溜的玉米面薄薄地摊在热锅上面，搅拌白菜、韭菜、虾米、鸡蛋花儿和嫩蘑菇芽做馅，摊在热锅的扇子面上，灶下三把火揭锅。饼薄如纸，形状很像圆头斗笠，金黄焦脆；熟透的菜馅占全了色、味、香，吃到嘴里，香脆可口。表姐调拌玉米面不稀不稠，恰到好处，摊在锅上薄厚适当，端出锅来不散不裂，完整无缺；菜馅搅拌得不干不湿，摊开得五花三层，熟透了不老不嫩。最难的是掐算火候儿。灶下不能烧硬柴，要用麦秸、谷秸和豆秸，只能三把火。火大了焦糊，火小了夹生。手上摊着面和馅，脚下送柴进灶口，还不能手忙脚乱。表姐打糊饼，手疾眼快，有板有眼，火光烤红她那艳丽的脸儿，很像野台子戏里的闺门旦。

　　她比我年龄大。我还穿着开裆裤，她已经是"豆蔻梢头二月初"，"娉娉袅袅十三余"了。当时，父母之命，媒妁之言，刚给她找定婆家。她的心七上八下，忐忑不安，便捉弄我这个不懂事的孩子，消愁解闷儿。

　　"表弟，你长大了，娶个什么样儿的媳妇？"她一边打糊饼，一边回过头瞭我一眼。

　　"就娶你这样儿的！"我一点也不知害羞地答道。

　　她挑起眉毛，追问道："为什么要娶我这样儿的？"

　　"天天能吃打糊饼。"我一本正经地说出自己的理由。

　　她笑得前仰后合，笑得搂住了肚子，笑出了泪花儿。

　　五十年前的往事，恍如昨日，言犹在耳。

　　我没有娶到会打糊饼的妻子。在我回乡当农民的漫长岁月中，口馋了便仍然找表姐给我打糊饼吃。十年内乱，她带着六个儿女过日子，工分挣得少，工值又很低，口粮严重不足。脾气变得暴躁，容颜也未老先衰，打出的糊饼都是粗制滥造，只不过是为了填肚子，顾不得色、味、香和金字牌匾了。

这几年，农村富起来，常年吃的是大米白面，儿孙绕膝的表姐也不例外。但是，她每年都特意为我磨几斤玉米面，为的是我下乡住在她家里，她好给我打糊饼。不是忆苦思甜，而是重温旧梦。在打糊饼的柴灶火光中，我看见了当年的她，她也看见了当年的我。

一九八四年一月

原载一九八四年一月六日北京《食品周报》

重刊一九九〇年第四期《中国作家》

榆钱饭

我自幼常吃榆钱饭，现在却很难得了。

小时候，年年青黄不接春三月，榆钱儿就是穷苦人的救命粮。杨芽儿和柳叶儿也能吃，可是没有榆钱儿好吃，也当不了饭。

那时候，我六七岁，头上留个木梳背儿；常跟着比我大八九岁的丫姑，摘杨芽儿，采柳叶儿，捋榆钱儿。

丫姑是个童养媳，小名就叫丫头；因为还没有圆房，我只能管她叫姑姑，不能管她叫婶子。

杨芽儿和柳叶儿先露头。

杨芽儿摘嫩了，浸到开水锅里烫一烫又化成一锅黄汤绿水，吃不到嘴里；摘老了，又苦又涩，入口难以下咽。只有不老不嫩的筋劲儿，摘下一大篮子，清水洗净，开水锅里烫个翻身儿，笊篱捞上来挤干了水，拌上虾皮和生酱，玉米面屑合榆皮面薄皮儿，包大馅儿团子吃，省不了多少粮食。柳叶儿不能做馅儿，采下来也是洗净开水捞，拌上生酱小葱当菜吃，却又更费饽饽。

杨芽儿和柳叶儿刚过，榆钱儿又露面了。

村前村后，河滩坟圈子里，一棵棵老榆树耸入云霄，一串串榆钱儿挂满枝头，就像一串串霜凌冰挂，看花了人眼，馋得人淌口水。丫姑野性，胆子比人的个儿还大；她把黑油油的大辫子七缠八绕在脖子上，雪白的牙齿咬着辫梢儿，扒光了脚丫子，双手合抱比她的腰还粗的树身，哧溜溜，哧溜溜！直上直下爬到树梢，岔开腿骑在树杈上。

我站在榆树下，是个小跟班，眯起眼睛仰着脸儿，身边一只大荆条筐。

榆钱儿生吃很甜，越嚼越香。丫姑折断几枝扔下来，边叫我的小名儿边说："先喂饱你！"我接住这几大串榆钱儿，盘膝大坐在树下吃起来，丫姑在树上也大把大把地揉进嘴里。

我们捋满一大筐，背回家去，一顿饭就有着落了。

九成榆钱儿搅和一成玉米面，上屉锅里蒸，水一开花就算熟，只填一灶柴火就够火候儿。然后，盛进碗里，把切碎的碧绿白嫩的春葱，泡上隔年的老腌汤，拌在榆钱饭里；吃着很顺口，也能哄饱肚皮。

这都是我童年时代的故事，发生在旧社会，已经写进我的乡土文学小说里。

但是，十年内乱中，久别的榆钱饭又出现在家家户户的饭桌上。谁说草木无情？老榆树又来救命了。

政策一年比一年"左"，粮食一年比一年减产。五尺多高的大汉子，每年只得三百二十斤到三百六十斤毛粮，磨面脱皮，又减少十几斤。大口小口，每月三斗，一家人才算吃上饱饭；然而，半大小子，吃穷老子，比大人还能吃，口粮定量却还要二八开。闲时吃稀，忙时吃干，数着米粒下锅；待到惊蛰一犁土的春播时节，十家已有八户亮了囤底，揭不开锅了。巧妇难为无米之炊，管家婆不能给孩子大人画饼充饥；她们就像胡同捉驴两头堵，围、追、堵、截党支书记和大队长，手提着口袋借粮。支部书记和大队长被逼得走投无路，恨不得钻进灶膛里，从烟囱里爬出去，逃到九霄云外。

吃粮靠集体，集体的仓库里颗粒无存，饿得死老鼠。靠谁呢？只盼老榆树多结榆钱儿吧！

丫姑已经年过半百，上树登高爬不动了，却有个女儿二妹子，做她的接班人。二妹子身背大筐捋榆钱儿，我这个已经人到四十天过午的人，又给她跑龙套。我沾她的光，她家的饭桌上有我一副碗筷，年年都能吃上榆钱饭，混个树饱。

我把这些亲历目睹的辛酸往事，也写进了我的小说里。

一九七九年春天，改正了我的"一九五七年问题"，我回了城。但是，年年暮春时节，我都回乡长住。仍然是青黄不接春三月，一九八〇年不见亏粮了，一九八一年饭桌上是大米白面了，一九八二年更有酒肉了。是想忆苦思甜，还是想打一打油腻，我又向丫姑和二妹子念叨着吃一顿榆钱饭。丫姑上树爬不动了，二妹子爬得动也不愿爬了。越吃不上，我越想吃；可是磨破了嘴皮子，却不能打动二妹子。幸亏大风帮了忙。夜里一场大风刮折了一枝榆树杈子，丫姑才给我做了两碗吃。一九八一年回乡，正是榆钱成熟的时候，可是丫姑盖新房，连日大宴小宴，我怎么能吵着要吃榆钱饭，给人家煞风景？忍一忍，等待来年吧！

一九八二年春光明媚，我赶早到二妹子家。二妹子住在青砖、红瓦、高墙、花门楼的大宅院里，花草树木满庭芳。一连几天，鸡、鸭、鱼、肉，我又烧肚膛了。忽然，抬头看见院后的老榆树挂满了一串串粉个囊囊的榆钱儿，不禁又口馋起来，堆起笑脸怯生生地说："二妹子，给我做一顿……"二妹子却恼了，脸上挂霜，狠狠剜了我两眼，气鼓鼓地说："真是没有受不了的罪，却有享不了的福，你这个人是天生的穷命！"

我知道，眼下家家都以富为荣，如果二妹子竟以榆钱饭待客，被街坊邻居看见，不骂她刻薄，也要笑她小抠儿。二妹子怕被人家戳脊梁骨，我怎能给她脸上抹黑？

但是，鱼生火，肉生痰，我的食欲不振了。我不敢开口，谁知道二妹子有没有看在眼里？

一天吃过午饭，我正在床上打盹，忽听二妹子大声吆喝："小坏嘎嘎儿，我打折你们的腿！"我从睡梦中惊醒，走出去一看，只见几个顽童爬到老榆树上掏鸟儿；二妹子手持一条棍棒站在树下，虎着脸。

几个小顽童，有的嬉皮笑脸，有的抹着眼泪，向二妹子告饶。我看着心软，忙替这几个小坏嘎嘎儿求情。

"罚你们每人捋一兜榆钱儿！"二妹子扑哧笑了，刚才不过是假戏真唱。

我欢呼起来："今天能吃上榆钱饭啦！"

"你这不是跟我要短吗？"二妹子又把脸挂下来，"我哪儿来的玉米面！"

是的，二妹子的囤里，不是麦子就是稻子；缸里，不是大米就是白面。她家承包三十亩大田，种的是稻麦两茬，不种粗粮。

有了榆钱儿又没有玉米面，我只能生吃。

看来，我要跟榆钱饭做最后的告别了。二妹子的儿女长大，不会再像她的姥姥和母亲，大好春光中却要捋榆钱儿充饥。

或许，物以稀为贵，榆钱饭由于极其难得，将进入北京的几大饭店，成为别有风味的珍馐佳肴。

一九八三年一月

原载一九八三年第四期《时代的报告》